KB237509

過香積寺
향적사를 찾아가다

향적사 어딘지 알지 못하여
구름 봉우리 속으로 몇 리나 들어간다
고목 우거져 사람 다니는 길 없건만
깊은 산 속 어딘가의 종소리
샘물 소리 가파른 바위에거 흐느끼고
햇살은 푸른 소나무를 차갑게 비치고 있네
해질녘 고요한 연못 굽이에 앉아
편안히 참선하며 잡념을 걸어 낸다네

不知香積寺　數里入雲峰
古木無人徑　深山何處鍾
泉聲咽危石　日色冷青松
薄暮空潭曲　安禪制毒龍

不善茶樓

불선다루

불선다루 7

송진용 新무협 판타지 소설

초판 1쇄 찍은 날 § 2006년 9월 2일
초판 1쇄 펴낸 날 § 2006년 9월 12일

지은이 § 송진용
펴낸이 § 서경석

편집장 § 문혜영
편집 § 장상수

펴낸곳 § 도서출판 청어람
등록번호 § 제1081-1-89호
등록일자 § 1999. 5. 31
어람번호 § 제2-0999호

주소 § 경기도 부천시 원미구 심곡1동 350-1 남성B/D 3F (우) 420-011
전화 § 032-656-4452 팩스 § 032-656-4453
http://www.chungeoram.com
E-mail § eoram99@chollian.net

ⓒ 송진용, 2006

ISBN 89-251-0297-8 04810
ISBN 89-251-0028-2 (세트)

송진용 新무협 판타지 소설
Fantastic Oriental Heroes

不善茶樓

블선다루

7 완결

천년지한(千年之恨) 二

도서출판 청어람

목차

【第一章】
무서운 손님

1

마주 보는 눈길이 허공에서 부딪치자 파바박, 하고 불꽃이 튀는 듯했다.

두 개의 눈이 여섯 개의 눈을 두려움없이 상대하고 있다.

"비켜."

"돌아가라."

"마지막으로 한 번만 더 말하겠어. 비켜."

"피를 보게 되는 수가 있다."

"이 씨앙!"

번쩍, 하고 그 두 개의 눈이 꺼졌다.

픽! 하고 그것이 있던 공간이 증발해 버리는 소리가 들린 것 같았다.

"훙!"

삼살, 환검 고승이 매섭게 코웃음을 치며 재빨리 한 주먹을 때려 넣었다.

지옥혈의 독문 기공인 대력패천신공(大力覇天神功)이 한껏 실린 주먹이다.

우르릉, 하는 웅장한 소리가 허공에 울리고, 주먹에서 뻗어나간 경력이 일 장 앞을 철퇴처럼 강타했다.

하지만 꽝! 하는 폭음이 들렸을 때 소걸의 신형은 어느새 고승의 좌측면에 달라붙어 있었다.

“어?”

대살과 이살이 놀란 외침을 터뜨렸다.

삼살 고승은 그럴 여유마저 없다.

“으헛!”

대경한 그가 급히 돌아서며 팔꿈치를 굽혀 힘껏 내질렀다. 왼손은 수도로 바꾸어 도끼질하듯 내려치는 동시에 급히 몸을 기울이며 물러선다.

혈룡출해(血龍出海)라는 지옥혈의 절기였다.

“흥!”

소걸이 냉랭한 비웃음을 터뜨렸다.

한 손을 불쑥 뻗어 삼살의 팔꿈치를 밀어낸 즉시 내딛은 왼발을 축으로 삼아 크게 몸을 돌리니 이제는 삼살의 뒤에 달라붙은 형세가 되었다.

염 파파의 수라구유보 중 신묘제일로 꼽히는 춘몽제운(春夢濟雲)이라는 것이다.

고승의 안색이 새파랗게 질렸다.

환검이라고 불릴 만큼 그의 신법은 검법 못지않게 신묘하고 재빠른 바가 있었다. 하지만 지금 그는 그림자처럼 따라붙고 있는 소걸을 잡기는커녕 떼어놓을 수도 없었다.

수치와 분노가 그에게 마지막 힘까지 다쓰게 했다.

"이익!"

분한 숨을 불어낸 고승이 발끝에 젖 먹던 힘까지 다 쏟아 넣어 재빨리 돌아서며 옆으로 움직였다.

무릎을 굽히지도 않은 채 발가락의 힘만으로 다섯 번 꺾어지고 맴돌아 나가는 것이 급한 회오리바람이 몰아치는 듯했다. 그러면서 두 팔을 활짝 벌려 어지럽게 사방을 후려치고 쓸어댔다.

사나운 경풍이 윙윙거리며 방원 일 장의 공간을 뿌옇게 뒤덮는다. 무엇이든 걸리기만 하면 그 즉시 가루가 되어 부서지고 말 엄청난 경력의 그물을 펼친 것이다.

혈운만천(血雲滿天).

지옥혈의 최고 절기라고 하는 장법 속에서 소걸은 한 줌 피떡이 되어 사라져 버리고 말 것 같았다.

콰우우우—

끔찍한 파공성이 귀를 먹먹하게 하고 정신마저 빼놓는다.

빡!

그것을 뚫고 한 소리 경쾌한 격타음이 터져 나왔다.

"억!"

고승의 비명이 뒤따른다.

빠박!

연이어 터져 나오는 격타음.

뒷덜미와 좌우 어깨에 커다란 충격을 받은 고승이 '끙!' 하는 애처로운 신음을 흘리며 풀썩 주저앉았다.

"저, 저런!"

"오오!"

이살, 기환십표 육편철이 놀람의 외침을 터뜨리며 몸을 날렸고, 대살인 불패도 장략도 발을 굴렀다.

하지만 그들이 고승을 가로막았을 때 소걸은 이미 그 자리를 떠나 원래 제가 서 있던 곳, 불선다루의 빠끔히 열려 있는 문 앞에 태연히 서 있었다.

"이 씨앙!"

이번에는 이살의 입에서 쌍스러운 소리가 터져 나왔다. 왼손의 손목을 가볍게 턴다.

피이잉─

세 자루의 비도가 눈부시게 날았다.

허공을 접어오는 그것의 형체가 보이지도 않을 정도로 쾌속한 솜씨다.

품(品) 자형으로 목젖 아래의 천돌혈(天突穴)과 사타구니 좌우의 충문혈(衝門穴)을 노리고 쏘아져 오는 비도에 실린 엄청난 역도(力度)가 느껴진다.

소걸이 재빨리 몸을 틀었다. 왼발을 번쩍 들어올리더니 무릎과 발등을 동시에 써서 충문혈을 노리고 날아든 두 자루의 비수를 차올리고, 파리를 낚아채듯 오른손을 휘둘러 천돌혈을 노리던 비수를 잡아챘다.

텅!

튕겨져 나간 비수가 다루의 문짝과 문설주에 깊이 박히며 요란한 소리를 냈다.

그 신속하고 과감하며 정확한 솜씨에 육편철이 멍한 얼굴을 했다.

"비도술이란 말이지? 홍! 나에게도 한 수가 있지. 볼 테야?"

낚아챈 비수를 빙글 돌렸다.

칼끝이 안쪽으로 향하게 돌려 잡은 그것을 뿌리치듯 던진다.

파앙—

허공을 뚫는 높은 파공성.

"으헛!"

뇌전처럼 곧장 뻗어오는 싸늘한 섬광을 본 육편철이 크게 놀라 급히 몸을 기울였다. 쉬앙— 하는 요란한 소리와 함께 음랭한 기운이 그의 목덜미를 아슬아슬하게 스쳐 지나갔다.

육편철의 등줄기에 소름이 돋았다.

이처럼 빠르고 맹렬한 비격(飛擊)이란 비도술 하나만을 익혀 절정에 올라 있다고 자부하는 그로서도 흉내 낼 자신이 없었다.

소걸은 당 노인의 암기술 중 최고봉이라 할 수 있는 탄기관천(彈氣貫天)의 수법으로 비도를 튕겨냈던 것이다.

"이놈! 네 정체가 대체 뭐냐!"

화가 잔뜩 난 육편철이 기울였던 몸을 바로 세우며 버럭 호통쳤을 때였다.

"위험해!"

대살 장략의 자지러지는 외침이 들려왔다. 동시에 그가 칼을 뽑아 허공을 격하고 무시무시한 일격을 쳐냈다.

비로소 뒤통수에 느껴지는 서늘한 기운에 육편철은 혼비백산했다.

"으악!"

그가 비명을 터뜨리며 놀란 자라처럼 목을 웅크린 것과 동시에 대살의 도강(刀罡)이 날아들어 유성처럼 쏘아져 오는 비수를 후려쳤다.

캉!

한 소리 날카로운 소성이 터져 나왔다.

대살의 도강에 부딪친 비수는 잘라지지도 떨어지지도 않았다. 삐리리리— 하는 기묘한 휘파람 소리를 내며 허공 높이 치솟아올라 간다.

육편철이 비로소 정신을 차리고 몸을 바로 세웠을 때 비수는 마치 살아 있는 새처럼 그의 머리 위 십여 장 허공을 빙글빙글 맴돌고 있었다.

"이, 이게 대체 뭐야?"

육편철은 기가 막혔다.

"내 비수를 쳐내다니, 제법인데?"

대살을 보며 빙긋 웃은 소걸이 손가락을 꼼지락거렸다. 그러자 육편철의 머리 위를 맴돌던 비수가 잘 길들여진 매처럼 가볍게 떨어져 그의 손바닥 안으로 빨려 들어가는 것이 아닌가.

이제는 대살도 넋이 빠지고 말았다. 도대체 이와 같은 비도술이란 들은 적도 없고 본 적도 없다. 세상에서 비도술로 이살 육편철을 당할 자가 없을 거라고 믿었던 믿음이 와르르 무너진다.

"으으음—"

대살 장략이 무거운 신음을 흘리며 앞으로 나섰다. 두 아우가 차례로 당했으니 이제는 자신밖에 남지 않았다.

그가 두 손으로 힘주어 장도(長刀)를 쥐고 소걸을 노려보았다.

"와라! 내 칼은 무적이다!"

"그래? 그것참 대단하군."

조롱하듯 이죽거린 소걸이 손바닥 위의 비도를 빙글빙글 돌리며 천천히 다가갔다.

"하지만 너는 내가 검을 뽑는 순간 죽을 거야."

"무엇이?"

"믿지 못하겠으면 내기를 해도 좋아. 판돈은 목으로 대신해야겠지."

대살이 이를 부드득 갈았다. 노려보는 눈에 핏발이 섰다.

하지만 소걸은 두렵지 않았다. 그는 내심 몇 번이나 계산을 해보았고, 결론은 '내가 이긴다'는 것이었다.

우선 할아버지로부터 배운 당문 최고의 암기술인 은하비의 수법으로 비수를 던질 것이다.

대살은 칼을 휘둘러 그것을 쳐내거나 몸을 움직여 피할 수밖에 없다. 그 순간에 할머니의 수라구유보 중 가장 빠른 일보무영(一步無影)으로 덮치며 파천검 십이식 중 쾌속 제일인 뇌정은하(雷征銀河)의 검초로 공격한다.

대살이 그것을 막을 수 없겠지만, 만약 막아낸다해도 그 순간 몸의 움직임이 경직될 수밖에 없다. 그러면 되돌아온 비수가 그대로 그의 뒤통수를 뚫어버릴 것이다. 그러니 어쨌든 그는 일격을 견디지 못하고 죽는 것이다.

그런 계산을 한 소걸이 빙글빙글 웃으며 막 비수를 튕겨내려 할 때였다.

"빌어먹을 놈아, 그만 해. 정말 죽일 셈이냐?"

뒤에서 잔뜩 볼멘소리가 들려왔다. 우마다.

"그래서야 되겠어? 저놈들은 그래도 내 친구들이란 말이다."

그가 불선다루의 문을 활짝 열어 젖힌 채 버티고 서서 씩씩거리고 있었다.

소걸이 그를 돌아보고 혀를 찼다.

2

"흐음, 네 말을 듣고 보니 정말 그렇군."

대살 장략이 소걸을 자세히 뜯어보며 머리를 끄덕였다. 우마가 신이 나서 떠들어댄다.

"그렇지? 여기, 여기 이 코 좀 봐. 그리고 이 찢어진 눈매를 보라고. 꼭 닮았잖아."

그때까지 심통이 잔뜩 난 사람처럼 입을 내밀고 외면하고 앉아 있던 삼살 고승이 불쑥 거들었다.

"턱이며 입매의 선은 꼭 그녀를 닮았어. 반씩 떼다 붙인 것처럼 똑같다."

역시 잔뜩 심통이 나 있던 이살 육편철도 마지못한 듯 끼어든다.

"하지만 솜씨는 전혀 아니다. 그분의 절기라고는 눈을 씻고 봐도 없어."

억지 소리다. 무엇이든 꼬투리를 잡아보려는 심보가 훤히 들여다보인다. 우마가 껄껄 웃었다.

"에라, 이 속 좁은 놈아. 그분이 돌아가셨을 때 이 녀석은 세상에 태어나지도 않았는데 어떻게 그분의 절기를 배울 수 있겠냐?"

"그럼 뭐냐? 왜 그렇게 강한 거지?"

"염 파파와 당 노인이 그들의 절학을 모두 이놈의 몸 안에 쑤셔 넣었는데 강해지지 않을 수 있어? 게다가 이놈은 벌써 염 파파의 구유신공을 십성까지 연마했단 말이다. 과거 염 파파가 한창 이름을 날렸을 때도 이놈만 하지는 못했을 거야. 흐흐흐."

"쳇, 그건 너무 불공평하다."

"그래도 할 수 없어."

"시끄럽다!"

꾸짖은 대살이 진지한 얼굴로 소걸에게 물었다.

"네 어머니는?"

"돌아가셨다."

"왜? 어떻게? 어디에서?"

갑자기 대살은 물론 이살과 삼살도 바짝 긴장해서 소걸에게로 얼굴을 들이밀었다.

"몰라. 나는 돌도 되지 않았을 때니까 기억이 없지."

"으음—"

대살이 탄식했다. 얼굴 가득 아쉽고 안타까워하는 기색이 어려 있다. 잠시 생각하던 그가 다시 물었다.

"어머니의 유물 같은 것도 지니고 있지 않단 말이냐?"

"유물이라……."

이번에는 소걸이 생각에 잠겼다. 그러더니 이내 밝은 얼굴이 되어서 소리쳤다.

"맞다! 있다! 있어!"

"응? 어디? 나에게 보여줘."

"지금은 없어."

"뭐야?"

대살이 잔뜩 화가 난 듯 소걸을 노려보았다. 저를 놀리고 있다고 여긴 것이다. 하지만 소걸의 말은 사실이었다. 그는 할머니가 해주었던 말을 기억해 냈다.

서쪽 비탈에 구덩이를 파고 네 어미를 묻었는데, 바람이 심하게 불어서 옷
자락이 마구 펄럭였느니라. 그때 얼핏 보였는데, 속바지를 동인 띠에 작은 옥
장식이 붙어 있었다.

바로 그것이다.
소걸은 어쩌면 그것이 신세 내력을 밝혀줄 유일한 단서일지도 모른
다고 생각했다.
그 말을 대살에게 해주자 그가 벌떡 일어났다.
"가자, 가! 어서 가서 그걸 확인하자!"
"가만, 그런데 네가 왜 그렇게 내 어머니에게 관심을 두는 거지?"
"멍청한 놈이잖아?"
대살이 물끄러미 소걸을 바라보다가 그렇게 한마디 하고는 혀를 찼
다.
이살이 이제는 한층 풀어진 얼굴로 설명해 주었다.
"이놈아, 네 어머니를 알면 자연히 네 아버지도 알 수 있겠지?"
"응."
"그러면 그 사람이 과연 우리가 생각하고 있는 그 사람인지 확인할
수 있겠지?"
"그 뭐라고 했더라? 옳지, 잠룡전주인가 뭔가 하는 그 사람?"
"쯧쯧, 네 부친이 되는지도 모르는 사람인데 그렇게 말해서 쓰겠어?
남들이 들으면 버르장머리없는 놈이라고 욕할 거다."
이제 이살의 얼굴에 분노와 노여움은 남아 있지 않았다. 그가 동생

을 나무라는 형의 심정이라도 된 듯 소걸을 타일렀다.

"하지만 그가 죽었을 때 나는 아직 세상에 태어나지도 않았는데 어떻게……."

소걸의 망설임에 이살이 딱하다는 듯 말했다.

"너는 무공만 센 바보냐? 사람은 어미의 뱃속에서 열 달 있어야 태어난다는 거 몰라? 유복자란 말이 괜히 생겨났겠어?"

그렇다.

소걸은 그들이 말하는 잠룡전주의 죽음과 자신의 나이 사이에 일 년 가까운 차이가 있다는 걸 떠올렸다. 어머니의 태중에서 십 개월 있었으면 해가 바뀌었을 수도 있다. 그러니 일 년의 차이가 나는 게 당연하다.

그렇다면 어머니는? 우마는 잠룡전주가 결혼했다는 말은 하지 않았다. 소걸은 우선 그것을 확인해야 한다고 생각했다.

"그, 그럼…… 잠룡전주에게는 아내가 있었어?"

대살에게 묻는 소걸의 음성이 가늘게 떨려 나왔다. 묵묵히 그를 바라보던 대살이 딱딱하게 말했다.

"없다."

"엥?"

어리둥절했던 소걸이 잔뜩 인상을 쓰고 잡아먹을 듯 대살을 노려보며 버럭 소리쳤다.

"그럼 뭐야? 여태까지 나를 놀린 거냐? 앙! 가지고 논 거야?"

"이 멍청이!"

그때까지 가만히 있던 삼살 고승이 마주 소리쳤다.

"꼭 결혼해서 아내가 있어야만 애를 낳을 수 있다고 생각하는 거냐?

너는 정말 바보새끼다!"

"그럼, 그럼…… 내가 사생아야?"

결혼하기도 전에 서로 눈이 맞아서 사통했고, 그래서 자기가 태어났다면 사생아가 아니고 무엇이랴.

그건 말하기도 부끄러운 출생의 내력이다. 소걸이 한껏 풀이 죽어서 웅얼거렸다.

"제기랄, 내가 기껏 사생아였단 말이야? 그런… 말도 안 돼. 차라리 어미 애비도 없는 고아라고 불리는 게 훨씬 낫겠다. 그러니 나는 부모를 찾을 필요가 없어."

"가자."

대살이 다짜고짜 소걸의 옷자락을 잡아끌었다.

"어딜 가?"

"황망령이지 어디야. 네가 말한 그곳에 가서 그 여인의 유품을 확인해 보자. 그러면 다 알게 돼."

"싫다."

"뭐라고?"

"사생아가 되어야 하는 거라면 그냥 이대로 있는 게 낫겠어."

"멍청한 놈. 누가 너에게 사생아라고 했단 말이냐?"

"저기, 저 못생긴 놈이 그랬잖아."

삼살을 가리키며 퉁명스럽게 말하자 대살이 피식 웃었다.

"남자와 여자가 만나 사랑을 하고 백년해로할 것을 약속하는 데 무슨 결혼이라는 절차가 꼭 필요하단 말이냐?"

"그럼…….."

"정이 듬뿍 들고 사랑의 고귀한 감정이 넘쳐흘러서 내 목숨보다 그 사람이 더 귀하게 된다면 세상의 절차와 관습 따위는 필요없게 되지.”

“……!”

“백 사람 천 사람이 욕하는 것도 두렵지 않다. 두 사람의 사랑이 떳떳하니 하늘을 우러러 한 점 부끄러움도 없다. 그런데 자식이 그런 부모의 과거를 부끄러워한다면 그게 과연 떳떳한 일이냐?”

“가자, 가! 당장 가자고!”

평소 말이 없던 대살의 웅변은 소걸을 감동시키기에 충분했다.

이제는 그가 벌떡 일어나 탁자를 두드리며 소리쳤다.

“빌어먹을! 나는 무엇이 되어도 좋다! 가서 확인하고 말 테다!”

그가 고래고래 고함을 질러대는 통에 코빼기도 내비치지 않고 숨어 있던 사람들이 우르르 달려나와 이층의 난간에 매달렸다.

소걸이 우마와 함께 혈지삼살을 데리고 다루 안으로 들어오자 그들은 혹시 저놈들이 말썽이라도 부리지 않을까 해서 몰래 숨어 지켜보고 있었다. 그러다가 소걸의 고함 소리를 듣고 놀라서 튀어나온 것이다.

보아하니 더 이상 싸울 것 같지는 않다. 그래서 다들 안도하는 한편 소걸이 무엇 때문에 저렇게 흥분해서 소리치는 건지 알 수 없어서 머리를 갸웃거렸다.

“기다려!”

소걸이 다시 큰 소리로 말했다. 조용조용히 해도 될 말을 저렇게 악을 쓰듯 하니 흥분해도 단단히 흥분한 것이다.

“내가 당장 할머니랑 할아버지에게 말씀드리고 올 테다. 그런 다음에 달려가는 거야. 사흘 길이면 충분할 거다. 까짓 가서 죄다 한번 밝혀보는 거야!”

그러나 몇 걸음 달려갔던 소걸은 우뚝 멈추어 서고 말았다. 그를 지켜보던 눈들도 한곳에 딱 멎었다.

휘우웅—

활짝 열려 있는 문으로 매서운 바람이 눈보라와 함께 쏟아져 들어왔다.

그리고 낯선 두 사람이 성큼 들어와 우뚝 섰다.

밝은 거리를 등 뒤에 두고 있으므로 그늘이 져서 얼굴을 알아볼 수 없는 두 사람.

하지만 그들의 몸에서 뿜어져 나오는 엄중하고 싸늘한 기세는 한순간에 넓은 다청 안을 꽁꽁 얼려놓기에 충분했다.

3

쿵, 쿵, 쿵—

한걸음 한걸음 신중하게 걸어 들어오는 모습이 마치 거대한 공룡 두 마리가 다가오는 것 같다.

그들이 발걸음을 뗄 때마다 모두의 가슴속에는 범종을 치는 듯한 웅장한 울림이 일었다.

"으으음—"

음존 왕무동이 끼고 있던 팔짱을 풀며 깊은 숨을 내쉬었다. 점점 커지는 긴장으로 그는 숨 쉬기조차 힘들 지경이었다.

그건 양존 조백령도 마찬가지다. 그 역시 지나친 긴장감으로 근육이 뻣뻣하게 굳어지는 걸 느끼며 신음성을 흘렸다.

다청에서 멀리 떨어진 삼층의 밀실에도 같은 시간에 같은 종류의 긴장이 갑작스럽게 밀려들었다.

"왔다!"

당 노인과 도란도란 이야기를 하고 있던 염 파파가 흠칫 몸을 굳히며 소리쳤고,

"이게 뭐야?"

당 노인도 놀람으로 어깨를 떨며 소리쳤다.

두 노인을 모시고 있던 서천금편 추괴성은 물론, 한쪽 구석에 얌전히 앉아 있던 황산노자 왕이도 눈을 부릅뜨고 이를 악물었다.

모두에게 동시에 느껴지는 긴장감은 그들이 여태까지 느껴왔던 그 어떤 것보다 심각하고 무거운 것이었다.

"제가 가보겠습니다."

서천금편 추괴성이 벌떡 일어났다. 염 파파가 그의 손을 잡고 놀란 눈을 크게 뜬 채 두려워하며 말했다.

"가서 소걸이에게 말해. 함부로 나서지 말라고 말이다. 참을 수 있는 데까지 참아야 한다고 말해줘."

이 긴장감을 가져다주는 사람들. 그들이 누구인지, 어떻게 생겼는지 염 파파는 알지 못한다. 하지만 그녀의 마음속에는 그들의 정체에 대한 확신이 생겼다.

'천 년 동안 어둠 속에 숨어 있던 자가 드디어 찾아온 것이다!'

천 년의 한.

이 긴장감의 정체는 바로 그것이라는 걸 염 파파는 확실하게 느낄 수 있었다. 그렇지 않고서는 이처럼 자신의 가슴마저 떨리게 하는 기세를 내보일 자가 없으리라.

나이를 짐작할 수 없는 두 명의 노인이었다.

다른 사람들과 마찬가지로 우마와 혈지삼살도 그들의 출현에 온몸이 굳어가는 긴장을 느끼고 마른침을 삼켰다.

소걸의 머리 속에 번갯불처럼 스쳐 가는 생각 하나가 있었다.

'그들이다!

그들.

염 파파가 느낀 것을 소걸도 그대로 느낀 것이다.

잿빛 장포를 걸치고 긴 머리카락이 어깨를 덮은 괴노인. 평생 햇빛을 쬐지 못한 듯 살결이며 머리카락과 수염이 눈처럼 희다.

기검부(奇劍父).

암흑천교의 총단이 있는 안탕산 북쪽. 천애의 절벽에 감추어진 동굴 속에 은신하고 있던 그가 불쑥 세상에 모습을 드러낸 것이다.

그의 곁에는 눈부시게 흰 장포를 걸친 홍안백발(紅顔白髮)의 노인이 신선 같은 자태로 서 있었다.

북경 황궁에서 조충의 밀명을 받고 암흑천교에 와 있는 내원의 고수 풍사헌(風師憲)이다.

천지교현(天地巧玄)이라는 별호만 알려졌을 뿐 그의 정체와 무공에 대해서는 강호에 터럭만큼도 알려진 바가 없는 신비한 노인이었다.

두 노인이 소걸 등과 탁자 세 개를 사이에 두고 앉았다.

잠시의 무거운 침묵이 흐른 뒤 풍 노인이 천천히 말했다.

"다루에 손님을 맞는 다동 하나 없는가?"

혈지삼살과 우마가 서로 눈치를 보더니 일제히 소걸에게로 눈길을 모았다. 이층에서 바라보는 자들은 다리가 굳었는지 움직일 기미도 보이지 않는다.

'빌어먹을.'

정신을 차린 소걸이 주춤주춤 다가갔다. 그를 바라보는 두 노인의 눈길이 이글거리는 태양 같다.

"무슨 차를 올릴까요?"

"불망원(不忘怨)."

"옝?"

"그렇다면 노부는 해원아(解怨芽)를 마셔야겠군."

엉뚱하다. 아니, 억지도 그런 억지가 없다.

원한을 잊지 않는다[不忘怨]는 것과, 원한을 푼다[解怨兒]는 차라니.

"이보시오, 영감님들. 내가 다동 노릇을 십 몇 년 해보았지만 세상에 그런 차가 있다는 건 들어본 적도 없군요."

"흘흘—"

"그러지 말고 홍차나 사이좋게 한 잔씩 드신 다음에 돈 내고 나가는 게 좋겠어요."

"흘흘—"

소걸의 퉁명스런 말에도 두 노인은 즐거운 듯 낮은 웃음을 흘릴 뿐이었다.

그래서 소걸에게는 이제 긴장이 사라지고 오기가 무럭무럭 싹텄다.

"싫으면 찬물이나 한 잔씩 드시던가."

소걸의 톡 쏘는 말에 홍안백발의 풍 노인이 옆에 앉아 웃고 있는 기 검부에게 넌지시 말했다.

"기 선배, 이 아이는 아직 어려서 우리가 원하는 차를 알지 못하는 것 같군요."

"흘흘, 그렇다면 자네가 가르쳐 주게."

"그가 과연 배우려 할까요?"

"귓구멍은 뚫려 있으니 어쨌든 듣겠지."

"하긴, 그도 그렇군요."

“쿵.”

허리에 두 손을 얹은 채 그들이 주고받는 말을 듣던 소걸이 콧방귀를 뀌었다.

‘알고 보니 이게 정신 나간 늙은이들이었잖아?’

“내가 가르쳐 주마. 잘 들어라.”

소걸의 생각과는 상관없이 풍 노인이 진지하게 말하기 시작했다.

“불망원이라는 차는 말이다, 우선 서복이라는 자의 후인을 찾아서 심장의 피를 뽑은 다음에 그놈의 골수를 짜서 우려낸 물에 푹 담아 팔팔 끓이는 거란다. 그런 후에 머리 가죽을 벗겨 만든 주머니에 넣어 열흘간 숙성시킨 후 그놈의 해골에 담아 내오는 거야. 그게 불망원이지.”

듣는 동안 소걸의 눈이 점점 커지더니 마지막에 가서는 부르르 진저리를 쳤다. 그토록 끔찍하고 무서운 일을 태연하게 지껄이는 홍안백발의 노인이 사람 같아 보이지 않았다.

“그리고 내가 원하는 해원이라는 차는 말이지……. 염 파파의 가슴을 갈라서 간과 콩팥을 떼어낸 다음에 그것을 식초에 열흘간 담아 독기를 뺀다. 그런 다음에 벗겨낸 살가죽으로 돌돌 말아서 그늘에 바짝 말리는 거야. 가죽이 오그라들면서 저절로 육수가 빠져나오는데, 그것을 받아서 뼈를 빻아 만든 가루와 함께 팔팔 끓이면 된다. 어때? 만들어올 수 있겠지?”

“…….”

“불망원을 한 모금 마시면 천 년의 원한이 사르르 녹아버리고, 해원아를 마시면 그것이 목구멍으로 넘어가기 전에 증오가 사라져 평화로운 선정의 세계에 들 수 있게 되느니라.”

“설마 정말 그렇다는 건 아니겠지요?”

"흘흘, 내가 어린 너에게 농을 할 리가 있겠느냐?"

"그럼 당신들은……."

"이곳에는 그 재료가 다 있어. 그걸 알고 이렇게 찾아왔으니 행여 거짓말은 할 생각도 하지 마라. 돈이라면 원하는 대로 주지. 그러니 어서 만들어 와."

"허―"

소걸은 기가 막혀 할 말을 잃었다. 허공을 향해 불어내는 숨결이 불에 달군 듯 뜨거웠다.

풍 노인이 다시 말했다.

"염 파파가 여기 있고 소걸이라는 놈이 여기 있지?"

"응?"

"소걸이라는 놈은 불망원을 만드는 데 반드시 필요한 재료이고 염 파파는 물론 해원아를 만드는 유일한 재료지."

"이, 이런 황당한 일이……."

소걸은 제가 들은 말을 아직도 믿을 수 없었다.

이 두 노인은 결국 자신과 할머니를 찾아온 것인데, 가슴에 감추고 있는 원한이 지독할 만큼 크고 깊은 게 틀림없었다.

'가만, 기 노인이라고 했지?'

홍안백발의 노인이 조금 전 잿빛 장포의 괴노인에게 '기 선배' 라고 불렀던 걸 떠올렸다.

"강호에 나가면 기 씨 성을 쓰는 자가 반드시 너를 찾아올 것이다. 그를 만나게 되면 극히 조심해야 하느니라."

망선곡을 떠날 때 신신당부하던 사부 망선은노의 말이 천둥소리처럼 머리 속에 울렸다.

소걸이 두려움과 흥분을 애써 감추고 잿빛 장포의 노인에게 물었다.

"당신의 성이 기 씨인가요?"

"흘흘, 그렇다. 기검부라고 하느니라."

"기검부……."

기극검(奇極劍)이라는 이름이 떠올랐다. 선유도에서 두 자루의 보검과 서복 선인이 창안한 음양도환(陰陽道還)이라는 검법을 훔쳐 달아났다는 자.

기검부를 바라보는 소걸의 눈이 점점 강렬한 열기를 띠고 이글거렸다.

"그렇다면 노인장은 기극검이라는 사람과 어떻게 되지요? 기련발(奇聯渤)과는?"

"흘흘, 어린 녀석이 별걸 다 아는구나."

기 노인이 눈을 가늘게 뜨고 소걸을 바라보며 낮고 음침한 웃음을 흘렸다. 그의 눈빛이 먹이를 앞에 둔 독사의 그것처럼 차갑고 축축하게 젖어 있었다.

"그분들은 노부의 먼 선조들이시란다. 이제 노부도 한 가지 물어보마."

"물어볼 것 없어요. 내가 바로 당신이 찾는 소걸이고 선유문의 계승자이니까요."

"흘흘, 역시 그렇군."

주름진 입이 비틀리며 웃음을 흘리고 있지만 한 쌍의 뱀눈은 더욱 날카롭고 강렬하게 빛나며 소걸을 뚫어지게 노려본다.

기검부가 불쑥 손을 내밀었다.

"이제 내놔라. 그러면 천 년의 한을 잊고 네 목숨을 살려주마."

"뭘?"

"흥! 시치미를 뗄 셈이냐? 네놈에게 있는 양환멸사(陽還滅邪)의 검결 말이다."

"그리고 네놈은 염 파파의 무상광명신공 비급도 내놓아야 한다. 그러면 노부 또한 염 파파의 보잘것없는 목숨을 살려주지."

곁에서 풍 노인도 그렇게 말하며 손을 내밀었다.

눈앞에 펼쳐져 있는 두 노인의 손바닥을 보면서 소걸은 가슴이 아플 만큼 긴장하고 흥분했다.

그의 안색이 심상치 않음을 느낀 우마가 옷소매를 걷어붙이고 나섰다.

"뭐야? 두 늙은 귀신들이 지금 싸움을 거는 거냐?"

【第二章】
화룡적보단(火龍赤寶丹)

1

눈을 부라리며 버티고 선 우마의 모습이 천신과 같다.

홍안백발의 노인, 풍사헌의 눈에 감탄하는 빛이 어렸다.

그가 천천히 몸을 일으켰다. 잘 빗어 올린 머리카락과 가슴 앞에 늘어진 수염이 달빛을 인 서리처럼 희다.

풍 노인이 천천히 걸어 다가갔다. 걸음을 옮길 때마다 길게 늘어뜨린 백색 장포 자락이 발등을 살짝살짝 가린다.

천지교현 풍사헌을 바라보는 우마의 짙은 눈썹이 꿈틀했다. 노인이 걸음을 옮길 때마다 더해지는 기도의 막중함이 은연중에 다청 안을 무겁게 억누르고 있으니, '과연 대단한 늙은이' 라는 감탄을 하지 않을 수 없다.

일 장 거리를 두고 마주 선 풍 노인과 우마를 보고 사람들이 일제히 '아!' 하고 감탄성을 터뜨렸다.

나한전의 아라한과 옥황전의 신선이 우연히 달빛 가득한 골짜기에서 만나 마주 선 것 같았던 것이다.

그 무렵 이층의 난간에는 당 노인과 염 파파도 모습을 드러내고 있었다. 다청의 소란이 어떻게 진행될지, 소걸이 과연 어떻게 그들을 상대할지 궁금해서 견딜 수 없었던 것이다.

한동안 무거운 침묵이 흘렀다.

시간이 멈춘 것 같고, 우주의 운행이 주춤거리는 것 같다.

"너는 누구냐?"

풍 노인이 먼저 침묵을 깼다. 입을 헤 벌린 채 홀린 듯 그를 바라보고 있던 우마가 번쩍 정신을 차리고 눈을 부라렸다.

"나는 나지. 그러는 너는 누구냐?"

누가 무엇을 물으면 반드시 되묻는 버릇이 있는 우마다. 하지만 그걸 알지 못하는 풍 노인에게는 우마의 말투와 응대가 모두 불쾌할 뿐이다.

그의 얼굴에 노여운 기색이 드러났다.

"나는 풍사헌이다. 천지교현이라고도 하지."

"그래? 나는 우마다."

"우마?"

들어보지 못한 이름이다. 풍 노인이 눈살을 찌푸렸다. 곰곰이 과거의 기억을 더듬어 생각해 보지만 역시 들은 바 없는 이름이다. 하지만 마음에 짚이는 바가 있었다.

빙긋 웃은 풍 노인이 다시 말했다.

"그렇다면 네가 바로 그 참마거부(斬馬巨斧)라는 자인 게로군?"

"참마거부?"

풍 노인이 우마가 쥐고 있는 거대한 도끼를 가리켰다.

"얼마 전 염 파파를 뒤쫓던 암흑천교의 추격대가 몰살당한 일이 있었다. 하나같이 도끼로 보이는 중병(重兵)에 일격을 당해 장작처럼 쪼개진 채 죽어 있었지."

"호호호—"

"심지어 교 중의 이태상이자 절정의 고수인 나부천존 능파경마저 두 쪽이 났었으니…… 그 일 때문에 암흑천교가 발칵 뒤집어졌지만 아직까지 흉수를 찾지 못해 논란거리가 되고 있다."

"쳇, 그까짓 게 뭐 대수라고…… 별 시시한 놈들도 다 있군."

"네가 한 짓이렷다?"

"그렇다. 세상에 이 우마가 아니고 누가 또 그런 일을 하겠어?"

우마가 자랑스럽다는 듯 제 가슴을 퉁퉁 두드리며 거드름을 떨었다. 그를 바라보는 풍사헌의 눈매가 날카로워졌다.

우마가 위에서 깔보듯 노인을 내려다보며 거만하게 물었다.

"이제 보니 당신은 마교의 인물이로군?"

"그렇기도 하고 아니기도 하다."

"응? 그게 무슨 뜻이야?"

"흘흘, 몸은 마교에 있으나 마음은 북쪽 하늘에 있으니 그렇지."

풍 노인이 북쪽을 향해 포권하며 한껏 공경하는 얼굴이 되었으므로 그와 우마를 바라보던 사람들이 모두 흠칫 놀랐다.

북쪽은 황제가 있는 곳이다. 황궁을 가리키기도 한다. 그래서 신하들은 멀리 떨어져 있어도 황제에게 예를 올릴 때는 북쪽을 향하여 절한다.

'황궁!'

그들의 머리 속에 공통으로 떠오른 생각이다. 우마 역시 그러했던 듯 그가 버럭 소리쳤다.

"이제 보니 늙은이, 너는 황궁의 내원에 있다는 고수인 모양이구나?"

"허허, 오십 년 만에 바깥출입을 해보니 보고 듣는 게 모두 새로워 흥이 절로 이는구나."

풍 노인을 바라보는 우마의 안색이 침중해졌다.

자고로 황궁 내원의 힘이야말로 진정한 천하제일이라고 하지 않던가. 그러나 황제 곁을 조금도 떠나지 않기에 그들의 힘은 한 번도 세상에 드러난 적이 없었다.

그런데 지금 이렇게 막강한 자가 스스로 반은 마교도라고 서슴없이 말하고 있으니 이건 보통 심각한 일이 아니었다.

'조충, 이 개아들 놈!'

이층에서 그들을 바라보던 염 파파가 부드득 이를 갈았다.

기어이 그놈이 일을 벌이고 말았다는 걸 짐작한 까닭이다.

"싸울 거냐, 말 거냐?"

정신을 차린 우마가 도끼를 움켜쥐고 눈을 부라렸다.

"흘흘, 노부 또한 너의 힘이 과연 어떤지 궁금해서라도 더 견딜 수 없구나."

느긋하게 말한 풍사헌이 두 걸음 물러서더니 두 손을 엇갈리게 하여 허공에 커다란 원을 그렸다.

콰우우우—

기의 응집.

거대한 힘이 폭풍처럼 노인의 손짓에 이끌려 맴도는 게 느껴진다.

우마가 잔뜩 긴장하여 저도 모르게 마른침을 꿀꺽, 삼켰다.

"간다!"

버럭 외친 풍사헌이 손바닥을 바깥으로 하여 허공을 밀듯 두 손을 힘껏 내뻗었다. 그러자 한껏 끌어들인 기운이 두 줄기의 무시무시한 장력이 되어 우마의 가슴을 향해 쏟아져 나갔다.

"흡!"

숨을 들이켜 가슴을 잔뜩 부풀린 우마가 그것을 맨몸으로 받았다.

쿠앙—!

장력이 부딪친 그의 철벽같은 가슴에서 벼락이 치는 듯한 굉음이 터져 나왔다. 불선다루가 지진을 만난 듯 흔들린다.

우마는 금강불괴를 이룬 몸이다. 풍 노인의 무쇠 항아리를 박살 내고 바위를 쪼갤 만한 장력을 가슴으로 받았으나 몸이 몇 번 흔들거렸을 뿐 쓰러지지 않았다. 시커멓던 안색이 창백해졌지만 이를 악물고 눈을 부릅뜬 채 거대한 도끼를 천천히 들어올린다.

그것을 본 풍 노인의 얼굴에 당혹한 기색이 가득해졌다. 머리를 갸웃거린 그가 다시 두 손을 뿌렸다. 이번에는 빠르고 맹렬하다.

"이핫!"

괴성과 함께 온 힘을 끌어 모은 그의 일장이 폭풍처럼 쏟아져 나왔다.

이를 악문 우마가 밀려들어 오는 기파의 폭풍을 향해 몸을 마주 던졌다.

"우아압!"

벽력성 같은 고함이 터져 나오고, 그는 도끼를 높이 치켜든 채 쿵쿵거리며 달려갔다. 너의 장력이 흩어지는지, 내 몸이 깨지는지 한번 해

보자는 듯하다.

우우우우—

풍 노인의 전신을 희뿌연 기의 강막이 둘러쌌다. 그 속에서 저 깊은 땅속의 으르렁거림처럼 은은한 진동음이 끊이지 않고 흘러나온다.

전신을 조금씩 떨며 천천히 앞으로 밀어내고 있는 두 손. 그것이 백색으로 투명하게 변해갔다.

일충천문(日衝天門).

전신의 기를 한 점에 모았다가 일시에 터뜨리니 산을 쪼개고 강을 뒤엎기에 부족하지 않다. 하지만 이미 오래전에 실종되어 버린 최강의 기격(氣擊). 그것이 풍 노인에게서 재현된 순간이다.

"이얍!"

온몸이 갈가리 찢기고 핏줄이 모두 터져 나가는 것 같은 고통을 견딜 수 없었던지 우마가 벼락처럼 노성을 터뜨렸다.

번쩍!

그의 도끼가 천신의 뇌전(雷電)이 된 듯 맹렬하게 떨어졌다.

우마의 악다문 입술 사이로 한줄기 선혈이 흘러내렸다. 금방이라도 튀어나올 듯 부릅뜬 두 눈이 피처럼 붉다.

"이핫!"

풍 노인도 다시 한 번 뱃속에서부터 쥐어짜는 듯한 기합성을 터뜨리며 장력에 더욱 힘을 실어 밀어냈다. 그의 혼신의 힘을 다한 장력이 허공을 격하고 우마의 몸과 충돌했다.

쿠앙—!

일만 근의 폭약을 일시에 터뜨린다 한들 이보다 굉렬할 수 없을 것이다. 엄청난 충격파가 산지사방으로 터져 나갔다.

우르르르—

머리 속을 혼란하게 하는 굉음을 내며 불선다루의 기둥이 뿌리째 뽑힐 듯 흔들리고, 사방의 벽들이 터져 나갔다.

콰콰콰콰—!

크고 작은 파편들이 우박처럼 쏟아진다.

두 사람은 이마를 마주 댈 듯 가까워져 있었다. 풍 노인은 머리 위에 떨어지는 우마의 도끼를 합장한 두 손바닥으로 끼워 잡고 있었는데, 뇌전처럼 밝은 백색 광망이 간헐적으로 방출되었고, 그때마다 짜자작! 하는 기음이 터졌다.

부릅뜬 우마의 눈이 금방이라도 찢어질 듯하고, 입에서는 울컥울컥 선혈이 토해졌다.

2

풍 노인의 모습도 이제는 더 이상 신선처럼 우아하지 않았다. 조금씩 정수리 위로 가라앉아 오고 있는 도끼를 끼워 잡은 두 손이 와들와들 떨리더니 어깨와 가슴이, 온몸이 학질을 앓는 사람처럼 덜덜 떨렸다.

우마를 노려보는 눈이 불길을 토하고, 악문 이 사이로 흘러내리는 선혈이 탐스럽던 수염을 붉게 물들였다.

단 한순간의 방심도 허용하지 않는 치열함. 두 사람은 평생 이루어 온 모든 힘을 이 한순간에 쏟아 붓고 있었다.

'설마 이 정도일 줄이야!'

그런 놀람과 감탄이 동시에 떠올랐다. 서로 아끼는 마음이 우러났다. 그러나 양보할 수 없다. 죽이지 않으면 죽어야 한다. 그게 그들 두 사람의 운명인 것이다.

"조충 개아들 놈은 절대로 뜻을 이루지 못할 것이다."

우마가 악다문 이 사이로 스산하게 말했다. 풍사헌의 볼이 경련을 일으켰다.

"흐흐, 누가 그렇게 할 수 있단 말이냐?"

입가에 애써 비웃음을 짓지만 풍 노인은 두려워하고 있었다. 이처럼 험한 싸움은 처음이고, 이와 같이 무지막지한 자를 만난 것도 처음이기 때문이다.

'이놈은 나를 죽일 자격이 있다.'

그런 마음마저 들었다. 적어도 자기를 죽일 수 있는 자라면 이 정도 는 되어야 할 것이라는 위안이기도 하다.

이렇게 서로의 내력을 뽑아내 부딪친다면 누구든 먼저 내공이 고갈 되는 자가 패하게 된다. 그리고 그건 죽음을 의미한다.

나의 내력이 상대의 내력을 밀어내지 못하면 그것이 내 혈맥 속으로 걷잡을 수 없이 밀려들어 오고, 온몸을 터뜨려 버릴 것이니 그렇다.

때문에 우마와 풍 노인은 서로의 내력을 밀어내기 위해 전력을 다하 고 있었다.

대지가 흔들리고, 쏟아져 나가는 기파의 해일이 불선다루의 아름드 리 기둥을 깎아냈다.

한 사람은 반드시 죽어야 하고, 살아남은 자도 무사하지 못할 미련 한 싸움. 그러나 물러설 수 없게 되었으니 끝까지 가보는 수밖에 없다.

"우욱!"

힘의 정점에 이른 순간, 풍사헌이 참지 못하고 울컥 한 모금의 선혈을 토해냈다. 그것이 마주하고 있는 우마의 얼굴에 왈칵 쏟아졌다.

우마가 본능적으로 눈을 질끈 감았다. 주의력이 흩어진다. 찰나의 순간으로, 잘 느껴지지도 않을 만큼 미약한 변화였지만 그것이 풍 노인에게 한줄기 활로를 내주었다.

"이얍!"

벼락처럼 외치며 와락 도끼를 밀어낸 그가 되쏘아져 오는 우마의 힘을 빌어 훌쩍 몸을 뽑아냈다.

그는 마치 하늘을 종으로 길게 가르고 나가는 번갯불이 된 것 같았다. 몸을 빼기 무섭게 무너진 불선다루의 벽을 뛰어나가 바깥의 지독한 눈보라 속으로 사라져 보이지 않았다.

허공에 그가 토해놓은 비릿한 선혈의 흔적이 남아 있다가 그것마저 흩어져 사라졌다.

"우욱!"

우두커니 서서 바라보던 우마가 비로소 고통스러운 신음을 흘리며 한쪽 무릎을 꿇고 주저앉았다. 입을 벌리자 검붉은 피가 왈칵 쏟아져 짚고 있는 바닥을 붉게 물들인다.

비록 금강불괴의 육신은 멀쩡했으나 내부의 장기가 모두 진탕되는 내상을 입은 게 틀림없었다.

"우마!"

저 뒤쪽, 구석으로 물러나 있던 사람들 속에서 소걸이 부르짖으며 달려왔다.

짝, 짝, 짝, 짝—

느닷없이 힘찬 박수 소리가 들려와 모두의 시선을 끌었다. 우마를 부축해 일으키던 소걸이 돌아본 곳에 잿빛 장삼의 괴노인이 우뚝 서 있었다. 그가 박수를 치며 말했다.

"대단하다. 정말 대단해. 노부는 진심으로 감탄했노라. 천지교현 풍사헌이 중상을 입고 달아나다니…… 도대체 이러한 일이 어떻게 가능하단 말인가? 허! 노부가 은거하고 있던 지난 세월 동안 강호에는 무시무시한 청년 고수들이 자라고 있었구나. 대단해."

아수라장이 되어버린 다청 복판으로 천천히 걸어나온 기검부가 이글거리는 눈으로 소걸을 쏘아보았다.

"이제는 마음이 바뀌었겠지?"

"흥!"

우마를 부축해 일으킨 소걸이 그의 싸늘한 눈길을 마주 노려보며 차갑게 코웃음 쳤다.

그에게 양환멸사의 비결을 넘겨주고 싶은 마음은 예나 지금이나 없다. 오직 그를 죽여 문호를 정리하고자 하는 의욕이 있을 뿐이다.

기검부가 함부로 대할 수 없는 자인지라 이처럼 마주하게 되자 마음에 두려움이 있지만 그만큼의 오기와 노여움도 있다.

소걸이 당돌하게 버티고 서서 가슴을 불쑥 내밀고 거만하게 말했다.

"그러잖아도 사부의 명을 받들어 문호를 정리하고자 당신을 찾아나설 참인데 이렇게 제 발로 나를 찾아오다니, 노인장은 이제 노망이 들어 죽고 사는 일마저 잊은 모양이구려?"

"하하, 다른 놈이 그런 말을 했다면 당장 천참만륙을 냈을 것이로되, 너라면 그만한 자격이 있으니 덮어두마."

"흥! 내가 선유문의 후인이기 때문이오?"

"호호호, 이 세상에서 서복이 남긴 검법보다 무서운 건 없다. 그러니

네가 진정 선유문의 후인이라면 과연 노부와 어깨를 나란히 하고 설
만한 사람인 게야."

"흐흥, 고작 음양도환의 두 검법을 두고 하는 말이라면 사양하겠소
이다."

"응?"

"할머니의 파천검 십이식이야말로 천하제일의 검법. 어찌 천 년 전
의 검법과 비교할 수 있겠소?"

"핫하! 네 녀석이 아직 우물 안 개구리를 면치 못했구나."

"쳇, 오랫동안 숨어 있었다니 당신이야말로 우물 안 개구리지. 세상
이 어떻게 변했는지, 어떻게 돌아가는지 알 리가 있소?"

"누가 우물 안 개구리인지는 저절로 드러나겠지. 어쨌든 너는 즉시
선유문의 검결을 토해놓아라."

"왜? 당신들 기 씨는 천 년에 걸쳐 수십 대를 이어져 왔으면서도 아
직 양환멸사 검법을 완성하지 못한 모양이군요?"

소걸과 기검부를 지켜보던 사람들이 모두 머리를 갸웃거렸다. 그들
은 처음 들어보는 말들이기 때문이다.

선유문은 무엇이며 음양도환의 두 검법은 무엇이고 양환멸사는 무
엇이란 말인가. 게다가 천 년의 세월이라니…….

소걸을 지그시 노려보던 기 노인이 음침한 얼굴로 말했다.

"노부의 대에 이르러 드디어 검법을 완성했지."

"그러면 됐지 무엇 때문에 선유문의 검결을 탐낸단 말이오?"

"흥! 말이 많은 놈이로구나. 검결을 내놓을 테냐, 아니면 네 목을 내
놓을 테냐?"

"두 가지 다 싫소."

"그래도 너는 선택해야 한다."

"좋아. 그렇다면 나는 이 기회에 아예 선유문의 반도를 처단하고 그가 훔쳐 갔던 검법을 거두어들여서 문호를 깨끗이 하겠소."

"으흐흐흐, 좋다. 그렇다면 어디 한번 해보아라. 노부의 양환멸사 검법이 위대한지, 선유문의 것이 위대한지 오늘 증명하지 않으면 언제 또 기회가 올 것인가."

"틀렸소. 나는 노인장과 똑같은 검법으로 싸우고 싶은 마음이 조금도 없으니까."

"하지만 너는 싸워야 한다."

기 노인은 소걸이 싸우지 않으려 한다고 여긴 것이다. 하지만 소걸의 생각은 다른 데에 있었다. 그가 등에 지고 있던 빙백검을 풀어 들며 음산하게 말했다.

"오해하지 마시오. 나는 당신에게 천하제일의 검법이 무엇인지 가르쳐 주려는 것이니까."

"흐흥, 염빙화의 혈마파천검 십이식이 대단하다는 말은 익히 들었지. 하지만 과연 그것으로 나의 양환멸사를 상대할 수 있을까?"

"길고 짧은 건 대보면 알 것 아니겠소?"

그는 자신이 있었다. 사부인 망선은노에게는 안된 일이지만 할머니의 파천검법이 훨씬 무섭고 강력하다는 걸 인정해야 했던 것이다.

양환멸사가 음환불사를 만나 합격을 하게 된다면 천하제일의 위력을 발휘할지 모른다. 하지만 양환멸사 검법 자체로는 파천검의 신랄함에 미치지 못한다. 소걸은 그렇게 믿고 있었다.

소걸이 이를 바드득 갈며 검을 움켜쥔 손에 힘을 주었다.

휘두르면 빙백검은 반드시 피를 빨아들인다.

할머니의 혈마파천검 십이식이 활법(活法)보다 살법(殺法)에 치우쳐 있고, 더 나아가 멸법(滅法)에 닿아 있는 것이기 때문이다. 한번 살심을 일으켜 검법을 펼치면 그때는 빙백검이 오히려 초식을 지배하는 것 같았으니, 그게 파천검법의 무서운 점이다.

"자, 오시오! 우리도 통쾌하게 어울려 봅시다!"

소걸의 호탕한 외침이 쩌렁쩌렁 울리자 그의 의지를 읽었다는 듯 빙백검도 으스스한 울음을 토했다.

우우웅—

검의 떨림이 손을 통해 고스란히 가슴으로 밀려든다.

"아무래도 내가 상대하는 게 낫겠어."

당 노인이 눈길은 소걸에게 둔 채 중얼거렸다. 기검부에게서 느껴지는 기감의 강렬함 때문에 도무지 마음이 놓이지 않았던 것이다. 소걸이 과연 저 괴상한 늙은이를 당할 수 있을지 걱정되어 애간장이 탄다.

염 파파가 그런 당 노인의 손을 꼭 붙잡았다. 그녀 또한 소걸에게 눈길을 고정시킨 채 입술을 깨물며 고개를 가로저었다.

"그대로 둬. 그 정도는 충분히 감당해 낼 수 있어야 해. 그렇지 못하다면 차라리 강호를 떠나 평범한 서생으로 사는 게 좋겠지."

"염 매, 당신은 소걸이 걱정되지 않는단 말이야?"

"다 큰 자식인데 언제까지나 걱정만 하고 있겠어? 자꾸 품어주려고 하기보다 이제는 제 스스로 무엇이든 하도록 풀어주는 게 더 좋은 거야."

"하지만 저놈의 늙은이는 무서워 보이는데……."

"저 늙은이가 볼 때는 소걸이 오히려 무서워 보일지도 모르지."

당 노인은 그녀의 말이 옳을 것이라고 생각했다. 자기야 소걸에 대해 너무 잘 알고 있으니 잘 느끼지 못하겠지만 그렇지 않은 사람이 느끼기에는 소걸의 기도가 위협적일 것이다. 그만큼 소걸은 몸도 마음도, 지난바 무공의 수준도 몰라보게 성장한 것이다.

염 파파의 예상처럼 기검부는 빙백검을 쥐고 선 소걸 앞에서 내심 한 가닥 불안을 느끼고 있었다. 겉으로는 큰소리치고 비웃었지만 그의 마음속에서는 절대로 경시할 수 없는 상대라는 경고의 울림이 쉬지 않고 터져 나오고 있었던 것이다.

스르릉—

그의 손이 허리춤을 더듬는가 싶었는데 한 자루 새파란 빛을 뿌리는 연검이 풀려 나와 살아 있는 것처럼 이리저리 흔들렸다.

기검부가 왼손의 두 손가락을 뻗어 검신을 한차례 부드럽게 쓸었다. 그러자 낭창거리던 연검이 곧게 펴지고 검광이 더욱 눈부시게 번쩍였다.

"보검이다."

소걸이 저도 모르게 감탄성을 흘렸다. 기검부가 쥐고 있는 연검이 빙백검 못지않게 훌륭한 검이라는 게 절로 느껴진다.

3

소걸은 빙백검을 휘둘러 파천검법을 펼치기 시작했다. 그러자 어느 순간부터인가 종횡으로 허공을 휘젓는 검을 멈출 수가 없었다. 초식이 변초를 이끌어내고 변초가 다시 초식을 불러내며 끊임없이 쏟아져 나올 뿐이다. 하나같이 지독한 살기를 품고 있는 그것.

쉬이잇—

제이식 추혈귀원(追血歸元)이 아홉 개의 변화를 차례로 뽑아냈다.

번쩍이는 검광이 허공을 가를 때마다 음산한 검명(劍鳴)이 무지개처럼 걸리고 검을 쥔 소걸은 아홉 개의 풍차가 되어서 어지럽게 사방을 휘돈다.

눈을 부릅뜨고 그것을 지켜보던 기검부가 여태까지의 수동적인 수비세를 버리고 반격에 나섰다. 그만하면 소걸의 파천검법을 충분히 파악했다고 여긴 것이다.

그의 신형이 한 바퀴 맴도는 것 같더니 꺼지듯 형체가 사라졌다. 흐릿한 한 덩이 운무가 내려앉은 것 같다. 소걸의 빙백검이 그 호신강기를 찢으며 떨어졌다.

기검부의 연검도 양환멸사의 검법 중 천광조사(千光照邪)의 검초로 마주쳐 나왔다.

그의 연검이 후웅, 하는 웅장한 검명을 토해내며 흔들렸다. 천 개의 빛이 뿌려져 사마의 어둠을 비춘다는 검초의 이름처럼 수없이 많은 검광이 빗살처럼 내려 퍼졌다.

‘이건?

소걸이 깜짝 놀라 어깨를 웅크렸다. 그 또한 천광조사 초식을 잘 알고 있다. 하지만 그건 지금 기검부의 연검에서 뻗어 나오는 이와 같은 패도적이고 살기가 넘쳐 나는 흉맹한 검초가 아니었다.

‘양환멸사 검법이되 양환멸사가 아니다!’

소걸은 그의 검초를 본 즉시 그렇게 단정했다. 형태와 검로는 양환멸사에서 가져왔지만 그 안에 담긴 검의와 발경의 요체는 전혀 다른 무엇으로 변질되어 있었던 것이다.

더 놀라고 있을 새가 없다. 어느새 기검부의 연검이 눈부신 검광을 쏟아내며 전신 요혈을 노리고 쇄도해 들고 있지 않은가.

어금니를 악문 소결이 손목을 맹렬하게 떨쳐 찬란한 검화를 허공 가득 뿌렸다. 파천검 십이식 중 제팔식 광자취몽(狂者醉夢)이다.

팔방을 단번에 쪼개고 찍어대는 검봉의 기묘하고 현란함이 마치 귀령(鬼靈)들의 군무(群舞)인 듯했다. 쭉쭉 뻗어 나가는 검기에 실린 기운이 맹렬하고 검봉의 변화 또한 신묘막측하니 어디를 막고 어디를 찔러오는 건지 짐작할 수가 없다.

따다다다당—

요란한 쇳소리와 함께 불똥이 어지럽게 흩날렸다. 가히 폭풍세라고 할 수 있는 기검부의 검초를 가닥가닥 끊어내는 파천검법의 정교하고 신랄함이 모두의 눈을 어지럽게 했다.

“아!”

눈을 부릅뜨고 싸움을 지켜보던 사람들이 동시에 탄성을 터뜨렸다. 소결의 그 한 초 검법의 무서움에 몸을 떤다. 그중 혈지삼살의 막내인 환검 고숭의 놀람이 가장 컸다.

그는 검에 대한 자부심이 대단한 자였다. 지옥혈 내에서도 검법으로 치자면 자신의 기환검 삼십육초를 당할 자가 없다고 믿었는데 소결의 검초를 보고는 얼이 빠져 버렸다. 소결의 파천검에서 환검(幻劍)이라는 이름을 얻은 자신의 검법을 무색케 하는 현묘함과 치열함을 보았기 때문이다.

광자취몽에 직면한 기검부의 놀람 또한 극에 이르렀다.

‘이 어린 녀석의 검법이 어찌 이리도 맹렬하단 말인가?’

자신의 검법과 비교하여 손색이 없으니 기가 막힌다.

까마득한 선조 대에서부터 오늘에 이르기까지, 천 년의 세월을 두고 연구에 연구를 거듭하여 완성시킨 양환멸사 검법 아닌가. 그것이 염 파파에게서 전해 받았다는 파천검법을 맞아 오히려 밀리는 것 같으니 어이가 없기도 하다.

"괘씸한 놈!"

자신의 그런 분노를 호통에 실어서 터뜨린 기검부가 다시 일검을 때려냈다.

이번에는 일양파옥(一陽破玉)이라는 검초다.

초식으로 소걸의 파천검을 쉽게 깨뜨릴 수 없다고 판단한 그가 검에 실린 기운으로 결판을 지으려는 것이다.

한 가닥 무지막지한 기운이 검신을 타고 뻗어 나와 그대로 강기의 덩어리가 된 듯 쏟아져 나갔다.

검강(劍罡).

검이 지닌 가장 강한 기운이다.

강호에는 검강을 뽑아낼 수 있을 만큼 뛰어난 고수가 적지 않다. 하지만 지금 기검부가 쳐낸 것과 같은 검강은 어디에서도 찾아볼 수 없을 것이었다. 그의 무한한 내력이 실려 있는 것이라 그 무엇과도 비교할 수 없을 만큼 극강하다.

소걸이 약간 핼쑥해진 얼굴로 빙백검을 끌어들여 가슴에 안 듯하고 이를 부드득 갈았다.

십성의 단계에 이르러 있는 구유신공을 아낌없이 끌어올려 빙백검에 실었다. 검이 위기를 느낀 듯 우웅, 하고 울며 떤다.

"마주치지 마라!"

놀란 염 파파가 저도 모르게 소리쳤다.

소걸의 귀에도 할머니의 다급한 외침이 똑똑히 들렸다. 하지만 그는 기검부의 검강을 피할 수 없었다. 등지고 있는 사람들 때문이다.

그는 할머니와 할아버지는 물론, 음양쌍존 등이 몰려 서서 바라보고 있는 이층의 난간을 등지고 있었다. 그러니 자기가 피해 버린다면 기검부의 검강이 그대로 그들에게 덮쳐 가지 않겠는가. 제 몸이 부서질지언정 그렇게 되도록 놔둘 수 없었다.

"차합!"

그가 웅장한 일성을 터뜨리며 품에 안고 있던 빙백검을 힘껏 쳐냈다.

슈아앙—

검신에 서려 있던 기운이 한 가닥 강기가 되어 맹렬하게 뻗어 나갔고, 기검부가 쳐낸 검강과 정면으로 충돌했다.

쿠아앙—!

우마와 풍 노인이 부딪쳤을 때처럼 굉렬한 폭음과 함께 폭풍 같은 기파가 터져 나와 사방을 휩쓸었다.

우르르르—

기어이 난간을 지탱하고 있던 다루의 기둥 하나가 박살나 주저앉으며 이층이 와르르 무너졌다. 다루 전체가 곧 쓰러질 듯 한쪽으로 기운다. 우지직거리는 소리로 귀가 먹먹해질 지경이었다.

천장에서 쏟아지는 먼지와 파편들로 눈을 뜰 수 없었다.

"하하하, 통쾌하구나! 오늘은 노부가 그냥 간다만 머지않아 다시 찾아올 테니 단단히 각오하고 있어라!"

멀리서 기검부의 요란한 웃음소리가 들려왔다.

"우욱!"

휘청거리던 소걸이 몸의 중심을 잃고 기어이 나뒹굴었다. 저쪽 구석에서 대살 장력이 파편과 먼지를 뚫고 달려와 그런 소걸을 낚아챘다.

꽝!

그가 소걸을 안고 떠난 직후 커다란 들보 한 개가 떨어져 바닥의 청석을 박살 내며 처박혔다. 간발의 차이였다.

"너의 내공은 아직 기검부라는 자를 당해 낼 수 없다."

당 노인이 침중한 얼굴로 그렇게 말했다. 소걸의 완맥을 쥐고 한동안 침묵하더니 불쑥 꺼내놓은 말이다.

염 파파가 어두운 얼굴로 끄덕였다.

그녀는 소걸이 어느덧 구유신공의 십성 단계에 이르렀다는 걸 알았다. 정말 놀랍고 기쁜 일이다. 하지만 조금 전에 보았듯이 그것만으로는 기검부의 무지막지한 내공을 당할 수가 없다.

염 파파가 소걸의 창백해진 볼을 쓰다듬으며 우울하게 말했다.

"그래, 당 노괴의 말처럼 지금의 너에게는 그가 너무 버거운 상대로구나."

"할머니, 저의 신공이 십이성 대성하면 그때도 그럴까요?"

"그렇지 않을 거야. 구유신공을 대성한다면 기검부의 신공을 충분히 상대할 것이다."

"그럼 됐어요. 지금부터 더욱 열심히 신공을 수련하면 곧 대성할 수 있게 될 테니까요."

"이 녀석, 그게 말도 안 된다는 건 너도 잘 알고 있지 않으냐? 애써 할미를 위로하려고 큰소리칠 것 없다."

소걸이 멋쩍은 미소를 띠고 슬그머니 할머니의 시선을 외면했다.

구유신공은 처음 오성의 단계를 수련하기가 어렵고 힘들다. 하지만 오성을 넘어서면 신공이 스스로 증폭을 거듭하므로 조금의 노력만으로도 십성의 단계에까지 쉽게 이를 수 있다. 그리고 십성을 넘어서는 순간 주화입마에 빠져 대마인으로 돌변하고 만다. 그게 과거의 혈마구유신공이 가지고 있던 커다란 매력이면서 동시에 저주였다.

비록 염 파파가 자신의 수양과 무상광명신공 속의 비결을 통해 그 마력을 제어했다고 해도 한 가지 어쩔 수 없는 게 있으니 바로 신공을 완성시키기까지의 과정이었다.

십성에 이르면 신공의 증폭이 멈추어 버린다. 그 다음부터는 다시 지루하고 힘든 수련을 해야만 조금씩 불어나는데, 마치 굼벵이가 십 리 길을 앞에 두고 꿈틀거리듯 느리고 힘든 진행이 계속되는 것이다.

그러므로 십성에서 십이성 대성의 경지에 이르려면 적어도 수십 년은 꾸준히 연마해야 한다.

염 파파마저 불선다루에 스스로를 가두고 무려 육십 년 동안이나 매진한 끝에 겨우 십이성 대성하지 않았던가. 그러니 소걸이 아무리 뛰어난 기재라고 하더라도 삼십 년은 잡아야 할 것이다. 하지만 적은 코앞에 와 있다. 사흘의 여유도 장담할 수 없는 화급한 때인 것이다.

게다가 구유신공을 십이성 대성해도 반드시 기검부를 이길 수 있다고는 장담하기 어렵다.

그 괴악한 늙은이의 내공이 이처럼 높으니 망선은노가 몸소 상대한다고 해도 당하지 못할 것이고, 당 노인 또한 마찬가지다. 게다가 기검부 정도 되는 자라면 저절로 만독불침지신을 이루었을 것이니 더 말할 것도 없다.

그런 걸 생각하는 소걸의 얼굴이 더욱 어두워졌다. 그가 탄식하며 말했다.

"그렇다면 기검부를 막을 수 있는 사람이 없군요."

천하제일의 고수. 그건 바로 기검부라는 괴인을 두고 해야 할 말이라는 걸 모두는 절실히 느꼈다.

무거운 침묵이 흘렀다.

염 파파나 당 노인은 물론, 소걸을 둘러싸고 있는 사람들 모두가 어깨를 짓누르는 암울한 절망감 때문에 숨이 막힐 지경이었다.

한참 후에 염 파파가 애써 자신의 감정을 억누르며 무감정하게 말했다.

"너는 지금부터 네 사부가 전해준 선유문의 조양신공을 연마해라."

"예? 할머니의 신공을 버리라고요?"

"구유신공으로 이루어놓은 내공은 여전히 남아 있을 테니 아주 버리는 건 아니지."

"하지만 할머니의 신공을 운용하지 않는다면 그건, 그건……."

염 파파를 비참하고 불쌍하게 하는 일이다. 그래서 소걸은 사부를 실망시키면서까지 굳이 구유신공을 고집했었다. 그런데 이제는 할머니가 스스로 그것을 버리라고 하니 안타까움을 참기 힘들었다.

소걸이 반발하듯 말했다.

"조양신공이 반드시 구유신공보다 뛰어나다고 어떻게 장담하죠? 그것을 대성한들 반드시 기검부를 꺾을 수 있다고 누가 보증하죠? 불과 며칠의 여유밖에 없을 텐데 그 안에 어떻게 조양신공을 대성할 수 있지요?"

"이제는 네 사부의 말을 믿을 수밖에 없다. 네가 조양신공으로 내력을 끌어내서 주지약과 합격하는 것만이 유일한 길이다."

"양환멸사와 음환불사의 두 검법이 합쳐지면 천하제일의 막강한 위력이 발휘된다니 그까짓 기검부쯤이야 두부 자르듯 해버릴 수 있겠지요. 흥!"

소걸은 파천검 십이식으로 기검부를 꺾고 싶었다. 그래서 할머니의 검법이 천하제일이라는 걸 모두에게 증명해 보이고 싶었다. 그게 할머니와 한 약속이기도 하다.

그런데 그것을 포기해야 한다니. 게다가 혼자서도 아니고 주지약과 힘을 합쳐서야 겨우 기검부를 상대할 수 있다니…….

소걸은 자존심에 심한 상처를 입었다. 그러나 그 또한 지금으로서는 달리 방법이 없다는 걸 잘 알고 있기도 했다. 그래서 더욱 화가 나는 건지도 모른다.

그들의 말을 묵묵히 듣고 있던 당 노인이 무엇인가 결심한 듯 입술을 깨물었다. 그러면서도 선뜻 말을 꺼내지 못하고 망설인다. 소걸이 그 눈치를 채고 웃었다.

"할아버지, 할 말이 있으면 속 시원하게 하세요. 저를 꾸짖으시려고 그러나요?"

"아니다."

"그럼 할머니에게 혼날까봐 망설이는군요?"

"고약한 녀석, 엉뚱한 소리는."

소걸의 머리통을 쥐어박은 당 노인이 심각한 얼굴이 되어 머뭇거렸다.

"과연 너를 위하는 일인지, 너를 망치는 일인지 판단할 수 없어서 차마 말을 꺼내기 어렵구나."

"기검부를 이기지 못한다면 살아도 살아 있는 게 아닐 텐데 까짓 더 망칠 일이 뭐가 있어요? 말씀해 보세요."

"휴―"

길게 한숨을 내쉰 당 노인이 비로소 작은 옥갑 한 개를 꺼내 손바닥
에 올려놓았다.

"이건 당가보를 떠날 때 내가 문주인 당시천 그놈을 윽박질러 빼앗
아 온 당문의 엄밀지보(嚴密之寶)다. 화룡적보단(火龍赤寶丹)이라고 하
는 것이지. 세상에는 오직 두 알만이 남아 있는데 그중의 한 알이기도
하다."

소걸과 함께 당문을 떠날 때의 일이다. 당 노인은 자신이 며칠 밤을
새며 기술한 당문의 비전 무공 비급을 문주에게 주는 대신 그로부터
한 알의 보단을 강탈하다시피 빼앗았던 적이 있다. 이제 그것을 꺼내
놓은 것이다.

"안 돼!"

소걸은 어리둥절할 뿐인데 당 노인의 말을 들은 염 파파가 낯빛마저
새파랗게 질러서 버럭 소리쳤다.

"당신, 이 늙은 괴물 같으니! 절대로 소걸에게 그것을 먹여서는 안
돼! 그랬다가는 내가 당신의 목을 비틀어 버릴 테다!"

"대체 그게 무슨 약이기에 그래요? 할머니는 또 왜 그렇게 놀라시는
거지요?"

염 파파와 소걸을 번갈아 바라보던 당 노인이 결심한 듯 입을 열었다.

"이것을 먹으면 하루 만에 너의 내공이 폭발적으로 증가해서 구유신
공의 십이성 단계에 이를 것이고, 조양신공 또한 대성지경에 이를 것이
다. 몸 안의 모든 잠력을 격발시켜 무궁무진한 힘을 이끌어내 주는 영
약이니 가히 신단이라 할 수 있지."

"그렇다면 그건 정말 기막힌 보물이군요. 쳇, 그렇게 좋은 게 있었으
면 진작 주실 것이지 여태까지 숨겨놓고 있었단 말이에요?"

그랬으면 이렇게 기검부에게 당해 심각한 내상을 입지 않았을 것 아닌가? 하는 불만이 생겼다.

"하지만 나는 정말 망설이지 않을 수 없다."

"왜요? 아까워서요?"

당 노인이 눈을 흘겼고, 염 파파가 그것을 빼앗으려는 듯 손을 허우적대며 악을 썼다.

"안 돼! 너는 절대로 그걸 먹어서는 안 된다!"

"염 매, 일이 이렇게 되었으니 어쩔 수 없소. 나도 이걸 소걸에게 먹이고 싶은 마음은 조금도 없다오. 하지만 그렇지 않고서는 소걸이 기검부의 검에 찔려 죽을 테니 이를 어쩌면 좋소?"

"그건, 그건……."

"소걸아, 할아비의 말을 잘 들어라."

"말씀하세요."

"이 약을 먹고 하루만 운기하면 너는 신공을 대성하게 된다. 염 파파가 이루었던 것보다 더 뛰어나게 될 수도 있지. 그리고 이 약은 그 기운을 보존해서 마르지 않도록 해줄 것이다."

"그렇다면 그야말로 영약 중의 영약이고 신선도 탐을 낼만한 보물이잖아요."

"그렇지 않다. 이 안에는 치명적인 약점이 있다. 나는 그것을 걱정하는 것이다."

"뭔데 그렇게 뜸을 들이시는 건지 정말 궁금해 미치겠어요."

"백 일이다."

"예?"

"약효는 백 일간 유지된다. 백 일 동안 너는 천하제일의 내공을 갖게 된다는 말이다."

"그 뒤에는 죽나요?"

"모든 내공을 잃어버리고 평범한 사람으로 돌아가게 되니 죽는 거나 다름없지. 게다가 다시는 무공을 익힐 수 없는 병서생(病書生)의 신세가 되는 걸 면할 수 없다."

"으음……."

비로소 할머니가 왜 그렇게 말리셨던 건지 이해가 되었다.

약을 먹으면 백 일 동안만 천하제일의 내공을 쓸 수 있게 되고, 그 후에는 한낱 병서생 신세로 전락하고 만다니 그건 너무 허망한 일 아니겠는가.

묵묵히 생각에 잠겼던 소걸이 빙긋 웃으며 손을 내밀었다.

"까짓 내공이라는 게 아무리 높으면 뭐 하겠어요? 죽으면 허공에 흩어져 버리고 마는 것 아닌가요? 사람이 백 살을 살면 많이 살았다고 하는데 그 뒤에는 천하제일의 고수나 한낱 나무꾼이나 다름없지 않겠어요? 뻣뻣한 몸을 꽁꽁 묶어 땅속에 파묻으면 그만이지요. 그때에 내공이 무슨 소용이 있을 것이며 금은보화가 무슨 소용이 있겠어요? 그러니 그저 살아 있을 때 마음껏 즐기면 그만이에요."

"……!"

"누구는 백 년을 살았어도 아쉬워하겠고, 누구는 하루를 살다 죽어도 충분히 기쁠 거예요. 그 약을 먹으면 백 일 동안이나 최강의 고수 노릇을 하며 살 수 있다니 그만한 행운을 어디에서 찾겠어요? 이리 주세요."

소걸이 당 노인의 손에서 옥갑을 빼앗았다.

【第三章】
저주받은 마물(魔物)

1

"청운관으로 갈 거야."

염 파파의 말에 당노인이 자리를 털고 일어섰다.

"그래? 염 매가 간다면 나도 간다."

소걸이 어리둥절해서 두 노인네를 번갈아 바라보았다.

"청운관으로 가신다고요? 황망령이 아니고요?"

"이제 거기는 내 집이 아니야. 내가 갈 곳은 청운관밖에 없어."

"염 매가 그렇다면 그런 거야. 다들 말릴 생각 마라."

"할머니! 할아버지! 이제 저를 버리겠다는 건가요!"

소걸이 주먹을 움켜쥐고 소리쳤지만 두 노인은 돌아보지도 않았다.

"이놈아, 버리는 게 아니라 우리가 떠나는 거다. 클클……."

당 노인이 이제야 홀가분하게 되었다는 듯 유쾌하게 말했고,

"할미는 원래의 자리로 돌아가는 거란다. 너도 언젠가는 그렇게 되

겠지."

염 파파가 씁쓸한 웃음을 띠고 말했다.

'원래의 자리.'

소걸의 가슴속에 할머니의 말이 무겁게 가라앉았다.

'내가 돌아가야 할 곳은 어디일까? 내 원래의 자리는 어디일까?

불쑥 든 그런 생각이 그를 슬프게 했다.

'황망령으로 돌아가야 한다. 그곳이 원래의 자리인지도 모른다.'

소걸은 제가 돌아가야 할 곳은 그곳밖에 없다고 생각했다.

"내가 두 분 어르신을 모시겠다."

황산노자 왕이, 왕 노인이 벌떡 일어났다.

"나도 더 이상 이 지긋지긋한 강호에는 미련이 없다. 살 만큼 살았으니 두 분 노신선을 모시고 마지막 가는 길을 준비해야겠어."

그렇게 대강 남북의 풍운아이자 현 무림의 절정고수 중 한 명인 황산노자는 미련없이 강호를 등졌다. 이제 다시는 강호에서 곰방대를 뻐끔거리는 그의 모습을 찾아볼 수 없게 될 것이다.

왕이가 서둘러 두 노인을 따라 떠나는 걸 보면서 소걸은 가만히 중얼거렸다.

'나도 그래. 이까짓 강호의 일 따위에는 관심도 없어.'

이번 일, 선유문과 조충의 일을 무사히 마무리하고 살아남게 된다면 저 황산노자처럼 아무 미련 없이, 그동안의 모든 걸 다 내던지고 다시 원래의 자리를 찾아 떠나리라고 결심했다.

그곳은 할머니와 할아버지 곁이다.

소걸은 제가 결국 있어야 할 곳은 황망령도 아니고 어디도 아니라는 걸 알았다. 할머니와 할아버지가 있는 곳, 그곳이 어디가 되었든 두 분이 살아 있는 한 바로 그 곁이 자기가 있어야 할 곳이리라.

당 노인이 염 파파의 손을 꼭 잡고 장안성 동쪽, 종산(鍾山) 기슭에 있는 청운관(青雲觀)을 향해 떠난다.

지난 오랜 세월 동안의 가슴 저리던 안타까움이 죽음을 몇 걸음 앞에 둔 오늘에서야 봄날의 눈 녹듯이 녹았다.

주름지고 뻣뻣한 파파의 손을 꼭 쥐고 있는 당 노인의 검버섯 피어난 얼굴에 웃음이 가득했다. 황산노자가 구부정한 허리를 한 채 봇짐을 지고 그 뒤를 십여 보 떨어져서 따르고 있다.

멀어지는 그들 세 노인의 모습을 바라보는 모두의 가슴에 만감이 교차했다.

그들이 눈보라 휘날리는 거리 저 너머로 사라져 보이지 않게 되고도 한참 동안 다루에는 무거운 침묵이 계속되었다.

"어떻게 해야 하지?"

삼살 고승이 머리를 갸웃거리며 곤혹스런 얼굴을 하고 대살에게 물었다.

장략이 거리 끝, 눈보라 속에 두었던 눈길을 천천히 돌려 삼살을 바라보았다. 한참 만에야 그의 입에서 무거운 탄식 같은 음성이 흘러나왔다.

"그들은 다시는 강호에 나오지 않을 것이다. 그러니 죽은 거나 마찬가지야."

"그럼 그만두는 거요?"

"강호에 더 이상 우리가 죽여야 할 당백아가 없으니 어쩌겠어?"

"그래, 차라리 속 시원하게 잘됐지 뭐."

고숭이 힐끔 소걸을 바라보며 그렇게 중얼거렸다.

＊　　　＊　　　＊

황망령으로 간다.

장안성 불선다루를 지키던 자들은 모두 폐허처럼 되어버린 그곳을 떠나 황망령으로 향했다.

사흘 동안 쉬며 운기요상을 한 덕에 소걸과 우마는 스스로 걸을 수 있을 정도로 회복되었다. 아직 강적을 만나 싸우기에는 충분치 않으나 제 한 몸을 추스를 만큼은 된 것이다.

성을 나오자 막막한 흰 벌판이 끝없이 펼쳐졌다. 드문드문 모여 서 있는 소나무 숲이 눈을 잔뜩 이고 있다.

벌써 며칠째 지독한 눈보라가 몰아치고 콧김이 얼어버릴 만큼 추웠으므로 사람의 모습이 뚝 끊겨 버렸다. 새도 들짐승도 보이지 않아 그저 적막한 눈과 얼음의 세상일 뿐이다.

그 속을 한 무리의 사람들이 긴 줄을 이루고 천천히 나아간다.

앞장선 혈지삼살의 뒤를 갈평과 초구량이 소걸과 우마를 가운데 두고 따랐다.

음양쌍존이 백의남학 설중교와 종남광도 도굉과 함께 십여 걸음 떨어져 뒤따랐고, 서천금편 추괴성이 금산반 장금료와 함께 맨 뒤를 따른다.

열세 명의 사람들. 그들 하나하나가 모두 강호에 이름을 쩌렁쩌렁 날리는 절정고수들이다.

두툼한 솜옷을 입고 머리에는 토끼 가죽으로 만든 모자까지 깊숙이

눌러써서 눈만 빠끔히 나와 있는 그 한 떼의 사람들이 막막한 벌판 저 너머로 사라졌다.

황망령까지는 북서쪽으로 사흘 길이다.

아침 일찍 장안성을 나와 해가 저물어갈 때쯤 갈림길에 다다랐다. 오른쪽으로 가면 종산(鍾山)이고 왼쪽으로 가면 하란고산(厦欄高山)의 눈 덮인 영봉들을 아득히 바라볼 수 있게 된다. 그 아래에 누런 구렁이 땅, 황망계(黃蟒界)가 있다. 그리고 불선다루가 외롭게 서 있는 황토 언덕, 황망령이 있다.

사흘 전 이 길을 지나갔을 할머니와 할아버지의 발자취는 남아 있지 않았다. 소걸은 걸음을 멈추고 한동안 왼쪽을 보고 오른쪽을 보았다.

종산으로 향해 있는 하얀 눈길 저 끝에 할머니가 서 있는 것 같았다.

"에휴—"

한숨을 내쉰 소걸이 마음을 정하고 왼쪽 길을 택했다.

흰 눈을 가득 이고 거대한 흙덩어리처럼 삐죽 솟아 있는 무황산(巫荒山) 기슭으로 들어섰을 때쯤에는 기어이 해가 사라졌다.

둘러봐도 인가(人家) 하나 보이지 않는 막막한 눈벌판이고 산자락이다. 다행히 눈보라는 멎어 있었다. 며칠 동안 쉬지 않고 세상을 괴롭히더니 이제는 제가 귀찮아진 모양이다.

무황산 북쪽 기슭에 있는 깊고 긴 골짜기를 금사곡(金砂谷)이라고 한다. 봄부터 가을까지는 맑은 물이 흐르고, 물가에 흩어져 있는 금빛 모래들이 아름답기 때문에 그렇게 불리는 것이다. 하지만 지금은 꽁꽁 얼어붙은 설빙곡(雪氷谷)이 되어 있었다. 소걸 일행은 그 얼음 골짜기 안으로 천천히 들어갔다. 삼십 리에 걸쳐 있는 그곳을 지나야 무황산을 벗어나 황망령 입구에 이르게 된다.

골짜기를 반쯤 들어갔을 때 날이 완전히 어두워졌다. 일행은 좌우의 가파른 벼랑을 머리에 이고 꽝꽝 얼어붙은 물가에서 야영을 했다.

이마 위로 서늘한 바람이 스쳐 가고 검은 하늘에 박힌 별들이 차갑게 반짝이는 밤이다.

사위는 죽은 듯 고요했다. 귓속에 찡, 하는 이명이 울릴 만큼 깊은 적막 속에서 가끔씩 뚝, 뚝, 하고 나뭇가지에 얹혔던 눈덩이가 떨어지는 소리만 들려올 뿐이다.

갈평과 교대한 도굉이 두 번째 불침번을 섰을 때다.

밤은 한층 깊어졌고 조금씩 바람도 살아나기 시작할 무렵, 일행이 떨며 잠들어 있는 이십여 장 앞쪽, 바위 위에 웅크리고 앉아서 골짜기를 바라보던 도굉이 흠칫, 몸을 굳혔다.

먼 동쪽 하늘이 희뿌옇게 밝아온다. 어느덧 밤이 지나고 멀리서부터 새벽이 다가오고 있는 것이다.

기운, 도굉은 그 신새벽의 어둠 속에 이슬처럼 스며들고 있는 음산하고 싸늘한 기운 한 가닥을 느꼈다. 낯선 무엇이다.

"이건?"

그가 웅크리고 있던 몸을 일으키고 잔뜩 눈살을 찌푸렸다. 가슴에 와 닿는 이 서늘하고 어두운 기운은 무엇이란 말인가. 살아 있는 자에게서는 느껴볼 수 없는 이 칙칙함은 무엇이란 말인가.

뒤를 돌아보았다.

동료들은 새벽의 깊은 잠에 빠져 있다. 그들에게는 휴식이 좀 더 필요하다.

"좋아, 내가 해보지."

도굉이 차가운 웃음을 씩 웃었다. 누가 되었든 적이라면 먼저 나의 일검을 맛보아야 할 것이라고 마음을 다졌다. 그런 다음에 다른 사람을 상대할 수 있다.

'와라!'

두 발로 굳건히 땅을 딛고 움켜쥔 검에 잔뜩 힘을 불어넣은 도굉이 마음속으로 그렇게 외쳤다.

휘이이이―

축축하고 음산한 바람이 불어왔다.

쿵!

무엇인가 큰 힘으로 땅을 구르는 소리. 대지가 은은히 진동한다.

쿵!

두 번째 진동이 느껴졌을 때 더욱 짙게 가라앉은 새벽 어둠 속에서 한 사람이 형체를 드러냈다.

도굉은 눈을 부릅뜨고 그자를 노려보았다.

흑의에 흑발을 늘어뜨린 괴인. 바람에 어지럽게 날리는 머리카락이 얼굴을 뒤덮어 용모를 알아볼 수 없다. 그 머리카락 사이로 뻗어 나오는 새파란 안광이 스산하다.

귀기라고밖에 말할 수 없는 음산한 기운과 축축한 살기. 바람결에 실려오는 퀴퀴한 냄새가 시체의 그것과 같다.

'강시?'

문득 그런 생각이 들었다. 하지만 괴인의 움직임은 부드럽고 단호했다. 강시에게서 볼 수 있는 경직됨이 조금도 없다.

그자가 걸음을 멈추었다. 십 장 밖이다.

흩어진 머리카락 사이로 노려보는 눈길이 새파란 인광을 띠고 무섭게 번쩍였다.

"네놈은 누구냐?"

"우흐흐흐—"

도굉의 낮은 물음에 음산한 웃음소리가 대답을 대신했다.

2

단 한 명.

이쪽에 몇 명이 있고, 그들의 무용이 하나같이 절정의 고수라 할 만하다는 걸 잘 알 텐데 혼자서 저처럼 적의를 가득 품고 찾아왔다는 건 그만한 자신이 있기 때문일 것이다.

도굉은 눈앞의 괴인이 그 어떤 자보다 무섭고 끔찍하리라는 걸 직감했다. 풍사헌보다도 더 무서울 것이다.

'나도 만만치 않은 놈이라는 걸 보여줄 테다.'

도굉은 그런 생각과 투지로 입술을 질끈 깨물었다.

"너는…… 죽는…… 다."

생기라고는 느껴지지 않는 괴이한 자. 그가 어눌한 음성으로 그렇게 말했다. 도굉이 피식 웃었다.

"너는…… 죽는…… 다."

멈추었던 괴인이 다시 다가오기 시작했다. 한 발을 높이 들었다가 힘껏 땅을 구른다.

쿵!

지진을 만난 듯 주위의 땅이 흔들렸다. 나뭇가지에서 눈덩이들이 우수수 쏟아졌다. 그 진동이 잠들어 있던 모두를 깨웠다.

"마왕파천보(魔王破天步)?"

　도굉은 문득 괴인의 그 힘있는 걸음이 마왕파천보 같다는 생각을 했다. 사부는 그 보법에 대해 이야기해 주면서 이미 오래전에 강호에서 사라졌다고 하지 않았던가.

　내공이 극히 높지 않으면 펼칠 수도 없는 것. 하지만 한 번 땅을 구르는 것만으로 언덕을 무너뜨리고 성벽을 허물 수 있는 패도적인 보법이라고 한다. 그것이 괴인에게서 되살아난 것인가? 하는 의문이 도굉을 어리둥절하게 했다.

　"무엇이든 좋아!"

　도굉이 어금니를 지그시 물고 검에 청성파의 칠성지기를 잔뜩 불어넣었다. 괴인의 정체가 무엇이든 저승으로 보내주겠다는 의지가 불같은 눈길에 고스란히 드러났다.

　우우웅—

　새벽 어둠이 스산한 귀기에 물들어 떤다.

　괴인이 천천히 두 팔을 들어올리자 그의 주위로 죽음의 냉랭한 기운이 빠르게 몰려들었다. 그 음산하고 차가운 귀기에 도굉은 저도 모르게 부르르 몸을 떨었다.

　'이놈은 살아 있는 놈이 아니다!'

　그런 생각이 강하게 든다. 아니, 확신으로 다가왔다. 그런데도 저렇게 자유롭게 움직인다는 건? 자신의 의지를 드러내고 있다는 건?

　'설마 지옥사령(地獄邪靈)이란 말인가?'

　불쑥 그런 생각이 들었다. 역시 사부에게서 들은 말이다. 사부는 그것을 달리 사령천마(邪靈天魔)라 부른다고 했다.

　도굉은 제가 떠올린 엉뚱한 생각에 놀라 치를 떨었다.

　'그럴 리가 없다. 지옥사령이 부활했다는 건 있을 수 없어!'

애써 부정한다. 하지만 그럴수록 눈앞의 괴한이 사령천마라고 불렸던 그 지옥사령이라는 생각은 더욱 커져 확신으로 변해갔다.

지옥사령대법(地獄邪靈大法).

죽은 자를 부활시키고, 지옥에 갇혀 있던 영혼을 소환해 내는 사파 최고의 사술.

이백여 년 전, 사령천사(邪靈天師)라고 불리던 사악한 도사가 있었다. 사파의 대종사가 되어 천하를 일대 혼란으로 몰아넣었던 자. 그자가 쓴 것이 바로 지옥사령대법이었다.

이미 죽은 자에게 지옥의 영혼과 힘을 불어넣는다. 그렇게 되살아난 자는 다시는 죽지 않는 불사불괴의 괴물이 된다. 영혼의 안식 대신 불사의 삶을 얻었으나 그건 곧 살아 있는 생령들에 대한 반란이고 저주였다.

살아 있는 모든 것들의 천적. 그래서 지옥 같은 공포와 죽음의 주재자로 군림하는 것. 그 지옥사령 때문에 이백여 년 전의 강호는 피와 죽음의 아수라지옥이었다.

사령천사는 흑도와 백도를 가리지 않았고, 당시 위세를 떨치던 마교도 예외없이 짓밟았다. 자기가 탄생시킨 열 구의 지옥사령을 앞세워 혼세천하를 만들었을 뿐이다.

그는 강호에 공포의 대마왕으로 군림하려던 것이었는지도 모른다.

멸망의 위기를 느낀 백도연합과 마교는 '태산지회(泰山之會)'로 불리는 대회합을 갖고 전격적으로 힘을 합쳤다. 끝없는 대립을 해온 일천 년 이래 처음 있는 일이었다.

그렇게 하나로 뭉치자 그들의 힘은 한 나라를 무너뜨릴 만큼 거대해졌다.

그런 그들의 대반격에 의해 사령천사는 그를 추종하던 사파의 무리들과 함께 갈가리 찢겨 죽었다. 들판에 버려진 그들의 주검을 까마귀가 쪼았고 들쥐들이 파먹었다.

하지만 사령천사의 죽음과 함께 뿔뿔이 흩어져 사라져 버린 열 구의 지옥사령은 끝내 찾아내지 못했다.

다행히 그 마물들은 한 번 사라지고 나서 다시는 나타나지 않았다. 사람들은 끝내 찾을 수 없는 그 마물들을 잊어버렸다. 그것들을 부릴 수 있는 사령천사가 죽었으니 잊어도 좋을 일이기는 했다.

그런데 그것으로 의심되는 자가 지금 금사곡에 나타났다.

괴인을 노려보는 도굉의 얼굴이 긴장으로 푸들푸들 떨렸다.

저것이 정말 지옥사령이라면 이건 보통 일이 아니다. 강호가 또 한 차례 핏물에 잠길지도 모르는 것이다. 얼마나 많은 생명이 참혹하게 죽어갈 것이며, 얼마나 많은 피가 산야에 뿌려지고 강을 물들일 것인가.

'확인해 본다.'

어금니를 지그시 문 도굉이 송문고검을 뻗어 그 검봉으로 괴인의 가슴을 가리켰다. 검봉을 타고 희뿌연 기운이 석 자나 뻗어나가 일렁인다.

쨍!

바위에 칼을 던진 것 같은 소리. 두터운 얼음에 금이 가는 것 같은 소리. 도굉의 검에서 그런 비명이 터져 나왔다.

그리고 그가 검신일여(劍身一如)가 되어 쏘아진 살처럼 괴인을 향해 날아갔다.

쉬아앙—

한 가닥 검강이 바람을 찢는 소리가 날카롭다. 그 앞에서 괴인이 한 손을 천천히 들어올렸다. 그리고 말아쥐고 있던 손가락을 가볍게 튕긴다.

파앙—

잠력. 강환(鋼環)을 던져 낸 것과 같이 맹렬한 기운이 높은 파공성을 내며 쏘아졌다. 그것이 일 장 앞에 밀려든 도굉의 검강을 그대로 때린다.

콰앙!

화포를 쏜 듯한 폭음. 그리고 맹렬히 찢겨 나가는 기파의 폭풍.

"크흑!"

도굉이 흙덩이처럼 산산이 부서져 버린 검을 쥔 채 튕겨져 나가고, 차갑게 얼어붙었던 허공이 쩡! 하고 쪼개졌다.

"안 돼!"

경고의 외침은 너무 늦게 터져 나왔다.

음양쌍존이 동시에 튀어나와 괴인의 앞을 가로막았을 때 도굉의 몸은 십여 장 밖을 훌훌 날고 있었다. 그가 토해내는 선혈이 허공에 아름답게 걸렸다.

우마가 떨어져 내리는 도굉을 받아 안았다. 종남산의 미친 도사. 험상궂던 얼굴이 지금은 창백하게 변한 채 눈빛이 빠르게 생기를 잃어가고 있었다. 그리고 감긴다.

"정신 차려! 이봐, 미친 도사야!"

우마가 그를 마구 흔들었다. 서서히 눈을 뜬 도굉이 울컥, 한 모금의 선혈을 토해내고 가까스로 말했다.

"저것은 사람이…… 아니다. 사령……천마…… 모두 달아나. 늦으면 다 죽는…… 다.”

“사령천마?”

우마의 짙은 눈썹이 꿈틀했다.

“사령천마라고? 그게 뭐야?”

소걸이 눈을 크게 뜨고 어리둥절한 얼굴로 저 앞쪽의 괴인과 음양쌍존을 바라보았다.

우마는 사령천마의 존재에 대해서 안다. 하지만 소걸은 들어본 적이 없다.

우마의 숨결이 거칠어졌다. 눈에 핏발이 서린다. 소걸은 그것이 우마가 지독한 살심을 품었을 때 나타나는 현상이라는 걸 알았다. 우마가 도굉의 축 늘어진 몸을 갈평에게 넘겨주고 부드득 이를 갈았다.

그러는 사이 음양쌍존이 장발괴인을 맞아 싸우고 있었는데, 음존의 언월도와 양존의 망혼금편이 미친 듯 허공을 휘젓고 날며 장발괴인의 한 몸에 집중되고 있었다.

“모두 달아나! 이놈은 사령천마다!”

양존의 두려움에 질린 음성이 금사곡에 쩌르릉 울려 퍼졌다.

“사령천마!”

그 한마디가 가지고 있는 공포에 모두 사로잡혔다. 서천금편 추괴성마저 새파랗게 질린 얼굴로 어쩔 줄 모른다.

꽝, 꽝! 하는 굉음이 연거푸 터져 나왔다. 허공을 무섭게 나는 망혼금편이 토해내는 삐리리리— 하는 날카로운 소성도 끊이지 않고 인다.

“우하하하하!”

장발괴인의 광소가 하늘 끝까지 치달았다.

조금의 망설임도 없이 음존 왕무동의 언월도를 맨손으로 쳐낸다. 그

의 수강(手罡)이 오히려 마도십병 중 사위로 꼽히는 음존의 언월도보다
단단했다.

꽝!

그가 다시 한 번 정수리에 떨어지는 음존의 언월도를 튕겨냈다. 재
빨리 언월도를 끌어들인 음존이 물러서는 것과 동시에 다섯 개의 망혼
금편이 번쩍이는 금빛을 사방에 뿌리며 쏟아져 내렸다.

귀청을 찢는 날카로운 휘파람 소리.

파파파팟!

금편들이 괴인의 목과 가슴, 두 어깨에 한 치의 어김도 없이 틀어박
혔다.

혈도가 모두 끊어지고 근골이 상한 채 쓰러져야 정상이다. 금편에
실린 내력에 의해 오장육부가 진동하게 되니 어지간한 자는 그 즉시
피를 토하고 죽는다. 하지만 괴인은 잠시 움찔했을 뿐, 움직임이 여전
히 민첩했다.

그가 두 손을 어지럽게 휘둘러 다시 쇄도해 드는 십여 개의 금편들
을 날려 버렸다. 장심에서 뿜어지는 음산한 암경이 마치 탄력있는 그
물을 쳐놓은 듯 거기에 부딪친 망혼금편들을 모조리 튕겨낸 것이다.

괴인이 금편에 신경 쓰는 사이 정신을 가다듬은 음존이 내력을 남김
없이 끌어 모아 일격을 날릴 준비를 했다.

"부드득!"

그의 이 가는 소리가 끔찍하게 들렸다.

슈아앙—

벼락처럼 쳐들어온 음존의 언월도가 뇌전처럼 비스듬히 떨어졌다.
괴인이 신경질적으로 머리를 젖혀 얼굴을 뒤덮고 있는 장발을 쳐올렸

다. 기광을 띠고 번쩍이는 두 눈에 언뜻 두려워하는 기색이 떠올랐다
가 빠르게 사라졌다.

3

괴인이 재빨리 몸을 기울였고 사악, 하는 경쾌한 소리가 났다. 그의
머리카락 한 움큼이 허공을 난다. 머리 위에서는 망혼금편들이 삐이이,
하는 휘파람 소리를 내며 위협적으로 내려꽂혔다가는 다시 하늘 높이
솟구치고 있었다.

"크아악!"

괴인은 단단히 화가 난 듯했다. 푸른빛이 일렁이는 눈으로 음존을
무섭게 노려보면서 야수가 포효하듯 소리쳤다. 하지만 머리 위 높은
곳을 날고 있는 금편들이 어지간히 거슬리는 듯했다. 감히 달려들 생
각을 하지 못하고 금편의 움직임에 온 신경을 기울인다.

진원지기로 버틸 수 있는 시간이 짧으니 그 안에 저놈을 잡아야 한
다. 초조해진 양존이 '핫!' 하는 기합성과 함께 진기로 조종하고 있던
금편들을 일제히 내려꽂았다.

허공이 우우웅, 하고 진동한다. 급하게 꺾어지며 내려꽂히는 수십
개의 금편들. 유성이 떨어지는 것과 같은 기세다.

두려워하는 기색을 띠고 잠깐 머뭇거린 괴인이 발악하듯 괴성을 지
르며 두 손을 머리 위로 맹렬하게 뻗었다. 그러자 한줄기 어둡고 단단
한 암경이 쇠뇌처럼 쏘아져 나가 한 덩어리로 뭉쳐 무섭게 떨어지는
금편들을 때렸다.

콰앙—!

금편에 실려 있던 양존 조백령의 진원지기와 괴인의 수강(手罡)이 격돌하자 화탄이 폭발한 것처럼 맹렬한 폭음과 열파가 터져 나왔다.

붉게 달아올랐던 양존의 안색은 다시 창백해졌다. 그가 급히 몸을 날려 오히려 자기에게 튕겨져 오는 금편들을 받아 쥔 것과 동시에 단단히 화가 난 괴인이 기성을 터뜨리며 부딪쳐 왔다.

쿵, 하고 발을 구른 것 같았는데 그의 신형이 갑자기 쭈욱, 늘어났다. 그런 착각을 줄 만큼 그의 움직임은 빠르고 맹렬했다.

"이놈!"

금편을 움켜쥔 양존이 노성을 터뜨렸다. 그리고 괴인을 향해 마주 몸을 날렸다.

쾅!

양존의 일장이 괴인의 가슴에 작렬했다. 장력을 타고 쏘아진 금편들이 모조리 가슴에 박혀 흔적도 없이 사라졌다. 그러나 괴인은 움찔했을 뿐 부서지지도 무너지지도 않았다.

"죽인…… 다!"

어눌하게 소리치며 주먹을 뻗어 무지막지한 암경을 뻗어냈다.

"저리 비켜!"

소리친 음존이 양존의 자리를 대신했다.

"네놈의 정체를 밝히고 말 테다!"

이를 악문 음존 왕무동이 노여움으로 수염을 부르르 떨며 넘치도록 진기를 실은 언월도를 내려쳤다. 쇠와 바위를 두부처럼 자른다는 그것의 날카로움이 단번에 괴인의 장력을 끊어내며 가슴을 갈랐다.

금강불괴 같은 몸뚱이도 음존의 무지막지한 힘이 실린 언월도 앞에서는 어쩔 수 없다. 하지만 그 순간 음존의 가슴속으로도 한줄기 암경이 스며들었다.

괴인은 앞서 쳐낸 맹렬한 장력에 한 가닥 은밀한 면장을 숨겨두었던 것이다. 교활한 수법이다.

"우욱!"

음존이 신음을 흘렸다. 가슴속에 밀려든 서늘하고 섬뜩한 기운에 진저리가 쳐졌다. 심맥이 차갑게 굳어간다.

지독한 면장이었다. 그리고 사악한 기운이다.

"수라태음장!"

음존이 언월도를 끌어당겨 물러서며 크게 놀라 소리쳤다. 스며든 즉시 심맥을 얼려 버리는 이와 같이 음유하고 사악한 면장은 그것 하나가 있을 뿐이다.

"너는 대체 누구냐!"

버럭 외치는 음존과 그의 일격을 바라보았던 양존의 얼굴이 경악으로 일그러졌다.

음존의 언월도는 괴인의 금강불괴지신을 깨고 가슴을 쩍, 갈라놓았다. 가죽과 살이 길게 벌어지고 그 안으로 흰 갈비뼈가 드러났는데도 괴인은 무너지지 않았다. 선혈 한 방울 흘러나오지 않는다.

제 가슴을 한 번 바라본 괴인이 신경질적으로 머리카락을 쓸어 넘기고 음양쌍존을 무시무시하게 노려보았다. 그들은 비로소 괴인의 진면목을 볼 수 있었다.

음침한 두 눈이 길게 찢어졌고 광대뼈가 두드러졌다. 매부리코에 세 가닥 염소수염이 나 있는 세모꼴의 얼굴.

특이하게도 눈동자가 푸른색이었다.

"청안마군!"

양존 조백령이 충격을 받은 듯 비틀거리며 정신없이 물러섰다.

강호에서 저렇게 푸른빛의 눈을 가지고 있으며, 수라태음장(修羅太陰掌)과 마왕파천보(魔王破天步)를 지닌 자는 오직 그 한 사람이 있었을 뿐이다.

청안마군(靑眼魔君) 팽숙련(彭肅璉).

청살마공과 수라태음장, 마왕파천보로 이백 년 전의 강호를 종횡했던 대마군이었다.

죽었어도 벌써 죽어 지금쯤은 흙으로 돌아가 있어야 할 그자가 이렇게 활보하며 그때의 절기를 더욱 무섭게 펼치고 있다는 게 믿을 수 없었다.

"역시 지옥사령이 되었구나!"

음존이 노성을 터뜨렸다.

이백 년 전 강호를 멸절의 위기 상태로까지 끌고 갔던 열 구의 지옥사령들. 그중 한 구의 정체가 밝혀진 것이다.

청안마군 팽숙련.

그는 살아 있을 때도 무적이라 할 만큼 막강한 초인이었는데, 죽은 뒤에는 더욱 무서워졌다. 사령천사의 사술에 육신과 영혼이 물들어 있기 때문이다.

그가 어떻게 하다가 사령천사의 손에 떨어졌는지는 알 수 없다. 하지만 저렇게 활강시가 되어 돌아다니고 있는 건 이제 의심할 수 없는 사실이다.

더 이상 늙지도 않고 죽지도 않는 괴물. 아니, 마물(魔物)이 되어 있는 것이다.

그것이 어디론가 사라져 이백 년의 세월 동안 보이지 않더니 오늘 이렇게 마교의 수단이 되어서 금사곡에 나타났다는 건 심각한 일이다.

'다 틀렸다. 빌어먹을!'

음존이 수라태음장의 침입을 받은 가슴을 움켜쥐고 발을 굴렀다. 그렇다면 이제 할 일은 하나뿐이다. 마교에 과연 몇 구의 지옥사령이 있는지 모른다. 하지만 그중 한 구라도 없앤다면 세상에 커다란 공덕을 쌓는 일이 될 것이다.

양존 조백령이 그들과 삼 장 떨어진 곳에서 발을 구르며 소리쳤다.

"저리 비켜! 나에게 넘겨라!"

두 손에는 망혼금편을 가득 움켜쥐고 있었지만 던질 수가 없다. 음존이 그를 돌아보지도 않고 스산하게 말했다.

"나는 이놈의 수라태음장에 심맥을 상했다. 가망이 없어. 하지만 마지막 일격을 먹일 수는 있지. 흐흐흐—"

"무슨 생각을 하는 건가? 그만 물러서!"

"으드득!"

음존이 부서지도록 이를 갈았다.

"이놈을 저승으로 데려가겠다. 자네는 무리를 이끌고 빨리 이곳을 떠나. 멀리 갈수록 살 길이 많아진다."

진원지기가 빠르게 소진되어 가고 있었다. 수라태음장에 당한 심맥이 서리가 낄 정도로 차가워지고 있다.

음존의 비장한 말에 양존이 발을 동동 구르며 안타까워했지만 그의 마음을 돌이킬 수 없다는 걸 잘 알았다. 양존 조백령의 늙은 두 볼을 타고 뜨거운 눈물이 흘러내렸다.

이제 단 한 번의 움직임. 음존 왕무동은 그것만이 자신이 칠십 년 가까이 살아온 이 세상에서 허락된 유일한 움직임이라는 걸 잘 알았다.

그리고 그 한 번의 움직임으로 끝내야 한다. 그렇지 않으면 죽어서도 눈을 감지 못할 것이다.

이백 년 전의 절대마인이었던 청안마군 팽숙련과 현 무림에서 열 손가락 안에 꼽히는 절대자라 해도 과언이 아닌 음존 왕무동이 그렇게 마주 노려보며 최후의 일격을 준비했다.

"끼얏!"

음존이 마지막이라 할 기합성을 터뜨리며 몸을 날린 것과 동시에 청안마군 팽숙련도 너덜거리는 가슴을 그대로 드러낸 채 마주쳐 왔다.

쾅!

두 사람이 그대로 가슴과 가슴을, 어깨와 어깨를 부딪쳤다. 미친 듯 마주 보고 돌진하면서 누구도 피할 생각을 하지 않았던 것이다. 아니, 어쩌면 상대가 겁을 집어먹고 먼저 피하리라고 여긴 것인지도 모른다. 그러나 청안마군은 그럴 줄을 모르고, 음존에게는 물러설 생각이 없었다. 노리는 최후의 수단이 있었기 때문이다.

'나를 던져 그를 잡는다.'

음존은 자신의 최후를 그렇게 장식하기로 결심했다.

으드득!

청안마군이 두 손으로 족쇄처럼 음존의 허리를 감싸고 조여왔다.

무지막지한 힘.

음존은 바윗덩이라도 부수고 말 듯한 그 힘을 고스란히 몸으로 받아들였다. 그리고 자신의 독문병기인 언월도를 빙글 돌려 청안마군의 뒷덜미에 박아 넣었다. 두 손으로 그것을 붙잡고 온 힘을 다해 끌어당긴다. 단단히 움켜쥐고 좌우로 번갈아 기울이며 청안마군의 뒷덜미 깊숙이 박아 넣고 있는 것이다.

내 허리가 완전히 꺾이기 전에 마지막 힘을 다해서 이 마물의 머리 통을 잘라야만 한다. 그렇지 않으면 이놈은 다시 살아나 움직이리라. 그렇게 놔둘 수 없다는 생각으로 음존은 마지막 투지를 맹렬하게 불러 일으켰다.

금강불괴를 이루고 있는 청안마군의 몸이 음존의 그 힘을 견디지 못 하고 조금씩 잘리기 시작했다. 쇠를 자르고 바위를 베는 날카로운 칼 날이 점점 살 속으로 파고들고 드디어 목뼈에 닿았다.

"끄으으으—"

영혼이 없는 마물도 고통을 느끼는 것일까?

청안마군이 괴로운 신음을 흘렸다. 그럴수록 음존의 허리를 조이고 있는 손에 더욱 무지막지한 힘이 들어간다. 뿌드득, 하는 소리와 함께 음존의 척추가 부러지기 시작했다. 그리고 청안마군의 목뼈도 쪼개진 다.

파앗—!

드디어 언월도의 새파란 날이 청안마군의 목을 뒤에서부터 관통해 앞으로 불쑥 튀어나왔다. 그와 함께 음존의 허리가 완전히 꺾여 접혔 고, 청안마군의 흉측한 머리통이 어깨에서 굴러 떨어졌다.

'해냈다!'

음존의 마지막 의식이 그렇게 환희의 외침을 터뜨렸다.

【第四章】

장렬한 죽음

1

"비켜!"

고함이라기보다 절규에 가까운 외침.

"나를 막는 자는 모두 죽이겠다!"

소걸이다.

그는 지금 황망계가 있는 북쪽을 바라보는 언덕 위에 서 있었다.

뽑아 들고 있는 빙백검이 핏물로 얼룩졌고, 굳지 않은 선혈이 방울져 흘러내리고 있다.

그의 주위에는 여섯 명의 흑의인들이 제각각의 모습으로 널브러진 채 이미 숨이 멎어 있었다. 아직 더운 피를 콸콸 흘려대고 있는 주검도 있다.

넓게 퍼져 있는 설원 위에서는 한바탕 피와 죽음이 난비하는 살육이 벌어지고 있는 중이었다.

그 선두에 우마와 혈지삼살이 있고, 왼쪽에는 양존 조백령과 백의남학 설중교가 있으며, 오른쪽에는 추혼랑 갈평이 금산반 장금료, 광풍도 초구량과 연합하여 마교의 무리들을 도륙하고 있었다.

그리고 뒤쪽에서는 서천금편 추괴성이 그의 병장기인 일 장 길이의 금편을 꺼내 무섭게 휘두르고 있는 중이다.

그것이 허공에 휘파람 소리를 남길 때마다 찢어지고 갈라진 살과 뼈가 흩어지고 참혹한 비명이 하늘에 울렸다.

소걸은 아직 기검부와의 일전에서 입은 내상을 회복하지 못하고 있었다. 그래서 사방으로 넓게 퍼져 있는 일행의 중앙에 위치하며 소극적으로 보신하고 있을 뿐이다.

하지만 그는 중상을 입고 운신이 불가능해진 종남광도 도굉을 돌보아야 하는 처지라 추괴성 등이 펼친 사방진을 뚫고 들어온 일단의 마졸들을 상대로 싸울 수밖에 없었다.

머뭇거리면 자신과 도굉의 목숨이 다 위험하다. 그래서 소걸은 악독하게 마음을 먹고 파천검법을 십분 발휘해 그들의 검진을 상대했다. 그 결과 소걸의 주위 일 장 안으로 들어오는 자들은 모두 빙백검의 제물이 되었다.

"이, 이, 지독한 놈."

천룡전(天龍殿) 마룡당(魔龍堂)의 당주이자 흑도의 거물인 흑사신(黑死神) 장이령(張二岺)이 놀람과 분노로 부들부들 떨었다. 그는 소걸이 단신으로 열두 명으로 이루어진 소천살진(小天殺陣)을 무너뜨렸다는 걸 제 눈으로 보고도 믿기 힘들었다.

그것은 백이십 명으로 펼치는 대천살진(大天殺陣)의 축소판이다. 강호의 기인이라 할지라도 소천살진에 갇히면 혼자 힘으로 뚫고 나오기란 불가능하다. 그런데 소걸이 눈앞에서 심복 수하 여섯 명을 찔러 죽이고 진을 깨뜨렸다.

소걸을 잡으라는 명을 받고 우회하여 달려왔지만 오히려 낭패를 본 장이령은 이대로 돌아갈 수 없다는 걸 잘 알았다. 임무를 완수하지 못하면 죽음이 있을 뿐이다.

마음을 독하게 먹은 장이령이 자신을 흑사신으로 불리게 한 독문병기인 쌍구겸(雙鉤鎌)을 뽑아 들고 번쩍, 몸을 날렸다. 그와 함께 소걸의 빙백검도 허공을 격하고 마주 검초를 뻗어냈다.

피잉―!

두 자루의 구겸이 춤을 추며 죽음의 칙칙한 기운을 마음껏 뿌려댄다. 쌍겸구천(雙鎌九天)이라는 지독한 절초. 수많은 영혼을 빨아들인 그것이 지옥의 번갯불이 되어 소걸의 검광을 잘라갔다.

소걸의 검초가 돌변했다. 피 맛에 흠뻑 젖은 빙백검은 이제 완연한 요기(妖氣)마저 띤 채 혈광을 뿌렸다.

꽝―!

그것이 쌍겸과 부딪쳤다.

"으억!"

장이령의 입에서 절로 비명성이 터져 나오고, 그의 쌍겸이 덧없이 잘려져 허공을 날았다.

'이럴 수가?'

장이령의 부릅뜬 두 눈 가득 죽음의 절망이 드리웠다.

서걱, 하는 끔찍한 소리가 귓전에 들린 것 같았다.

그의 목이 둥실 떠올랐다. 저 아래쪽, 자신의 몸뚱이를 바라본다. 밋밋해진 어깨를 한 채 우두커니 서 있는 그것이 낯설어 보였다.

그리고 아직 살아남아 있는 수하들을 향해 날고 있는 소걸의 검.

그것이 그가 이 세상에서 마지막으로 본 한순간의 광경이었다.

금사곡 출구를 가로막고 있던 마교의 일파(一波) 이백 명이 불과 한 시진도 되기 전에 모두 참혹한 주검이 되어 설원을 자신들의 피로 붉게 물들였다.

소걸의 무리에게는 용서가 없었다. 오직 살기만이 충천할 뿐이다.

음존의 장렬한 죽음을 목격한 뒤부터 그들은 두려움과 증오가 뒤범벅이 된 감정에 사로잡혀 있었는데, 금사곡을 벗어나기 무섭게 기다리고 있던 마교의 무리들과 부딪치자 그것이 광기가 되어 폭발했다.

마교의 무리는 끊이지 않고 밀려왔으나 이쪽은 하나하나가 모두 절정고수의 반열에 들어 있는 사람들이다. 그들의 살기 앞에서는 마졸이 열 명이든 백 명이든 의미가 없었다.

온통 핏물을 뒤집어써서 악귀 야차처럼 변해 버린 사람들이 헐떡이는 숨을 내쉬며 다시 모였다. 한 명의 희생자도 없다. 다들 지쳐 있을 뿐이라 허연 입김을 굴뚝처럼 뿜어내고 있지만 조금 휴식하면 곧 회복되리라.

"얼마나 남은 거냐?"

양존 조백령이 흰 수염을 물들이며 뚝뚝 떨어지는 핏물을 쥐어짜면서 물었다. 소걸이 막막한 설원 저쪽을 가리켰다.

"저 벌판을 건너면 황망계에 이르게 됩니다. 거기서 하루 길이지요."

"그렇다면 어서 가야지."

양존이 살기가 줄줄 흐르는 핏발 선 눈으로 벌판 끝을 바라보았다.

그는, 아니, 그들은 모두 느끼고 있었다. 보이지 않는 설원의 저쪽

어딘가에 마교의 제 이파가 기다리고 있다는 것을.

그들의 기감이 그것을 가르쳐 주었고, 바람결에 실려오고 있는 냉랭한 쇠붙이 냄새가 그것을 가르쳐 주었다. 그리고 피부에 와 닿는 벌판 저 너머의 지독한 살기가 있다.

양존이 부드득 이를 갈았다. 평생을 함께했던 음존의 죽음을 눈앞에서 지켜보기만 했다는 자책감이 그를 괴롭혔고, 음존의 시체마저 찾아오지 못했다는 자괴감 때문에 견디기 힘들었다.

'그는 지금 이 차가운 대지에 피를 뿌리고 누워 있는데, 나는 아직 살아서 이처럼 헐떡거리는 숨을 내뱉고 있다. 이 얼마나 부끄러운가.'

그런 마음의 고통이 양존을 미치게 했다. 마졸의 피를 한 방울이라도 더 뽑아내지 않으면 고통이 가중될 것이다. 자신을 위해서, 그리고 음존의 죽음을 위해서 그는 오늘 악귀 야차가 되리라 결심했다.

"가자!"

양존이 자신의 제물들이 숨죽이고 있는 설원 저 너머를 향해 힘껏 몸을 날렸다. 그 뒤를 소결의 무리가 한 떼의 살신, 악귀가 되어서 미친 듯 따랐다.

차고 음산한 하늘에 둥근 달이 걸렸다. 은은한 달빛이 흰 눈 위에 비쳐서 산정평원이 안개 속처럼 뿌옇다.

그 흰 달빛과 눈을 밟으며 한 떼의 사람들이 평원을 향해 나아갔다. 바람이 불어올 때마다 하얗게 물결치며 다가왔다가 멀어지는 눈보라. 그것을 헤치며 나아가는 열두 사람.

그들이 모습을 드러낸 즉시 산정평원에 흐르던 수상한 기운이 크게 일렁였다.

삐이익—

경계의 호각 소리가 날카롭게 치솟았다.

아직 반 마장의 거리가 남아 있는데 저쪽에서 오십여 명의 흑의인들이 피풍을 펄럭이며 비조처럼 달려왔다. 매복하고 있던 마교의 이파(二波)가 밀려오는 것이다. 유밀전 호귀당(呼鬼堂) 소속 고수들이다.

그들이 이십 장 앞까지 다가왔을 때 갈평과 초구량이 먼저 번쩍, 몸을 날려 마주쳐 나갔다.

"크억!"

부딪치기 무섭게 쳐나온 한줄기 싸늘한 도기(刀氣)가 선두의 목을 날려 버렸다. 그 지독한 칼빛이 갈평의 것인지, 초구량의 것인지 가려 볼 수가 없다.

"케액!"

"컥!"

몇 마디의 고함과 비명 소리가 동시에 터져 나오고, 좌우로 흩어진 갈평과 초구량의 칼은 서릿발 같은 단호함으로 한 놈 한 놈을 베어 넘겼다.

그들에게 선봉을 빼앗긴 게 분하다는 듯, 금산반 장금료와 혈지삼살이 두어 호흡 늦게 뛰어나와 가세했다. 그러자 비명 소리와 죽음이 더욱 빠르게, 더욱 널리 퍼진다.

일 다경이 지나지 않아서 오십여 명의 주검이 산정평원을 어지럽혔다. 그리고 앞에는 첨병을 잃은 마교의 이파 삼백여 명이 길게 늘어져 장사진을 친 채 밀려오기 시작했다.

달빛 아래 삼백여 명의 고수들이 바람처럼 밀려드는 모습이 장관이다.

양존과 추괴성을 가운데 두고 좌우로 늘어선 열두 명의 전사들이 마교의 이파를 마주 보며 뚜벅뚜벅 걸어갔다. 그 앞에 검은 구름덩이처럼 밀려드는 유밀전의 고수들. 하얗게 출렁이는 설원.

차가운 바람이 다시 몰아치기 시작했다. 안개처럼 온통 시야를 가려 버린 그 바람과 눈보라에 청명하던 하늘이 흐려졌다.

무리를 기다리게 한 양존 조백령과 서천금편 추괴성이 십여 장 앞서 나아가 우뚝 섰다. 옷자락을 펄럭이며 오르락내리락 달려오고 있는 삼백의 유밀전 고수들을 무심한 얼굴로 바라본다. 커다란 해일을 마주하고 선 두 사람의 고독인(孤獨人)이 된 듯했다.

2

가장 앞서 질주해 오던 도살광창(屠殺狂槍) 엄교기(嚴交器)가 눈을 부릅떴다.

그는 유밀전에 속한 호귀당의 당주이자 한 자루의 혈창(血槍)으로 강호를 떨게 하는 대마두다. 양존과 추괴성을 노려보는 얼굴에 분노가 가득했다.

'건방진 늙은이. 단번에 죽여주마.'

눈앞에 있는 무표정한 얼굴의 두 노인을 노려보는 눈길에서 살기가 줄기줄기 뻗친다.

파앗!

일 장 밖. 그의 장창이 갑자기 늘어난 것처럼 쭉 뻗어 나왔다. 쇠뇌보다 빠르고 강력한 일격이다. 바위마저 꿰뚫을 듯한 혈창이 양존의 미간에 박혀든 것 같은 착각이 들었을 때,

“엇?”

노인의 비명 대신 엄교기의 입에서 놀람의 탄성이 터져 나왔다.

부르르르—

손 안에서 창 자루가 몸부림을 친다. 옆에서 불쑥 뻗어 나온 쭈글쭈글한 손 하나. 그것이 검보다 예리한 창날을 움켜쥐고 있었던 것이다.

엄교기가 눈을 부릅떴다. 용을 써보지만 추괴성의 손에 꽉 붙잡힌 창은 커다란 바위에 눌린 듯 요지부동이다.

“흥! 겁없는 마졸 놈.”

싸늘한 비웃음. 그리고 엄교기는 가슴이 화끈해지는 느낌에 눈을 크게 떴다. 순식간에 피가 뻣뻣이 굳고 사지육신의 근육이 해체되는 듯한 고통이 머리꼭지에 밀려들었다. 정수리에 깊이 박혀 반짝이는 금편 하나가 콧등 위로 올려다 보인다.

쿵!

엄교기의 통나무처럼 굳어버린 몸이 땅에 처박혔다.

선두의 십여 명이 그걸 보았다. 눈 깜짝할 사이의 일이고 달려온 탄력 때문에 멈출 수도 없다.

그들이 일제히 ‘엇!’ 하고 놀란 외침을 터뜨렸을 때, 양존이 동이고 있던 장삼 자락을 활짝 열어 젖혔다. 번쩍이는 금편이 무수히 달려 있는 단갑이 드러난다. 찬란하게 쏟아지는 금빛.

그것을 본 자들이 본능적인 불길함을 느끼고 주춤거렸다. 하지만 그들은 눈앞에 닥친 저승사자를 피할 수 없었다. 너무 늦게 깨달은 것이다.

파아앗—!

양존의 몸에서 금빛의 무리가 맹렬하게 쏟아져 나갔다. 귀청을 찢는 파공성에 정신이 멍해진다.

퍼퍼퍼퍽—!

모래 포대에 화살이 꽂히는 것 같은 소리가 연이어 터져 나왔다.

"끄으으으—"

열 명이 눈을 까뒤집고 무릎을 꿇었다. 달빛 아래 언뜻 드러나는 그들의 이마 복판에서 금빛이 번쩍인다.

그들을 지나친 망혼금편 열 개가 삐이이— 하는 소성을 내며 허공을 날았다. 그와 함께 이선에 있던 자들 속에서도 시끄러운 비명성이 터져 나왔다.

금편의 폭풍 속에 든 자들이 할 수 있는 거라곤 오직 단말마의 비명을 터뜨리는 것뿐이다.

두세 호흡 사이에 오십여 명이나 되는 자들이 맥없이 고꾸라졌다. 추괴성과 양존의 근처에도 다가서 보지 못한 채다.

"물러서라!"

마졸들의 뒤에서 크게 외치는 자가 있었다. 상황이 심상치 않음을 느낀 굉천도(轟天刀) 탁극렴(倬極濂)이 수하들을 헤치고 뛰어나오며 소리친 것이다. 그는 마교의 장로이자 유밀전주다. 십대천마 중의 한 명이기도 하다.

전주(殿主)가 손수 나서자 잠깐 흔들렸던 흑의인들의 사기가 다시 살아났다.

탁극렴이 거대한 괴조인 듯 검은 옷자락을 펄럭이며 수하들의 머리 위를 훌훌 날아 넘어왔다.

어이가 없다. 기가 막힌다.

자욱한 눈보라 속에 우뚝 서 있는 두 노인. 그 앞에 널브러져 있는 수하들을 보는 탁극렴의 두 눈이 불길을 화르륵 토해냈다.

그들 두 노인이 피식 웃는다.

"웃어?"

노여움이 극에 달한 탁극렴이 그의 독문병기인 칠십 근 굉천도(轟天刀)를 바람개비처럼 휘돌리며 들이쳤다.

뇌풍도법(雷風刀法)이 벼락치는 것과 같은 파공성을 내며 서천금편 추괴성의 면전으로 떨어졌다. 탁극렴이 평생 패해본 적이 없다고 자랑하는 극강의 도법이다.

콰우우우―

주변의 공기들이 칼이 뿜어내는 무지막지한 기운에 터져 나갔다. 폭풍처럼 휩쓸어가는 여파가 방원 삼 장에 미친다.

추괴성은 무시무시한 그 도파(刀波)를 고스란히 맞으며 한 그루 고목처럼 우뚝 버티고 서 있었다. 옷자락이 찢어질 듯 펄럭이고 수염이 어지럽게 나부낀다.

구름을 찢고 떨어지는 낙뢰처럼 탁극렴의 칼이 정수리 위에 내려꽂히는 순간,

"흥!"

싸늘한 코웃음.

비로소 추괴성이 슬쩍 옷소매를 떨치며 움직였다. 그가 꺼지듯 사라진 자리에서 뒤늦게 쉬이이익, 하고 바람을 가르는 소리가 들렸다. 금편이 다시 한 번 풀려 나온 것이다.

일 장 길이의 금편이 급류를 타는 은어처럼 매끄럽게 탁극렴의 도파속을 헤집었다. 굉천도가 눈부신 빛을 뿌리며 금편의 흐릿한 그림자 사이를 스쳐 지나갔다. 그러던 어느 한순간, 유령처럼 움직이던 금편

이 삼각형의 머리를 불쑥 내밀었다.

땅—!

낭랑한 쇳소리.

"으헛!"

탁극렴이 놀라 외쳤다. 쥐고 있는 칼이 부러질 듯 크게 휘었다가 되돌아오며 윙윙거리는 울음을 토해냈다. 손아귀가 찢어질 듯 아프다.

'어찌 채찍에 실린 힘이 이처럼 강맹할 수 있단 말인가?'

그런 의문이 번쩍, 스쳐 갔다. 탁극렴은 지나친 놀람으로 소리치는 것마저 잊은 채 주춤 물러섰다. 그리고 눈앞에 불쑥 뻗어오는 금빛 찬란한 독사의 대가리를 보았다.

퍼억—!

해골과 뇌수를 뚫고 나가는 뜨거운 열기가 느껴진다.

일격.

굉천도라고 불리는 절세적인 마두 하나가 추괴성의 일격에 무너졌다. 그것을 본 자들이 모두 제 눈을 의심했다. 그때 다시 양존 조백령이 허공을 향해 한 줌의 금편을 뿌렸다.

삐이이이—

귀청을 찢을 듯한 날카로운 휘파람 소리가 지나가고, 열 개의 망혼금편이 살아 있는 생명체인 것처럼 이리저리 날며 마졸들의 머리 위로 쏟아졌다.

부딪치는 모든 것을 꿰뚫어 버리는 강렬함. 그리고 다시 떠올라 먹이를 찾듯 유연한 궤적을 그리고 맴도는 그것. 당 노인에게서 전해 받은 은하비의 수법이었다.

그와 함께 추괴성이 이파의 무리 속에 뛰어들었다. 달빛에 취해 춤을 추듯 넓은 옷소매를 펄럭이며 이리저리 허공을 휘젓는다. 꿈틀거리는 긴 채찍이 갈기갈기 찢어놓는 창백한 달빛 아래 터져 나오는 비명과 선혈.

양존 조백령도 쉬지 않고 손가락을 꼼지락거렸다. 그때마다 금편들이 피를 부르는 요악한 생명체인 것처럼 날카로운 소리를 내며 급강하하고 치솟기를 거듭했다. 그 아래에서는 어김없이 참혹한 비명성이 터져 나와 밤하늘에 울려 퍼진다.

암흑천교의 삼전 중 하나인 유밀전은 이제 더 이상 없다.

암흑천교의 삼장로이자 삼태상 중 셋째인 철비야차(鐵臂野次) 공문(孔紋). 그의 분노가 하늘에 닿았다.

"이게 말이 돼?"

지그시 눈을 감고 있던 오장로 마미륵이 번쩍, 눈을 떴다. 한줄기 차가운 신광이 눈보라를 뚫고 십여 장 밖까지 뻗어나간다.

"아미타불. 이건 본 교의 수치이자 장로들인 우리 모두의 수치요."

"그래서 어쩌자는 거요?"

"어쩌긴, 빌어먹을 타불. 더 이상 뒷전에서 무게만 잡지 말고 다 같이 밀고 나가 그 썩을 것들의 대갈통을 바삭바삭 부수어놓자는 거지."

"마미륵의 말이 백번 옳아. 자, 나갑시다!"

육장로인 독비천수(毒匕千手) 왕응상(王鷹上)이다. 열 자루의 비수를 때로는 암기로, 때로는 병장기로 쓰는데, 그 솜씨가 출신입화의 경지에 올라 오래전부터 강호에 마명을 드날리던 거마이기도 했다.

그들이 일제히 일태상이자 대장로인 화염신로(火焰神老) 황유선(黃儒先)에게 눈길을 모았다. 그는 오늘의 국면을 교주 대신 주도하는 사람이니 총사령이나 마찬가지다.

화염신로 황유선이 한참 만에야 침묵을 깨고 말했다.

"좋소이다. 하지만 그전에 사령천마들을 먼저 내보냅시다."

"우리를 믿지 못하시겠다 이거요?"

마미륵이 퉁방울 같은 눈을 부라리며 따지자 화염신로가 빙긋 웃었다.

"그대들과 나의 목숨은 하나뿐이라 안심할 수 없으나 사령천마에게는 그것이 없으니 쓸 만하지 않겠소?"

"하지만 벌써 한 구가 금사곡에서 절단나지 않았소이까?"

"그들의 능력이 그 정도라는 걸 알았으니 이번에는 세 구를 한꺼번에 내보내겠소."

세 명의 장로들이 일제히 눈을 크게 뜨고 입을 딱 벌렸다.

혼자서도 어지간한 강호의 문파 하나쯤은 가볍게 쓸어버릴 만한 사령천마다. 그것이 세 구나 한꺼번에 출격한다면 그 위력을 당할 자가 누가 있으랴.

화염신로가 빙긋 웃었다.

"그 세 구의 사령천마를 앞세운다면 우리가 뒤에서 조금만 거들어주어도 충분할 거요."

"좋소, 좋아. 그럼 즉시 나갑시다!"

마미륵이 성급하게 몸을 일으켰다. 고통을 모르고 죽을 줄도 모르는 사령천마를 앞세운다면 위험이 훨씬 줄어들 것이다.

일파와의 싸움으로 거칠어졌던 호흡을 가라앉히기 무섭게 이번에는 이파와의 싸움을 치르느라 다시 숨결이 거칠어졌다.

이처럼 무모한 집단전을 치르다 보면 부상 못지않게 위험한 게 바로 지치는 일이다. 소걸 등은 다시 삼백여 명이나 되는 유밀전의 고수들과 반 시진 가까이나 사력을 다해 싸우느라 지칠 대로 지쳐 있었다.

처음 일파의 무리를 도살했을 때는 통쾌하기만 했는데, 이파의 무리 삼백여 명을 도살하게 되자 점점 지겹다는 생각이 들었다. 그게 더 빨리 그들을 지치게 했다.

그런 그들 앞에 그것들이 보였다. 저 멀리 눈보라를 헤치며 경중경중 뛰어 다가오고 있는 세 사람의 흐릿한 형체. 한 번 몸을 허공에 던져 올릴 때마다 십여 장씩 쭉쭉, 뻗어 나오고 있었다.

"사령천마다!"

눈을 가늘게 뜨고 바라보던 추괴성이 놀라서 소리쳤고, 그 말을 들은 모두의 안색이 핼쑥해졌다.

몇 번 숨을 가다듬는 사이에 그들이 지척에 이르렀다.

생기가 느껴지지 않는 괴이한 자들. 칙칙한 검은 옷자락이 찢어질 듯 바람에 펄럭이고, 턱끈을 단단히 조인 죽립 아래의 어둠 속에서 새파란 귀화가 일렁인다.

"이번에는 누구일까?"

무리의 앞에 나선 추괴성과 양존이 서로 마주 보고 물었다.

금사곡에 나타났던 것은 이백 년 전의 대마인이었던 청안마군 팽숙련이었다. 저 세 구의 사령천마도 팽숙련 정도의 절정고수일 것이다.

"적어도 한 사람은 알 수 있을 것 같군."

양존 조백령이 가운데 우뚝 서 있는 죽립의 괴인을 턱으로 가리켰다. 그는 괴인이 들고 있는 한 자루의 고색창연한 보검을 본 것이다.

3

검은 교룡피 검집에 화려한 매화꽃 무늬가 생생하게 새겨져 있는 그 것. 어찌나 정교하고 아름다운지 금방이라도 꽃잎이 바람에 날릴 것만 같다.

"봐. 오성매화신검(五星梅花神劍)이다."

"오성매화신검!"

추괴성이 놀람의 외침을 터뜨렸다. 그들의 뒤에 서 있던 무리들도 모두 경악하여 입을 딱 벌린다.

"화산신검(華山神劍) 곽송양(郭松陽)!"

이백 년 전 강호에서 신검으로 이름이 높았던 화산파 불세출의 기 재. 한 자루 오성매화신검으로 구주팔황을 한가롭게 떠돌았던 수십 년 동안 그의 검 아래 십 초를 제대로 버틴 자가 없었다고 한다.

그러던 그가 갑자기 강호에서 사라져 영영 종적을 감추었다. 세상 사람들은 그가 드디어 검의 궁극에 올라 도(道)와 하나가 되어서 우화 등선했다고만 여겼을 뿐이었다. 그런데 지금, 그 오성매화신검이 눈앞 에 나타났다.

"어찌, 어찌 이럴 수가 있단 말인가!"

추괴성이 너무 놀라 주춤주춤 물러섰다. 화산파 불세출의 검객이 한 낱 활강시가 되어 이백 년의 시공을 뛰어넘어 이렇게 나타났으니 악몽 도 이런 악몽은 없을 것이다.

"나는 저자를 알아."

뒤에 있던 백의남학 설중교가 소리치고 나섰다.

"참혼도마(斬魂刀魔) 왕열(王熱)!"

부르짖는 음성에 분노와 원한이 철철 넘쳐 났다.

곽송양의 왼쪽에 우뚝 서 있는 깡마른 흑포괴인. 센바람이 불어서 그의 죽립이 기우뚱하고 벗겨질 듯 잠깐 기울었는데, 그 틈에 얼굴 반쪽이 드러났던 것이다.

검은 안대로 한쪽 눈을 가린 길쭉한 말상의 얼굴이었다. 목에서부터 거슬러 올라간 한줄기 끔찍한 검상이 관자놀이에까지 이어져 있어서 누구나 한 번 보면 잊을 수 없는 강렬하고 무서운 인상이다.

역시 이백 년 전 장강 남쪽의 무림에서 패도(覇刀) 왕열로 불리던 도객(刀客)이었다.

육신은 물론 혼백마저 끊어버린다는 그의 칼은 불패의 신화를 쌓았다. 그런데 강호의 절대자들 중 한 명으로 꼽히던 그가 오늘은 활강시가 되어 나타난 것이다.

어느 날 문득 지옥사령대법(地獄邪靈大法)을 가지고 등장한 사악한 도사. 하늘의 저주라고 해야 할 그 사령천사(邪靈天師)는 도대체 어떻게 이처럼 극강한 자들을 붙잡아 활강시로 만들 수 있었던 걸까. 불가사의한 일로 여겨질 뿐이다.

"저놈은 내가 맡겠다!"

참혼도마 왕열을 본 백의남학 설중교가 분노로 치를 떨며 소리치고 나섰다.

"기다려 봐! 대체 어떻게 된 일이오?"

갈평이 그의 백의 자락을 움켜쥐고 소리쳐 물었다. 참혼도마를 노려보는 설중교의 눈에서 줄기줄기 원한과 증오의 불길이 뻗어나갔다. 그가 이를 갈며 울부짖듯 말했다.

"저놈은 내 가문의 원수다! 이백 년 전 나의 고조부와 그 가솔들 일백 명을 무참히 죽인 자야!"

설중교가 연검으로 참혼도마를 가리키며 악을 썼다.

그 일 때문에 광동제일의 무가(武家)였던 불산(佛山)의 설가(雪家)는 몰락하여 영영 일어서지 못했다.

설중교의 가문은 그 원한을 간직하고, 언제가 되었든 참혼도마의 후예라도 찾아내서 갈가리 찢어 죽여야 한다는 유언을 대대로 전했다.

그가 평생 강호를 떠돌았던 건 그런 이유가 있었던 것이다.

그런데 여기서 참혼도마 본인을 만나게 되었으니 설중교는 이것도 다 선조들의 원통함이 하늘에 사무친 결과라고 믿었다.

곽송양의 오른쪽에 서 있는 비대한 몸짓의 괴인을 유심히 바라보던 양존 조백령이 음울하게 중얼거렸다.

"중이로군."

바람에 넓은 옷소매가 펄럭이면서 그 속에 있는 시커먼 팔목이 언뜻 드러났는데, 거기에 감고 있는 굵은 염주가 보인 것이다. 양존이 머리를 끄덕이며 더욱 음울하게 중얼거렸다.

"알 만해. 그는 소림사의 금강승 원법(原法)이다."

염주알 하나하나에 박혀 있는 작은 글자를 본 것이다. 쇠보다 단단한 흑오목의 염주알에 불(佛)이라는 글자를 음각하고 금을 녹여 부었다. 그래서 어둠 속에서 금빛 불 자(佛字)는 더욱 아름답게 반짝이고 있었다.

저와 같이 귀한 염주를 지니고 다니던 자는 오직 소림사가 배출한 괴승 원법밖에 없었다.

그들, 강호에서 망각된 고인들은 수세대 전에 천하무적의 고수로 꼽히던 자들이었다. 그런데 오늘 세 명이 한꺼번에, 그것도 활강시라는 불멸불사의 존재가 되어 나타났다.

"저놈은 내 거다!"

누가 말리기도 전에 버럭 소리친 백의남학 설중교가 연검을 휘두르며 참혼도마 왕열을 덮쳤다.

백의남학 설중교는 육십을 넘긴 노인이다. 하지만 그의 근력은 청년 못지않았고, 그의 내공은 절정고수의 그것에 부끄럽지 않다.

나이 이십에 강호에 나와 지난 사십여 년 동안 종횡천하하면서 얼마나 많은 전공을 세웠고, 얼마나 큰 명성을 떨쳤던가.

싸늘하고 냉막한 심성이 일면 편벽한 데도 있었으나 그가 행한 협행은 이루 헤아릴 수 없이 많다. 그래서 백도무림의 노협사로 꼽히는 설중교. 그가 평생의 내공을 자전검(紫電劍)이라 불리는 자신의 애병에 남김없이 실어 찔러간 것이다.

적송팔충(赤松八充)이라는 절세의 검초였다. 붉은 검기가 이리저리 뻗어 팔방을 어지럽게 가르고, 일초 팔식의 변화가 눈앞을 안개처럼 가린다.

"죽인다."

죽립 안에서 새파란 안광을 뿜어내며 그것을 바라보던 참혼도마 왕열이 음산하게 말했다. 그리고 천천히 칼자루를 잡았다.

짜자자작—

그의 가슴과 어깨, 배에서 날카로운 뇌성이 일제히 터졌다. 설중교의 검법에 고스란히 찔리고 베인 것이다.

"헛!"

하지만 설중교가 놀란 외침을 터뜨리고 급히 몸을 웅크렸다. 마치 단단한 철판을 찌르고 그은 듯 그의 자전검이 윙윙거리는 울음을 토하며 튕겨져 나왔던 것이다.

"금강불괴!"

그들 사령천마들은 도검불침의 금강불괴지신을 이루고 있었다. 금사곡에서 음존 왕무동과 싸우던 청안마군이 금강불괴지신을 이루고 있었는데, 이들 또한 마찬가지다.

스르릉—

참혼도마 왕열이 그의 칼을 뽑았다. 번쩍이는 스산한 빛이 허공을 밝힌다.

"죽인다."

그는 지금 자신을 가로막고 서 있는 설중교가 누구인지, 그와 자기 사이에 어떤 원한이 가로놓여 있는지 알지 못할 것이다. 하지만 그의 살기는 지나치다 못해 주위의 기류마저 꽁꽁 얼려놓았다.

번쩍!

그가 벼락처럼 달려들며 칼을 후려쳤다. 하늘에 번갯불 한 가닥이 걸린 것 같은 섬광. 그것이 눈앞을 하얗게 밝혔고, 낙뢰가 되어 떨어지는 무지막지한 칼이 설중교를 질리게 했다.

'이건 처음부터 상대가 되지 않았다.'

그런 절망이 찰나의 순간에 머리 속을 스쳐 갔다.

"하지 마!"

소걸이 울부짖듯 절규했을 때 참혼도마의 무정한 칼은 설중교의 어깨에 박히더니 그대로 가슴까지 쪼개고 있었다.

눈 깜짝할 순간의 일이다. 모두는 그렇게 맹렬하게, 그렇게 어이없이, 그렇게 재빨리 진행된 그 한 번의 싸움에 얼이 빠져 버렸다.

“죽여. 어서 이 마물을…… 죽여…….”

숨이 끊어진 줄 알았던 설중교의 입에서 쥐어짜는 듯한 음성이 흘러나왔다.

그는 두 손으로 자신의 가슴까지 가르고 내려와 박혀 버린 왕열의 칼을 꼭 움켜쥐고 있었다. 제 가슴으로 원수의 칼을 끼어 잡고, 두 손으로 옭아맨 형상이다.

그 처참한 형상이 우마의 살기를 폭발시켰다. 추괴성 곁에 서서 멍하니 바라보던 그가 ‘우악!’ 하는 엄청난 고함을 터뜨렸다.

번쩍!

한 번 땅을 구르자 거대한 몸이 새가 된 듯 가볍게 다섯 장의 공간을 접어 참혼도마 왕열의 머리 위에 둥실 떴다.

“너희들은 이 땅에서 사라져야 할 마물이다!”

설원 멀리 쩡쩡 울리는 포효. 그리고 우마의 무지막지한 힘에 체중까지 더해진 거대한 도끼가 뇌전처럼 떨어졌다.

쾅—!

아직 칼을 움켜쥔 채 그것을 설중교의 몸에서 빼내지 못하고 있던 참혼도마 왕열의 머리통이 쩍, 갈라졌다.

금강불괴도 우마의 그 맹렬하고 폭발적인 힘과 도끼의 날카로움 앞에서는 한순간에 깨져 버리고 만 것이다.

“고, 고마…… 워…….”

설중교의 눈가에 희미한 웃음이 떠올랐다. 그리고 이내 고개를 푹 떨어뜨린다.

금강석 같던 머리통이 두 쪽으로 벌어진 채 우뚝 서 있는 참혼도마 왕열. 그것은 이제 더 이상 움직이지 못할 것이다. 붙잡혀 있던 혼백이 비로소 풀려나 저승의 겹화 속으로 태연히 걸어 들어가고, 그것을 고마워할지 모른다.

참혼도마의 준동이 기폭제가 된 듯, 그때까지 목석처럼 서 있기만 하던 두 구의 활강시가 한목소리로 웅얼거리며 천천히 움직이기 시작했다.

"모두 앞서 가라!"

"응?"

우마의 갑작스런 말에 소걸과 삼살 등이 어리둥절해서 서로를 돌아보았다.

두 구의 활강시를 노려보는 우마의 안색이 심상치 않았다. 그가 다시 낮고 무겁게 말했다.

"더 늦으면 가고 싶어도 갈 수 없게 될 거다. 어서 가."

"우마?"

"어서!"

바보 같았던 우마는 어디에도 없다. 그의 얼굴은 비장하고 장엄한 기색으로 굳었고, 그의 음성은 단호하며 날카로워졌다.

"그의 말이 맞다. 여기는 우리가 맡는다."

양존 조백령과 서천금편 추괴성이 동시에 말하고 자리를 옮겨 우마와 나란히 섰다.

갈평과 초구량 등이 저도 모르게 무거운 침음성을 흘렸다.

강호에 나온 이래 이와 같이 살벌한 분위기는 처음 느껴본다. 그들은 눈앞의 상대에 대해서, 그리고 우마와 양존, 추괴성의 비장함에 대해서 질려 버렸다.

자신의 기도를 감추지도 않고 마음껏 흘려보내며 천천히 다가오고 있는 두 구의 활강시들. 우마 등은 음존 왕무동이 그랬던 것처럼 저것들과 동귀어진할 각오를 한 게 틀림없었다.

그들이라면, 현 무림의 최강 고수로 꼽히는 그들 세 사람이라면 그렇게 할 수 있으리라. 자신들의 하나뿐인 목숨을 바치고 그 대가로 저 저주받은 마물들을 부수는 것이다.

"갑시다."

망설이던 갈평이 입술을 악문 채 나지막하게 말했다.

"우리는 있어봐야 방해가 될 뿐이오."

그 말의 의미를 알아듣지 못할 만큼 미련한 자는 지금 이곳에 없다. 갈평의 냉정한 말이 야속하다고 원망할 수도 없다.

"안 돼! 그럴 수 없어!"

소결이 울부짖으며 당 노인으로부터 받은 옥갑을 꺼냈다. 화룡적보단. 그것을 먹는다면 마지막 힘을 발휘할 수 있을 것이다.

"어리석은 짓이다!"

부들부들 떠는 소결의 손을 꽉 붙잡는 억센 손. 대살 장략이었다. 그가 뜨거운 숨결을 내뿜으며 빠르게 말했다.

"지금 그것을 먹는다고 해도 저 마물들을 가로막기에는 너무 늦었다."

"하루, 하루의 시간만 있었다면……."

소결이 분한 눈물을 뚝뚝 떨어뜨렸다. 장략이 감정도 없는 사람인 것처럼 냉정하게 말했다.

"지금은 우리 모두에게 저 세 사람의 희생이 필요한 때다. 그들을 그대로 둬."

"너, 너는……."

"네 마음을 안다. 하지만 이것도 알아둬. 우마는 어렸을 때부터 형제처럼 함께 자라온 나의 친구다."

"……."

"그의 희생을 가슴 깊이 받아들인다. 그리고 반드시 복수해 준다. 그게 지금은 내가 그에게 해줄 수 있는 유일한 우정이다."

"……."

소걸은 그의 말이 옳다는 걸 안다. 하지만 어찌 무정하게 돌아설 수 있단 말인가.

"그를 데려가."

우마가 장략에게 말했다. 그리고 장략이 머리를 숙이며 눈으로 작별 인사를 했다.

"가자."

그가 넋이 나간 채 우마를 바라보고 있는 소걸의 마혈을 갑자기 찍었다. 그를 옆구리에 낀 장략이 몸을 날렸고, 그의 좌우를 이살과 삼살이 호위했다.

'우마 형…….'

소걸의 볼을 타고 뜨거운 눈물이 줄줄 흘러내렸다.

우마 등을 두고 왼쪽으로 돌아가고 있는 중이었으므로 장략의 옆구리에 끼어 있는 소걸은 우마와 추괴성, 양존의 장렬한 최후를 바라볼 수 있었다.

신력을 아낌없이 끌어낸 우마의 도끼가 소림사의 괴승이었다는 원법을 맞아 춤을 추듯 어지럽게 떨어졌다.

원법은 한 쌍의 흑철곤을 두 손에 나누어 쥐고 그것으로 우마를 상대하고 있었다. 그들의 병장기가 부딪칠 때마다 불똥이 화르륵, 화르륵 피어오르고 쩡! 쩡! 하는 굉음이 설원을 뒤흔들었다.

원법의 흑철곤이 우마의 몸뚱이에 떨어진다. 하지만 우마 역시 금강불괴를 이룬 몸 아니던가. 커다란 충격에 움찔움찔하며 물러설망정 결코 뼈가 부서져 주저앉지 않았다.

우마는 더욱 분노하여 길길이 날뛰며 도끼를 부지깽이처럼 휘둘러 댔다. 그것이 원법의 곤봉을 소나기처럼 두드려 댄다. 원법이 당황한 듯 주춤거리며 물러서는 게 보였다.

그들과 조금 떨어진 곳에서는 화산신검 곽송양이 양존 조백령과 서천금편 추괴성을 맞아 눈부시게 움직이고 있었다. 그의 보검이 번쩍이는 빛을 사방으로 뿌려댈 때마다 쏟아져 나가는 검기가 마치 우박이 떨어지는 것 같았다.

양존 조백령의 금편이 그 어느 때보다 날카로운 소리를 내며 허공을 날았고, 유성처럼 떨어졌다. 하지만 곽송양의 치밀한 검망을 뚫지 못하고 번번이 튕겨져 나갈 뿐이다.

서천금편 추괴성의 금빛 채찍이 미친 용처럼 마구 꿈틀거리며 몸부림을 쳤다. 허공에 쉿쉿거리는 휘파람 소리가 가득하다.

이미 죽음을 각오한 추괴성은 물러서는 걸 잊었다. 오직 곽송양의 팔목을 감고 목을 휘감기 위해 달려들 뿐이다.

곽송양은 양존의 금편보다 그런 추괴성의 채찍을 더 꺼려하는 듯했다.

"추 형! 부탁하오!"

어느덧 금편을 모두 써버린 양존이 울부짖듯 외치더니 미친 듯 곽송양의 검광 속으로 뛰어들었다.

"안 돼!"

추괴성이 부르짖었으나 그때는 벌써 양존이 두 팔로 곽송양의 허리를 꽉 끌어안고 있었다. 단단한 족쇄처럼 그를 옭아맨 것이다.

검광을 맨몸으로 뚫는 순간 온몸에 열두 번의 검격을 당했으니, 울 컥울컥 피가 솟구쳐 금방 그와 곽송양을 붉게 적셨다.

뒤에서 와락 덮쳐든 추괴성이 기어이 금편으로 곽송양의 목을 감을 수 있게 되었다.

"우야압!"

그가 온 힘을 다해 곽송양의 목을 조였다. 금편이 뿌지직거리는 기음을 내며 그의 금강불괴를 부수기 시작했다. 조금씩 목 속으로 파고든다.

꺽, 꺽! 하는 고통스런 신음을 흘리던 곽송양이 한 팔을 뻗어 옆에 달라붙어 있는 추괴성의 목줄기를 꽉 움켜쥐었다. 손아귀에 힘이 가해지고, 이번에는 추괴성의 목줄기에서 뚜둑거리는 기음이 들리기 시작했다.

충혈된 눈이 튀어나오고 혀가 입 밖으로 쏟아진다. 하지만 추괴성은 제 목을 조이고 있는 곽송양의 손은 외면한 채 오직 금편을 조이는 데에만 온 힘을 다했다.

누구의 목이 먼저 끊어지느냐를 내기하는 것 같다.

그리고 추괴성의 승리였다.

뿌드득!

끔찍한 기성과 함께 곽송양의 목뼈가 잘라졌다.

파앗!

금편이 그대로 그의 목줄기를 관통했고, 곽송양의 머리통이 허공에 둥실 떠올랐다. 하지만 그 순간에도 추괴성의 목줄기를 움켜쥔 그의 손아귀에는 무지막지한 힘이 들어가고 있었다.

뚜둑!

기어이 추괴성의 목에서도 목뼈 꺾이는 섬뜩한 소리가 났다.

추괴성과 양존의 참혹한 죽음을 본 우마가 온 들판을 쩌르릉 울리는 괴성을 터뜨렸다.

"우아아아―!"

그의 거대한 몸뚱이가 그대로 흉기가 되어서 금강승 원법에게로 부딪쳐 간다.

우마는 천지교현 풍사헌과의 일전에서 입은 내상을 가까스로 다스리고 있었다. 그래서 겨우 금강불괴지신을 유지하고 있었는데, 그것이 원법의 흑철곤을 수십 차례나 받아내면서 그 충격으로 인해 거의 깨져 버렸다. 하지만 그의 타고난 신력은 여전히 원법의 금강불괴 못지않다.

쾅!

몸통에 떨어지는 흑철곤을 무시한 채 그의 무지막지한 도끼가 원법의 머리통을 쩍, 쪼개며 가슴까지 박혀 버렸다. 동시에 원법의 흑철곤이 우마의 양쪽 옆구리 속으로 깊이 파고들었다. 갈빗대를 부수며 파고든 그것이 심장을 터뜨리고 폐부 깊숙이 박힌다.

"끄으으으―"

우마가 애끓는 신음을 흘리며 원법의 몸뚱이에 박힌 도끼 자루를 꽉 움켜쥔 채 서서히 쓰러졌다. 그와 한 몸이 된 거나 마찬가지인 원법도 목불인견의 참혹한 형상을 한 채 함께 쓰러진다.

"우마 형―!"

눈보라 속으로 멀어져 보이지 않는 소걸의 비통한 부르짖음이 우마의 귓속으로 파고들었다. 이승에서의 마지막 의식이 꺼지기 직전이다.

울컥울컥 피를 토해내면서 눈보라 속을 바라보는 우마의 눈이 따뜻한 웃음을 담았다.

【第五章】

소걸의 내력

1

"추 대형! 크흐흐흑!"

팔비충 천종의 울음소리가 음산한 하늘 멀리 울려 퍼졌다. 그 곁에서 흐느끼고 있는 왜타자 강명명의 작은 몸이 더욱 작아 보인다. 흑불과 하란삼패의 피칠갑을 한 모습도 비통함을 더해주었다.

불선다루 밖에는 오십여 명의 시커먼 사내들이 묵묵히 도열해 서 있었다. 흑불과 하란삼패가 지난 이 년여 동안 온갖 정성을 다해 만들어 낸 고수들이다.

처음 왜타자가 쌍봉산의 산적 무리를 양 떼처럼 휘몰고 왔을 때 그들은 인상만 험악한 오합지졸에 지나지 않았다. 하지만 지금 그들은 한 명 한 명이 모두 녹록치 않은 고수의 기세를 지니고 있었다.

흑불은 그들을 불선나한(不善羅漢)이라고 명명했다. 일백 명의 나한들로 거듭난 것인데, 깨달음의 궁극에 이른 자라는 원래의 뜻과는 달리

착하지 않은 나한들이 된 것이다.

그들을 맹훈련시킨 흑불이 원래 악불(惡佛)인데다가 이곳이 불선다루이니 어쩔 수 없는 일이다.

그런데 일백 명이던 그들 불선나한들이 지금은 오십여 명만 남았고, 모두 피를 뒤집어쓰고 있어서 더욱 험악해 보였다.

그들이 감히 숨도 크게 쉬지 못한 채 팔비충과 왜타자의 오열을 지켜보고 있다.

사령천마들을 피해 달아나던 소걸 일행은 얼마 가지 못해 암흑천교의 장로 네 명에게 가로막혔고, 무수한 마졸들에게 에워싸였다.

갈평의 칼이 마미특을 두 쪽 냈을 때 금산반 장금료는 애석하게도 철비야차 공문의 육장에 맞아 죽었다. 광풍도 초구량이 그 복수를 해주듯 독비천수 왕응상의 열 자루 비도를 쳐내며 몸을 빼서 공문에게 한 칼을 먹였다.

그는 염 파파에게서 배운 초자롱사(樵子弄蛇)의 검법을 자신만의 도법으로 바꾸어 익히고 또 익힌 끝에 대성했다. 용두봉 아래에서 염 파파가 비록 장난처럼 가르쳐 준 한 수의 검초였지만 그것이 품고 있는 신묘함은 절정의 절기라고 할 만했다.

초구량의 칼끝에서 초자롱사의 현묘한 변화가 와르르 쏟아져 나오자 천하의 고수 공문도 당황하지 않을 수 없었다.

그리고 한 칼을 맞았다. 그의 삶을 토막토막 끊어버리는 무자비한 칼이다.

장금료가 죽는 걸 보고 도굉마저 팽개친 채 뒤따라 뛰어든 소걸의 검이 다시 비수를 뽑아 드는 왕응상의 목줄기를 꿰뚫어 버렸다.

마교의 세 장로가 그처럼 어이없이 죽자 대장로이자 개세적인 거마로 꼽히는 화염신로 황유선이 크게 노해서 소리치며 달려들었다.

그는 자신의 계획이 이렇게 허무하게 깨졌다는 게 더욱 견디기 힘들었다.

사령천마 세 구라면 적어도 소걸 일행을 충분히 상대할 수 있을 것이라고 굳게 믿었다. 한 놈도 살아나지 못할 것이다. 아니, 어쩌면 몇 놈은 그들의 마수를 피해 달아날 수 있을지도 모른다. 그러면 자신과 세 명의 장로들이 사냥을 하듯 그들을 뒤쫓아 하나하나 처참하게 죽여 줄 작정이었다.

그래서 느긋하게 사령천마의 뒤를 따라온 것인데, 인간의 힘으로는 당할 수 없을 거라고 믿었던 그 세 구의 활강시들이 이렇게 덧없이, 이렇게 빠른 시간에 모조리 박살나 버리다니…….

그런 생각과 함께 분노가 황유선의 이성을 흐리게 했다.

선불 맞은 멧돼지처럼 달려드는 그를 가로막은 건 삼살 고승이다. 그의 환검이 교묘하게 비틀리며 바람 소리를 내고 쳐들어갔다. 황유선이 천홍천비(千鴻天飛)의 신법으로 그것을 비끼려 할 때 등짝에서 바윗돌 깨지는 소리가 났다.

쾅!

행여 막내가 늙은 마귀의 마공에 당할까 봐 마음이 급해진 대살 장락이 소리도 없이 뒤쫓으며 혈룡출해(血龍出海)의 장법으로 등짝을 후려쳐 버린 것이다.

지옥혈의 신공인 대력패천신공(大力覇天神功)을 한껏 실었으므로 그 일장에 실린 기운은 바위라도 가루로 만들 만했다.

황유선은 눈앞이 아찔하는 충격을 받았다.

어수선한 중에 오직 소걸에게만 집중하고 득달같이 달려들던 그로서는 뜻하지 못한 기격(氣擊)이었던 것이다. 급히 호신강기를 일으켜 등 뒤 명문혈을 보호했지만 대살의 장력을 모두 해소할 수 없었다.

눈에서 별똥이 화르륵 피어나는 순간, 수풀을 헤치고 스며든 뱀처럼 교묘하게 달라붙은 고승의 환검이 그의 심장을 뚫어버리고 말았다.

그리고 처절한 난전은 소걸 일행을 에워싸고 있는 마졸들의 뒤쪽에서 본격적으로 시작되었다.

함성과 함께 팔비충 천종과 왜타자, 흑불, 하란삼패가 일백 명의 불선나한들을 이끌고 쳐들어왔던 것이다.

피를 부르고 살을 찢으며 뼈가 바스러지는 참혹한 혈전이 무려 두 시진 가까이나 계속되었다.

마졸들이 삼백 명에 가까운 주검을 남기고 퇴각했을 때 흑불이 이끌고 온 불선다루의 나한들도 반 가까이 줄어 있었다.

지친 몸을 쉴 새도 없이 그들은 소걸 일행을 엄중히 호위하여 황망계를 건넜다.

마졸들은 더 이상 그들의 앞을 가로막지 않았다. 가장 크게 걱정했던 사령천마도 더는 나타나지 않았으므로 그들은 무사히 불선다루로 돌아올 수 있었다.

그리고 추괴성과 음양쌍존, 우마, 설중교, 장금료의 장렬한 전사 소식을 들었다.

불선다루에 원래부터 있었던 자들은 음양쌍존이며 우마를 본 적이 없다. 하지만 추괴성은 그들 모두의 대형 아니던가. 팔비충이며 왜타자, 흑불과 하란삼패가 부모 잃은 듯한 슬픔에 사로잡혀 있는 게 당연했다.

"내 이 썩을 놈의 마졸, 마귀들을 모조리 지옥겁화로 태워 버리고 말 테다! 지금 곧 안탕산 마교 총단으로 쳐들어가자!"

묘강의 독인(毒人) 막세풍이 길길이 날뛰며 고래고래 소리쳤다. 하지만,

"막 할아버지. 그러면 여기는 누가 지키지요?"

소걸의 한마디에 곧 시무룩해져서 고개를 떨구었다. 이제는 그가 추괴성 대신 마졸들을 통솔하고 마교의 침공으로부터 불선다루를 지켜야 한다. 그 무거운 책임감으로 언제나 태평하던 막세풍의 얼굴이 심각해졌다.

그들이 소걸을 에워싸고 불선다루 안으로 들어왔다. 그리고 소걸은 눈에 익은 다루의 그 정겨운 풍경 속에서 잊을 수 없는 세 사람을 보았다.

그림인 듯 고요히 앉아 있는 한 소녀와 그녀를 호위하듯 뒤에 우뚝 서 있는 두 사람.

"억!"

소걸이 놀란 소리를 지르고 제 눈을 비볐다. 이게 꿈인지 생시인지 헷갈리는 모양이다.

이층으로 오르는 계단 아래. 먼지와 때에 절어 시커멓게 되어버린 낯익은 탁자 앞에 앉아 있는 여인 때문이다.

"주, 주, 주 소저?"

소걸이 얼떨떨하여 가리키는 곳에 그린 듯 앉아 있는 청색 경장의 소녀는 주지약이 틀림없었다. 그리고 그녀의 뒤에 서 있는 자는 단옥당과 능학빈이다.

주지약이 침착하고 우아한 몸짓으로 일어났다.

사내들의 땀 냄새로 퀴퀴하던 다루 안에 금방 향기로운 미풍이 가득차고, 음침하던 그곳이 환한 빛으로 밝아지는 것 같았다.

그녀는 조금 야윈 듯한 핼쑥한 얼굴로 소걸을 바라보며 쓰게 웃었

다. 그리고 속삭인다.

"상공, 오셨군요."

"주, 주 소저, 소저가 왜 이곳에……."

"상공을 만나기 위해서지 왜겠어요?"

"여기는 어떻게 알았단 말이오?"

"이제는 세상 사람 모두가 아는 곳인데 소녀인들 어찌 모르겠어요?"

"그럼 순전히 내가 보고 싶어서 왔다는 건가요?"

"꼭 그렇지만은 않답니다."

주지약이 한숨과 함께 그렇게 말했다. 소걸은 비로소 그녀가 자신의 진심을 털어놓는다고 생각했다. 그를 물끄러미 바라보던 주지약이 한숨과 함께 다시 말했다.

"소녀는 상공과 한 혼인의 언약을 잊지 않고 있답니다. 사내대장부만 한 입으로 두말을 하지 않는 게 아니라 아녀자 또한 그렇다는 걸 알아주셨으면 해요."

"그건……."

머뭇거리던 소걸이 기어들어 가는 음성으로 말했다.

"억지로 한 맹세의 말이라는 걸 잘 알고 있어요. 그러니 당신의 마음이 내키지 않는다면 지키지 않아도 됩니다. 나는 당신을 조금도 원망하지 않을 테니까요."

그녀의 등 뒤에 서 있는 단옥당을 힐끔거리며 하는 말이다.

단옥당의 어둡고 쓸쓸하던 얼굴이 밝아졌고, 주지약의 볼에는 홍조가 돌았다.

내친김이라는 듯 소걸이 조금 전보다 빠르게 말을 이었다.

"나는 출신이 미약하고 보잘것없지만 저 단 형은 대리 왕가의 혈통을 받고 있는 훌륭한 공자 아니오? 나는 생긴 것도 보잘것없고 머리 속에 든 것도 형편없지만 단 형은 저처럼 잘생겼고 해박하니 나와는 비교할 게 못 되오. 그러니 더 늦기 전에 단 형 같은 사람을 붙잡는 게 소저의 인생을 위해 바람직한 일일 것이오."

절절이 진심이 깃들어 있고 슬픔이 배어 있는 말이었다.

그 말을 하는 동안 소걸의 얼굴은 점점 어두워져서 끝내는 울 듯했다. 그 반대로 단옥당의 얼굴에는 점점 밝은 빛이 더해지더니 소걸의 말이 끝났을 때쯤에는 보름달처럼 환하게 빛났다.

그가 감격한 얼굴로 소걸을 보며 떨리는 음성으로 말했다.

"소걸 형제, 형제가 그렇게 말해주다니, 나는 그동안 질투심에 사로잡혀 형제에게 못된 짓을 많이 했는데 이제는 그게 부끄러워서 얼굴을 들 수 없군."

"단 형, 단 형의 마음을 내가 잘 알지. 나 같았으면 아마 단 형이 내게 했던 것보다 열 배는 더 못되고 지독하게 했을 거요. 그러니 단 형은 오히려 나에게 잘해준 거라고 할 수 있지."

"고맙네."

짧은 그 한마디에 단옥당의 진심이 넘치도록 실렸다.

"하지만……."

주지약이 그들의 말을 가로막았다.

"소녀는 이미 천지신명께 맹세를 했으니 신의없는 계집이라는 소리를 듣고 싶지는 않군요."

2

주지약의 말이 가슴을 뜨겁게 달구었다. 소걸은 저도 모르게 그녀에게 뻗어나가려는 자신의 손을 애써 억눌렀다. 그리고 붉어지는 눈자위를 감추기라도 하려는 듯 얼굴 앞에서 마구 손사래를 쳤다.

마음에 없는 말을 해야 하는 자신의 처지가 불쌍하기도 해서 자괴적인 웃음마저 띤다.

"그렇지 않소. 처음부터 거짓 맹세였다는 걸 내가 알고 소저가 알고 여기 단 형이 잘 아는데 무슨 상관이오?"

"소녀는 상공께서 약속을 잊지 않으셨기를 바랄 뿐이랍니다."

"물론 나는 잊지 않았소. 그리고 마음속에 소저를 아내로 삼고 싶다는 열망도 있소. 하지만 이제는 그게 헛된 꿈이고 욕심이라는 걸 알 수 있게 되었다오. 그게 문제지."

"그렇다면 상공께서는 조충을 없애지 않을 건가요?"

"에휴—"

소걸이 길게 탄식하고 그녀의 눈길을 외면했다.

"나는 이곳에 오기까지 끔찍한 일을 너무 많이 당했소. 그래서 분노도 크지만 그만큼 이 무정하고 살벌한 강호에 대한 혐오감도 커졌지요. 조충이라는 늙은 내시가 나와 무슨 상관이 있단 말이오? 빌어먹을 황제의 세상이 어떻든 그게 나와 무슨 상관이 있단 말이오? 나는 황제의 코빼기도 본 적이 없는데 왜 그를 위해서 피를 흘려야 하오? 생각할수록 참 웃기는 일 아니오? 내게는 할머니와 할아버지만이 세상의 전부이고 내가 돌아가야 할 곳이오. 그러니 모든 걸 잊고 강호를 떠나 유유자적하게 살고 싶어요. 조충도 귀찮고 주 소저 당신도 이제는 귀찮소."

"상공!"

주지약이 여태까지의 온화하던 표정을 버리고 매섭게 불렀다. 소걸을 바라보는 눈에서 한줄기 신광이 번쩍인다. 소걸은 그녀의 눈길을 마주 받지 못하고 외면했다.

"상공의 마음속에 깃든 그런 허망한 생각이야말로 상공을 병들게 하고 세상을 더욱 불행하게 하는 심마(心魔)라는 걸 알아야 해요."

"심마라고?"

"대장부다운 의기와 천하를 오시하는 절정고수다운 호기로 단칼에 심마를 끊어버리고 상공 본연의 마음을 지키세요."

"하, 모르겠소이다. 이제는 어떤 게 내 본연의 마음인지 모르겠소."

"실망이군요. 나는 상공의 말 한마디만을 철석같이 믿고 나의 모든 것을 버린 채 이렇게 황량하고 궁벽한 곳까지 찾아왔어요. 그런데, 그런데……."

"미안하오. 하지만 소저에게는 돌아갈 곳이 있지 않소? 조충 그까짓 늙은 내시의 목이라면 소저와 단 공자 둘만의 힘으로도 충분하지 않겠소?"

"아직 상공은 조충에 대해서 너무 모르고 계시는군요."

"뭘 모른단 말이오? 그가 소저의 원수라는 걸 잘 아는데 그거면 충분하지 않소?"

"조충은 드러나지 않은 고수랍니다."

"응?"

의외의 말이다. 소걸이 깜짝 놀라 눈을 크게 떴다.

"소저가 내 힘을 필요로 하는 건 조충이 거느리고 있는 내원의 고수들과 동창의 고수들 때문이 아니었소?"

"그들뿐이라면 상공의 말처럼 저와 단 공자가 충분히 상대할 수 있지요. 하지만 조충은 우리 둘만의 힘으로는 어찌해 볼 수 없는 상대랍니다. 천하에서 그를 당할 자가 없을 거예요. 그래서 염 파파의 힘을 필요로 했고, 지금은 파파 대신 상공의 힘을 절실히 필요로 하고 있는 거랍니다."

"허, 놀랄 일이로군. 그 늙은 내시가 어찌 그럴 수가 있단 말이오?"

주지약이 말없이 자신의 검을 풀어 탁자 위에 올려놓았다. 무한의 황학루에서 염 파파를 유혹하던 바로 그 검이다.

"이게 무슨 검인지 아시겠어요?"

소걸은 검집에 새겨져 있는 오래된 글자를 보았다.

"청홍검!"

"그래요. 바로 이것이 청홍검이랍니다."

주지약이 의미심장한 눈길로 소걸을 빤히 바라보았다. 그리고 천천히 말한다.

"서복 선인께서 심혈을 기울여 만든 두 자루의 보검 중 하나이지요. 그러니 선유문의 유물이라고 해도 될 거예요."

"헛!"

소걸이 크게 놀라 헛숨을 들이켰다. 그녀의 입에서 선유문이라는 말이 나온 때문이다.

주지약이 배시시 웃으며 손가락으로 소걸의 가슴을 가리켰다.

"상공께서는 의천검을 찾지 않으실 건가요? 사부님의 명령을 배반하고 사문의 한을 외면할 건가요?"

"사부…… 사문……."

넋이 나간 듯 중얼거리던 소걸이 버럭 소리쳤다.

"이제 보니 당신은 모든 걸 알고 있었군!"

"상공의 사부님에게서 들었지요. 그분의 연락을 받고 서둘러 이곳에

와 상공이 돌아오기만 기다리고 있었답니다."

"그랬군, 그랬어……."

"그 의천검이 조충의 수중에 있는데 그래도 상공은 그와 상관없다고 할 수 있나요?"

주지약이 배시시 웃으며 매혹적으로 눈을 흘겼다.

소걸은 사부인 망선은노를 생각했다. 사부는 조충에게서 의천검을 되찾고 기극검의 후예를 죽여 천 년 동안 유전되어 온 사문의 한을 끝내라고 했다.

'제기랄, 어쨌든 이 복잡하고 귀찮은 일에서 풀려날 수 없게 되었다.'

그런 불만이 무럭무럭 피어오른다.

주지약의 아름다운 얼굴을 뚫어지게 바라보던 소걸이 불쑥 물었다.

"소저가 정말 남해 보타문의 검후요?"

그 말에 주지약이 볼을 붉히고 검을 만지작거리다가 작은 목소리로 속삭이듯 대답했다.

"그렇답니다. 서복 조사님의 검법 음환불사의 계승자이기도 하지요."

"그렇다면 내가 양환멸사 검법을 전승했다는 걸 알고 서둘러 찾아온 것이로군."

"그것도 한 가지 이유이지요."

대답하는 그녀의 볼이 더욱 붉어져서 잘 익은 홍시 같아졌다. 주지약이 더욱 기어들어 가는 음성으로 말했다.

"그러니 상공과 저는 떨어질 수가 없답니다."

실은 천생연분이라는 말을 하고 싶었던 것일까? 고개를 푹 숙인 그녀의 목덜미까지 붉게 달아오르는 것이어서 소걸은 쿵쾅거리고 뛰는 제 가슴의 고동 소리를 들어야 했다.

"할머니가 말씀하신 곳이 여기가 틀림없어."

소걸이 흰 눈에 덮여 있는 황망령 서쪽 능선에 올라서서 가리키는 곳은 완만한 둔덕이었다.

"파라."

팔비충 천종의 명령에 삽을 들고 대기하고 있던 두 명의 장한이 돌덩이처럼 얼어붙은 땅을 파헤치기 시작했다.

두어 자쯤 얼음을 깨듯 흙덩이들을 깨뜨리며 파 들어갔을 때 소걸이 다급하게 소리쳤다.

"그만, 그만!"

검게 변색된 뼈가 드러났던 것이다.

'저것이 내 어머니의 유골이란 말인가?'

처음 제 눈으로 확인하는 터라 그것을 보는 마음이 두근거리고 슬퍼졌다. 무섭기도 하다.

혈지삼살의 막내 고숭이 달려들어 조심스럽게 흙을 헤쳐 냈다. 유골은 이미 삭을 대로 삭아 있는지라 사람의 손길이 조금만 닿아도 푸석푸석 부서져 버린다. 입고 있던 옷의 흔적이 남아 있을 리 없다.

"이거다!"

고숭이 그 유골 사이에서 흙투성이가 되어 있는 옥패 한 개를 찾아냈다.

"이리 줘!"

소걸이 달려들어 어머니가 세상에 남긴 유일한 그것을 빼앗듯 낚아챘다. 쥐고 있는 손이 떨리고 그것의 차가운 감촉에 뼛속까지 서늘한 슬픔이 밀려든다.

한동안 옥패를 꼭 쥐고 멍하니 바라보던 소걸이 제 옷자락에 그것을 문질러 닦았다. 푸르고 영롱한 빛이 되살아난다. 그리고 옥패에 새겨져 있는 문양이 드러났다. 승천하는 한 마리 검은 용이다.

그것을 본 대살 장략이 눈을 크게 뜨고 숨을 멈추었다. 이살과 삼살 역시 부릅뜬 눈으로 옥패를 바라보며 잔뜩 긴장했다.

이 앓는 신음을 흘린 대살이 손을 내밀었다. 소걸이 마지못한 듯 옥패를 건네주자 이리저리 살펴보던 그가 머리를 크게 끄덕였다.

"맞았어. 바로 이거야."

"이거라면?"

"잠룡전주의 신물이다."

"잠룡전주……."

그렇다면 그가 자신의 아버지일 것이다. 뿌리를 비로소 찾게 된 순간이련만 소걸은 오히려 무덤덤해졌다. 기뻐 날뛰어야 할 텐데 마음은 더욱 슬퍼졌고, 어두워진다.

'목척문(木偶文). 그가 나의 선부(先父)란 말인가? 그렇다면 나는 오늘부터 당소걸이 아니라 목소걸이 되어야 하는 건가? 쳇, 목소걸이라니, 그건 정말 웃기지 않아? 하고많은 성 중에서 하필 목 씨일 게 뭐람. 내 고상하고 우아한 소걸이라는 이름하고는 전혀 어울리지 않아.'

속으로 그렇게 투덜거려 보지만 마음의 어둠이 사라지지 않았다.

"이십 년 전쯤이었던 걸로 기억한다. 두 사람이 민산의 험한 줄기를 넘고 골짜기를 건너서 지옥혈의 경계로 들어왔다. 한 사람은 중상을 입은 상태였고, 다른 한 사람은 여자였는데 이십여 세쯤 되어 보이는 아름다운 아가씨였어."

"가만, 이십 년 전이라면…… 그때 당신은 어린 꼬마였을 텐데 그걸 기억하고 있단 말이야?"

소걸의 말에 대살이 빙긋 웃었다.

"네 말이 맞다. 당시에 나는 다섯 살의 악동에 지나지 않았지. 하지만 그들의 출현이 워낙 뜻밖이었고, 게다가 처음 보는 한족이었기에 아직도 기억하고 있다. 우마와 나는 종일 그들 주위를 맴돌며 구경하고 이것저것 물어서 귀찮게 하곤 했다."

대살 장략의 낮고 묵직한 말이 어둠을 흔들고 다루 안에 퍼져 나갔다. 소걸은 물론 주지약과 단옥당, 능학빈, 막세풍 등도 대살의 말에 귀를 기울였다. 다른 사람들은 혹시 있을지도 모를 암흑천교의 공격에 대비해서 모두 황망령 외곽의 경계를 서고 있는 중이다.

"남자의 부상은 매우 심각해서 지옥혈에 온 뒤 닷새 만에 끝내 숨진 걸로 기억한다."

"여자는? 그녀는 부상을 입고 있지 않았어?"

소걸이 급히 물었다. 대살이 말하고 있는 아가씨가 바로 지금은 뼈마저도 삭아서 형체를 알아보기 힘들게 된 자신의 모친일지도 모른다는 생각에 마음이 아파진 것이다.

"여자의 상태도 썩 좋은 건 아니었다. 하지만 중상은 아니었어. 아무튼 그들이 어떻게 지옥혈의 존재를 알고 찾아왔는지 그게 큰 의문이었다. 종사께서는 멀리서 목숨을 걸고 찾아온 손님들이니 우리 강족의 풍습대로 따뜻하게 대해주라고 하셨다."

"그래서?"

"여자는 우리에게 청부를 했지. 대가는 자신의 인생이었다. 나중에 종사를 모시던 호위에게서 들은 이야기야."

"인생이라고?"

"그렇다. 그녀는 평생 지옥혈의 종이 되어 살겠다고 자청했단다. 그 대가로 원한 건 바로 조충의 목이었어."

3

"조충!"

소걸이 놀라서 소리쳤다. 이 일에도 그 늙은 내시가 관여되어 있었다는 게 의외였던 것이다.

"하지만 당시 지옥혈은 장풍한과의 약속이라는 금제에 걸려 있었기 때문에 강호에 나갈 수 없었다. 아직 이십 년이나 남아 있었으니 종사로서는 여자의 청부를 받아들일 수가 없었지."

"대체 그 여자의 정체가 무엇이기에 감히 조충의 목을 갖는 대가로 자신의 인생을 걸 수 있었던 걸까? 그녀의 인생이 조충의 목보다 값어치있다고 여길 수 있을까?"

"충분하다."

"응?"

대살의 서슴없는 대답이 소걸을 놀라게 했다.

"조충이라면 당시에도 천하를 호령하는 권세를 누리고 있었지만 그녀의 당돌한 제안은 충분히 그만한 가치가 있었다고 들었다."

"대체 정체가 뭐였어?"

"그녀는 당시 조충을 견제하여 황제를 보호하던 유일한 충신의 딸이었다고 하더군. 그러던 것이 조충의 농간으로 가문이 풍비박산나자 홀로 복수의 일념을 품고 지옥혈에 찾아온 거라고 하더라.”

“들은 적이 있어요!”

이번에는 잠자코 대살의 말에 귀를 기울이던 주지약이 놀라서 소리
쳤다.

“이십 년 전의 일이고, 황제 측근의 충신이며 조충에 의해 멸문지화를
당한 일이라면 당시 세상을 온통 떠들썩하게 했던 사건이 하나 있지요.”

“주 소저, 당신도 알고 있단 말이오?”

소걸의 말에 주지약이 머리를 가로저었다.

“그때는 소녀가 겨우 세상에 태어났을까 말까 하던 무렵일 텐데 어
떻게 알았겠어요? 다만 아버님께서 그 일을 매우 애석하게 여기며 수
시로 얘기하셔서 기억하고 있답니다.”

남명왕 주천기 전하까지 기억하고 여태까지 애석해할 정도라면 당
시 그 일이 얼마나 큰 사건이었을지 짐작이 갔다. 소걸이 어두워진 얼
굴로 대살에게 재촉했다. 대살이 그의 눈길을 외면하고 주지약에게 물
었다.

“소저는 부친으로부터 들은 그 당시의 일을 말해주지 않겠소?”

“좋아요. 이십 년 전, 황궁에 대참사가 있었는데 바로 당시 병부상서
로 있던 이동몽의 척살 사건이었지요. 그는 병권을 쥐고 있는 사람으
로서 황제에게 충성을 다하고 있는 충신이었으므로 조충도 감히 함부
로 하지 못했지요. 그런데 어느 날 황제의 급한 호출을 받고 황궁에 들
어갔다가 중문 안에서 자객들의 철퇴에 맞아 덧없이 죽었다고 하더군
요. 그 일을 주도한 사람이 조충이라는 건 세상이 다 알아요.”

“……!”

“세상에 공포된 죄목은 그가 반란을 꾀하다가 동창에 적발되었다는

것이었지요. 하지만 그 말을 믿는 사람은 아무도 없었어요. 어쨌든 이동몽이 그렇게 죽자 그 즉시 피바람이 황성에 몰아쳤답니다."

황제의 명으로 그의 재산이 몰수되고 혈육은 물론 노복들까지도 남김없이 참수되었다. 또한 잔당을 색출한다는 명분하에 조충은 자신에게 반항하는 대신이며 장수들을 모두 잡아들여 이동몽의 역모에 가담했다는 터무니없는 죄를 뒤집어씌우고 죽였다.

석 달 열흘간에 걸쳐 황성은 피가 그칠 날이 없었다.

그 이후로 다시는 조충에게 반항하는 자가 나타나지 않았다. 그러니 오늘날의 조충이 이와 같이 무소불위의 권력을 행사하고 기어이 황제의 보위까지 넘보게 된 데에는 이동몽의 죽음이 결정적인 계기가 된 셈이다.

"아가씨의 말이 내가 들은 것과 일치하는군요. 그러니 그때의 일이 사실이라는 걸 의심할 여지가 없소."

대살이 주지약의 말에 크게 머리를 끄덕여 동조했다. 주지약이 눈인사로 감사를 표하고 말을 계속했다.

"당시에 이동몽의 혈육들은 모두 죽었다고 하던데 지금 말을 들어보니 그렇지 않았던 모양이군요?"

"그렇소. 그녀는 확실히 죽지 않았지요."

이번에는 그들 곁에서 묵묵히 이야기를 듣기만 하던 능학빈이 말을 빼앗았다.

"이십 년 전의 일이라면 나도 똑똑히 기억하는 사람 중 한 명이오."

"능 아저씨도 그 일을 아세요?"

소걸이 의아해하자 능학빈이 빙긋 웃었다.

"그때 나는 스물세 살의 팔팔한 청년이었다. 동창에 발탁되어 들어간 지 삼 년 되던 무렵이었으니 공명심에 불타 있던 때이기도 하지."

"아! 능 아저씨가 동창의 첩형이라는 막중한 자리에 있다는 걸 깜빡 잊었군요."

능학빈이 씁쓸한 얼굴로 웃었다.

"지금은 아니다. 나는 그냥 나일 뿐이야."

그는 염 파파를 시중들며 절강 땅까지 갔다가 돌아온 후 동창으로 복귀하지 않고 있었다. 동창에서는 지금쯤 그를 이탈자로 점찍고 척살령을 내렸을 것이다.

능학빈이 그때를 회상하는 듯한 얼굴로 천천히 이야기했다.

"당시 나는 그들을 쫓던 추적대의 일원이었다."

"아!"

그의 말에 소결과 주지약, 대살이 일제히 경악성을 터뜨렸다.

"그들을 호위해 도주하던 가복들은 모두 다섯 명이었는데 고수 아닌 자가 없었다. 그들을 하나씩 척살하는 동안 동창의 추적대도 심각한 타격을 입었어. 결국 민산 기슭의 협곡에서 그들을 따라잡고 마지막 일전을 벌였다."

"죽이지 못했군요?"

소결이 손에 땀을 쥐고 앞질러 말했다. 긴장으로 그의 얼굴이 벌겋게 달아올랐다.

"마지막까지 살아남아 있던 한 명의 가복을 죽이고 이성원에게 중상을 입혔지만 그와 그녀의 누이인 이령을 놓치고 말았다. 그들이 지옥혈의 경계를 넘어갔으므로 더 이상 추격할 수 없어서 북경으로 돌아갔지."

"그래서?"

소결이 흥분하여 말을 빼앗았다. 능학빈을 통해 모친의 이름이 이령이라는 걸 알았다. 하지만 다시 확인하지 않을 수 없다.

"그래서, 이령이라는 그 아가씨가…… 나의 모친이라는 거야?"

대살이 무거운 안색으로 소걸을 바라보며 천천히 머리를 끄덕였다.

"그렇다."

"어떻게 알지?"

"청부가 거절당했으니 그녀는 당연히 지옥혈을 떠나야 한다. 하지만 그러지 않았지."

"왜?"

"무슨 생각이 있었던 건지, 아니면 한눈에 그녀에게 반해서 그랬던 건지 잠룡전주께서 그녀를 붙잡아두었던 거야."

"……"

"당시 우마와 우리들은 모두 그 일을 기뻐했다. 어린 우리의 눈에도 그녀는 강족에게서 찾아볼 수 없는 기품과 아름다움을 가지고 있었거든. 게다가 그녀는 우리에게 매우 잘해주었다. 때로는 어머니 같았고 때로는 큰누님 같았어. 우리에게 글을 가르쳐 주시기도 했지."

"그래서?"

"이 년의 세월이 지나는 동안 그녀도 잠룡전주를 좋아하게 되었던 것 같다. 우마와 내가 그녀를 매우 놀려서 울게 했던 일이 있었지. 우리가 일곱 살 나던 해의 일이니 똑똑히 기억한다."

"울렸다고? 너희들이?"

"잠룡전주와 그녀가 한 방에서 밤새 함께 있다가 나오는 걸 본 거야. 그게 처음은 아니었던 듯 그들 두 사람 사이에는 어린 우리가 보기에도 깊은 정이 엿보였다."

"……"

“어느 날, 우리가 소풍을 가자고 했는데 그녀는 웬일인지 안색이 좋지 않았다. 몸이 아프다며 거절했어. 그게 우마와 나를 심술나게 했지. 그래서 전에 보았던 일을 들먹이며 그녀를 놀렸고 그녀는 화를 내다가 엉엉 울었다.”

“…….”

“생각해 보니 그때 그녀는 임신을 하고 있었던 거였어. 물론 나중에야 알게 된 일이지만 말이다.”

“그게 나였군.”

“그렇다.”

“…….”

“어느 날 잠룡전주가 몹시 화를 내며 지옥혈을 발칵 뒤집어놓은 적이 있었지. 그녀가 중원으로 돌아가겠다는 편지 한 장을 남기고 아무도 모르게 지옥혈을 떠난 거였어.”

소걸은 어머니 혼자서 그 멀고 험한 길을, 그것도 불러오는 배를 감싸 쥐고 떠나는 모습이 눈에 보이는 듯해서 절로 눈자위가 붉어지고 목이 메었다.

“닷새에 걸쳐 민산의 구석구석을 뒤졌지만 끝내 그녀를 찾지 못했다. 그때부터 잠룡전주는 변했어. 자상했던 성격이 급하고 포악해졌다. 한 번 화를 내면 물불을 가리지 않았지. 생각해 보니 전주가 장풍한과의 약속 같은 건 무시하고 중원으로 나가야 한다고 고집을 부리기 시작한 게 바로 그 무렵이었던 것 같다.”

소걸은 아버지가 어머니를 찾기 위해 중원행을 고집했으리라는 걸 짐작했다. 하지만 종사는 그걸 허락하지 않았고, 끝내 잠룡전주는 반란을 일으켰다가 불명예스럽게 죽은 것이다.

소걸은 어머니가 혼자서 자신을 낳았고, 중원으로 돌아가는 중에 황망령에 이르러 불선다루에 들렀다는 걸 알았다. 그때는 이미 몸의 병이 깊어져서 핏덩이나 다름없는 자신을 홀로 남겨둔 채 이곳에서 숨을 거둔 것이다.

'어머니.'

입 안에서 가만히 불러보았다. 그녀가 겪은 가문의 비극과 슬픈 삶이 자신의 영혼 속으로 와르르 밀려들어 왔다. 그 아픔 때문에 소걸은 눈물을 흘렸다.

"상공."

그의 손을 주지약이 살며시 잡았다.

"이제 보니 상공께서는 대충신이신 이동몽 각하의 혈통을 지닌 분이었군요. 너무 슬퍼하지 마세요. 지하에 계신 어머니께서도 상공이 이렇게 늠름한 대장부로 자란 걸 아시면 기뻐하실 거예요."

"하지만, 하지만 나는 어머니의 얼굴을 기억하지 못하오."

"네 모습 속에 남아 있다."

대살이 그렇게 말하며 소걸의 다른 쪽 손을 꽉 움켜쥐었다. 그의 눈길이 뜨거워졌다.

"너는 또한 지옥혈의 대종사이셨던 목극랍(木克拉)의 혈통이기도 하다. 네 얼굴 속에는 잠룡전주이신 목척문(木偶文)의 모습이 그대로 들어 있어. 너는 자부심을 가지고 살아도 돼."

"이분의 말씀이 맞아요. 상공은 모계로는 대충신 이동몽 각하의 피를 받은 유일한 사람이고, 부계는 강족제일의 용사들이 모였다는 지옥혈의 적통이에요. 상공만큼 외가와 친가 양쪽이 모두 고귀한 사람은 드물 거예요. 이렇게 슬퍼하지만 말고 자부심을 가지세요."

그녀와 대살은 진심으로 위로했지만 소걸의 마음속 슬픔은 조금도 감해지지 않았다.

"어쩔 수 없어."

그가 침통하게 말했다.

"결국 이렇게 엮일 수밖에 없는 운명인 거로군. 그렇다면 비겁하게 피하려고만 할 게 아니지."

"……?"

"조충을 죽이겠어."

"아!"

결의에 찬 소걸의 말에 주지약이 기쁨의 탄성을 터뜨렸다. 그의 손을 더욱 힘주어 잡고 눈물마저 글썽인다.

그를 죽이는 것이 어머니의 복수를 하는 일이고 사부의 명을 받들어 사문의 한을 푸는 일이다. 또한 아버지가 하려던 일을 대신하는 길이기도 하다.

소걸은 이제 아버지가 왜 지옥혈의 엄한 규율에 반기를 들었으며, 그가 하려던 일이 무엇인지 알았다.

그는 어머니를 위하여 그녀의 한을 풀어주고 싶었던 것이다. 지옥혈의 힘이라면, 아니, 자기와 잠룡전의 힘이라면 가능하다고 믿었을 것이다. 하지만 그는 민산을 벗어나지도 못했다. 죽으면서도 눈을 감지 못했을 것이다.

'이제 내가 한다.'

이를 악무는 소걸의 눈에서 무시무시한 빛이 와르르 쏟아져 나갔다.

【第六章】
풍전등화(風前燈火)

1

소걸은 멍하니 이층에 앉아 창밖을 내다보고 있었다.

어제 하루의 일이 꿈인 것만 같다.

'우마 형…….'

그의 히죽히죽 웃는 얼굴이 창밖에 둥둥 떠 있다. 소걸의 눈에 물기가 어렸다. 이렇게 허무하게 이별할 줄 알았더라면 평소 따뜻하고 다정하게 대해줄 걸 그랬다는 후회에 가슴이 미어진다.

하지만 죽은 사람을 되살릴 수는 없다.

우마와 추괴성, 음양쌍존, 설중교의 희생 덕분에 그들은 무사히 황망계를 지나 불선다루로 돌아올 수 있었다. 그들의 죽음을 생각할 때마다 저도 모르게 움찔움찔 놀란다.

'나는 아무것도 하지 못했다.'

그런 자책감이 소걸을 괴롭혔고,

'나는 어디에도 속해 있지 않다.'

그런 자괴감 때문에 자꾸만 초라해져 갔다.

갑자기 자신의 뿌리가 두 개로 갈라져서 하나는 민산의 강족에게 있고, 다른 하나는 북경에 있게 되었다.

지금쯤 어머니의 본가이자 자신의 외가인 북경 이동몽의 대저택은 폐허가 되어 있을 것이다. 어쩌면 주춧돌마저 파헤쳐져 연못이 되었을 지도 모른다.

그 생각을 하면 조충에 대한 원한으로 가슴이 뜨거워졌다.

사문에서 떨어져 나온 기 씨의 지독한 집념도 무섭다.

지금 기검부와 조충이 원하는 건 단 한 가지. 자신과 주지약이 가지고 있는 양환멸사와 음환불사의 두 검법일 뿐이다. 그것을 위해서라면 그들은 무슨 짓이든 서슴지 않을 것이다.

폭풍 전야의 고요. 그것이 황망령을 뒤덮고 있었다.

눈을 뜰 수 없게 하던 흙바람마저 없는 날이다. 온 천지가 눈과 얼음에 덮여 창백할 뿐이다. 간간이 불어오는 날선 바람이 칼날 같아서 드러난 살갗이 금방 얼어버리고 코끝에 고드름이 맺힐 정도였다.

그래서일까. 사령천마까지 동원해서 그토록 악착같이 앞을 가로막았던 암흑천교의 무리조차도 얼씬거리지 않은 지 벌써 닷새가 되었다.

쿵쿵거리며 이층의 계단을 올라오는 소리가 들렸다.

"뭐 하고 있는 거야?"

말상의 못생긴 키다리. 팔비충 천종이 웬일인지 심술이 잔뜩 난 얼굴로 불렀다.

"왜요?"

"왜요라니? 아니, 지금 이렇게 한가하게 경치 구경이나 하고 있을 때냐?"

"쳇, 언제는 아무 걱정 말고 푹 쉬라고 하더니……."

"그거야 네가 내상을 입어 누렇게 떴으니까 한 소리지. 지금은 다 나았잖아?"

"아직 안 나았어요."

"그래? 그거 꽤 오래가는군. 그런데 겉으로 보기에는 멀쩡한걸?"

꾀병을 부리고 있는 건 아니냐는 얼굴로 이리저리 살펴본다. 소걸이 피식 웃었다.

"다 알아요. 심심하니까 괜히 그러는 거죠? 이리 와 앉으세요. 놀아 드릴게요."

"히— 바깥 세상에 나가 콧바람을 쐬고 오더니 쥐새끼처럼 약아졌 구나?"

천종이 소걸 곁에 엉덩이를 내려놓으며 히죽 웃었다.

"그나저나 그 자식은 정말 믿을 수 있는 거냐?"

"누구요?"

"능학빈이 말이다. 나는 당최 그 개자식을 믿을 수가 없다."

"어째서요?"

"어째서는. 동창에 있던 놈 아니냐. 게다가 첩형질까지 했다니 더욱 믿을 수 없지. 자고로 동창 물 먹는 놈과는 삼대를 떨어지는 게 보신하 는 지름길이라 했느니라."

"능 아저씨는 그렇지 않을 거예요."

"그런 놈이 온다간다 말도 없이 슬그머니 사라져서 여태까지 안 돌 아와? 아마 지금쯤은 조충 곁에서 갖은 알랑방귀를 다 뀌어가며 여기 사정을 미주알고주알 재잘거리고 있을 거다. 천수익이라는 놈도 마찬가지야. 능학빈을 따라서 좋아라고 동창으로 돌아갔겠지."

"능 아저씨는 천 아저씨와 함께 대동(大同)으로 갔다고 했어요."

"너도 속은 거야. 그놈이 너한테만 살짝 그렇게 말했다는 게 증거지. 제 놈이 떳떳하다면 왜 너한테만 귓속말하고 도둑놈 담 넘어가듯 슬며시 사라졌겠어?"

"지금은 우리 모두 한마음이 되어서 뭉쳐야 할 때인데 자꾸 그렇게 의심을 하면 안 되잖아요?"

"아, 글쎄 여기 있는 사람은 다 믿어. 하지만 능학빈 그놈만은 믿을 수 없다니까 그러네. 당 노신선께서 그놈에게 해독약까지 주었다면서?"

"장안성 불선다루를 떠날 때 그의 독을 완전히 해독해 주셨지요."

"것 봐. 그러니 그놈은 이제 아무 거리낄 게 없는 거야. 전에는 당 노신선에게 당한 독 때문에 어쩔 수 없이 알랑방귀를 뀌었지만 이제는 그럴 필요도 없어졌잖아. 천수익을 꾀어서 데리고 도망친 게 분명해."

"……."

"그나저나 대동에는 왜 갔대?"

소걸이 말이 없자 머쓱해진 천종이 넌지시 물었다. 그도 실은 능학빈을 믿고 있었던 것이다. 하도 답답하니 그저 한번 투정을 부려본 것에 지나지 않았다.

"왜 하필 대동이야? 우리를 도와주려면 차라리 광명천으로 달려가서 그곳의 고수들을 데리고 와야 하는 거 아니겠어?"

"우리가 언제 광명천과 인연을 맺었던가요? 다 필요없어요. 그들과 우리는 아무 상관도 없는 사람들이잖아요."

"그래도 그놈들은 제 딴에는 백도의 협사들이라고 으스대잖아."

"그러니 더욱 상관이 없지요."

"아냐. 여기 암흑천교 놈들이 떼거지로 몰려와서 지랄 발광을 해댄다는 소리를 들으면 그놈들이 가만히 있겠어? 입만 열었다 하면 암흑천교 타도를 떠들어대는 놈들인데 말이야."

"그들이 우리와 싸우다가 공멸해 버리면 광명천으로서는 손도 대지 않고 코 푸는 격일 텐데 뭐 하러 힘을 쓰겠어요? 좋아라하고 구경이나 하겠지."

"그럴까? 허, 그것참. 개아들 놈들일세그려. 썩을……."

소걸에게도 천종에게도 더 할 말이 없어졌다.

창가에 앉아 하품을 해대던 천종이 낮잠이나 자야겠다며 내려갔다.

무료한 날들이었다. 며칠 동안 개 한 마리 찾아오지 않았으므로 바짝 긴장하여 눈에 불을 켜고 경계를 서던 자들도 모두 느슨해졌다.

불선다루에는 소걸과 주지약, 단옥당 이렇게 세 사람만 머물러 있고, 나머지는 모두 불선객잔에 모여 있었다.

소걸은 혼자서 썰렁한 이층을 썼고, 주지약은 단옥당과 함께 아래층을 썼다.

지난 닷새 동안 소걸이 한 번도 아래층으로 내려가지 않았던 것처럼 주지약이나 단옥당도 이층으로 올라오지 않았다. 그래서 그들은 같은 공간에 있으면서도 천리만리 떨어진 거나 다름없었다.

소걸은 그 한가한 시간 동안 많은 생각을 할 수 있었고, 운기요상에 힘써서 기검부와의 싸움에서 입었던 내상을 거의 다스릴 수 있었다.

중상을 입고 소걸에게 업혀왔던 종남광도 도굉도 유익한 시간을 맞아 완전히 회복되었다. 막세풍의 침술과 추나요법, 그리고 그가 지니고 있는 갖가지 영약들의 효험을 단단히 본 것이다.

불선다루에 있는 모두에게 지난 며칠간의 고요가 더없이 소중한 시간이었다면 암흑천교에 있어서는 바쁘고 긴장되는 날들이었다.

황망계에 천라지망을 펼치고 있으면서 겉으로는 잠잠한 물처럼 고요했으나 보이지 않는 곳에서는 긴장이 증폭되어 갔다.

그들이 황망계의 일전에서 참패를 당하고 난 뒤 나흘이 지났을 때 교주인 마중선 유시천이 총단의 고수와 호위대를 거느리고 도착했다. 그의 곁에 서 있는 기검부가 누구인지 아는 자가 암흑천교 내에는 없었다. 하늘 같은 교주가 정체를 알 수 없는 잿빛 장포의 괴노인에게 깍듯이 대하는 걸 보고 놀랐을 뿐이다.

천여 명의 수하와 네 구의 사령천마를 보냈던 유시천은 전과를 보고받고 노발대발했다.

무려 오백여 명이 하루에 죽었고, 사령천마들마저 다시는 부릴 수 없게 되었다는 사실에 기가 막히기도 했다.

기껏 음양쌍존과 서천금편 추괴성, 백의남학 설중교, 그리고 정체를 알 수 없는 거구의 장한을 죽이는데 네 구의 사령천마가 소모되었다. 믿었던 네 명의 장로들마저 모두 죽었다는 게 더 어이없었다.

"도대체 그놈들은 하나같이 전신(戰神)이라도 된다는 말이냐?"

노하여 소리치는 교주 앞에서 다들 꿀먹은 벙어리가 될 수밖에 없었다.

검을 쥐고 일어서는 유시천을 기검부가 만류했다.

"그들은 몇 명 되지 않지만 모두가 절정의 고수들이다. 소걸이라는 놈만 해도 절대로 무시할 수 없지."

유시천은 기검부가 장안성에서 소걸과 일전을 겨루었다는 걸 잘 알고 있었다. 그 결과 소걸에게 심중한 내상을 입혔으나 그를 죽이지는 못했다. 오히려 기검부 역시 가벼운 내상을 입고 물러났다.

그건 유시천에게 있어서 실로 놀라운 일이었다.

'사부님과 겨룰 수 있는 자라니!'

그 소식을 들었을 때 유시천은 기가 막혔다.

그가 아는 한 기검부는 현 무림에서 상대가 없는 최강의 고수였다. 절대자인 것이다. 그런데 소걸이라는 녀석이 거뜬히 그를 상대했다.

유시천은 기가 꺾이지 않을 수 없었다.

그는 교중에 남아 있는 네 구의 활강시, 사령천마들을 직접 이끌고 왔다.

이백 년 전, 사령천사가 만들어냈던 열 구의 사령천마들 중 아직까지 남아 암흑천교에 전해지고 있는 건 여덟 구였다. 그중 네 구가 황망계에서 부서졌으니 이제는 네 구가 있을 뿐이다. 그것들 모두가 지금 이곳에 와 있다.

하지만 유시천은 이제 그것들도 믿을 수 없다고 생각했다. 며칠 전 이곳에서 네 구의 활강시가 허무하게 깨졌다니 더욱 그렇다.

유시천은 암울해졌다.

대장로 황유선에게 네 구의 사령천마를 딸려 보내면서 그는 자신의 결정이 너무 지나쳤던 것이 아닐까? 하는 의구심마저 가졌었다.

그가 아는 사령천마들의 능력이라면 두 구만 보내도 충분하다고 여겼던 것이다. 그런데 네 구 모두 회생불능의 상태로 부서져 버렸다.

유시천은 이를 박박 갈았다.

2

“그가 온다고 했다.”

기검부가 유시천의 상념을 깨고 그렇게 말했다. 유시천이 깜짝 놀라 바라보았다.

“누구 말씀입니까?”

“조충.”

“아!”

무심한 기검부의 말이 유시천을 더욱 놀라게 했다.

“그가, 그가 직접 온다고 했단 말입니까?”

“그렇다.”

“하오면 그가, 그가 정말……..”

“너의 짐작대로다. 천 년 전 조사님이 빼앗겼던 의천검과 음환불사의 검법이 고스란히 그에게 전해져 오고 있지. 아마 지금쯤 그는 나처럼 스스로 그 검법을 대성했을지도 모른다. 아니, 그럴 것이다.”

“으음—”

유시천의 안색이 무거워졌다.

“그렇다면 그 또한 우리와 같은 목적을 갖고 있는 것이로군요.”

“그렇지. 이곳에 선유문의 후예가 있고, 서복 선인의 진전이 있는데 그가 우리 손에 그 모든 게 들어오도록 구경만 하고 있을 리가 없지.”

“우리는 결국 그와 싸워야 합니까?”

“그럴 수밖에 없다면 그래야겠지. 하지만 아직은 그의 의중을 알지 못하니 속내를 드러내서는 안 된다.”

검을 들고 일어섰던 유시천이 다시 주저앉았다.

이제 이 일이 자신이 주재할 수 없을 만큼 크고 중요하다는 걸 느꼈다.

"이곳에 장막을 치고 아무도 접근하지 못하도록 해라."

"사부님?"

"나는 목숨을 걸고 정진하여 기어이 십이성의 벽을 깨뜨리고 말겠다."

"신공을 이루시려는 겁니까? 이곳에서요?"

"조양신공은 천 년의 공력이 담겨 있는 것이다. 하지만 십이성의 벽을 깨뜨리지 않고서는 우리가 원하는 것을 이룰 수 없다는 걸 알았다."

기검부의 이글거리는 눈 속에는 누구도 꺾을 수 없는 결의가 가득했다.

그들이 황망령 아래에서 다시 하루를 보내며 조충을 기다리고 있을 때, 정작 조충은 두 명의 호위 무사를 거느린 채 느긋한 걸음으로 황망령 북쪽 비탈길을 오르고 있었다.

"거기 서!"

흰 눈 더미 속에서 불쑥 눈사람같이 생긴 자 두 명이 나타나 소리쳤다.

불선나한들로서, 오늘의 외곽 경계를 맡은 자들 중 북쪽에 매복하고 있던 두 명이다.

한 명은 칼을 뽑아 들었고, 다른 한 명은 호각을 입에 물고 있었다. 여차하면 그것을 불어서 모두에게 신호를 할 작정인 것이다.

조충을 호위해 온 두 명의 노인이 앞으로 나섰고, 조충은 뒷짐을 진

채 무표정한 얼굴로 먼 하늘을 바라보았다.

그는 환관의 복장을 벗어버리고 두툼하게 솜을 넣은 민간의 겨울옷을 입고 있었으므로 나이 많은 훈장처럼 꼬장꼬장해 보였다.

그를 호위해 온 두 노인은 무한의 황학루에서 염 파파를 상대했던 내원의 고수들이었다.

얼굴이 둥글고 살집이 좋은 양광자(陽光子) 엄태선(嚴太善)과 긴 수염이 멋들어진 미염신장(美髥神將) 이검무(李劍武)다.

와호장룡처라 할 수 있는 황궁 내에서도 다섯 손가락 안에 꼽히는 절정의 고수 두 명.

그중 양광자 엄태선이 느긋한 얼굴로 말했다.

"우리는 북경에서 왔다. 소걸이라는 아이를 만나고 싶으니 안내해 주겠느냐?"

두 장한은 어리둥절했다. 서로 눈짓을 나누더니 호각을 입에 대고 있던 자가 재빨리 돌아서서 황망령 위로 달려 올라갔다.

"조충!"

두 노인을 앞세우고 느긋하게 걸어 들어오는 조충을 본 주지약과 단옥당이 동시에 소리쳤다.

북경에서 왔다고 하기에 혹시? 했지만 설마 정말 조충일 줄은 몰랐던 것이다.

다른 사람들은 조충을 한 번도 본 일이 없다. 눈만 멀뚱거리고 있다가 주지약의 외침을 듣고 비로소 바짝 긴장해서 주먹을 움켜쥐었다.

누가 찾아왔다는 전갈을 받고 이층에서 천천히 내려오던 소걸도 주지약의 외침을 들었다. 그리고 조충을 보았다.

'바로 저 늙은이란 말인가?'

조충을 바라보는 얼굴에 만감이 서렸다.

묘강의 귀수독인(鬼手毒人) 막세풍이 달려나왔고, 팔비충 천종과 왜 타자 강명명이 달려왔다.

흑불이며 하란삼패에 종남광도 도굉, 광풍도 초구랑과 추혼랑 갈평, 혈지삼살 등, 하나같이 강호를 주름잡는 절정고수들이 에워쌌건만 조 충의 신색은 서늘한 바람 부는 언덕에 홀로 서 있는 떡갈나무처럼 태 연했다.

"네가 소걸이냐?"

조충이 막 계단을 내려와 주지약의 곁에 선 소걸을 그윽하게 바라보 며 물었다. 손자를 대하는 할아버지처럼 부드러운 표정이요 말투다.

"당신이 조충이오?"

그러나 되묻는 소걸의 말투에는 싸늘한 비웃음이 어렸다.

조충이 살짝 이마에 주름을 잡았고, 그를 호위해 온 두 노인이 엄한 얼굴로 꾸짖었다.

"어린 녀석이 말버릇이 없다!"

"주둥이를 함부로 놀리지 마라!"

"흥! 주인과 이야기하는데 감히 종이 끼어들다니? 당신들의 버르장 머리는 고작 그런 거요?"

"이놈!"

소걸의 모욕적인 말에 성미 급한 양광자 엄태선이 주먹을 불끈 쥐고 한 걸음 나섰다.

하지만 그는 조충의 매서운 눈길을 받고 찔끔해서 다시 물러서고 말 았다.

조충이 웃으며 말했다.

"이곳의 차가 그렇게 맛이 좋다고 소문이 자자하더구나. 주방에 당 노인이 있었다면 좋았으련만……."

"그랬다면 당신은 화끈한 만독차의 맛을 볼 수 있었겠지."

"흐흐흐, 그것도 좋은 일이지."

수염 하나 없는 맨 턱을 쓰다듬은 조충이 눈짓으로 막세풍을 가리키며 말했다.

"듣기로는 귀수독인의 차 달이는 솜씨 또한 일품이라던데?"

"좋소, 좋아. 나는 감히 만독차를 만들지 못하나 당 노야의 가르침을 받아 구천독차는 가능하지. 한번 맛을 보시려오?"

"그것도 좋겠지. 이왕이면 우리 모두 함께 한 잔씩 마셔보는 게 어떻겠나?"

소걸과 주지약을 바라보며 한 말이다.

"내가 대작하면 그만 아니오? 주 소저를 끌어들일 필요 없소."

소걸이 의자를 끌어당겨 마주 앉으며 호기롭게 말했지만 조충은 머리를 가로저었다.

"천만에. 몸은 양기를 버린 지 오래되었지만 태생이 사내인지라 아직도 주 소저 같은 미녀를 보면 마음이 동하는구나. 주 소저는 아름다운 데다가 선유문의 절기를 배웠지. 이 자리에 보타문의 검후가 있는데 어찌 그녀와 함께 한 잔의 차를 나누지 않을 수 있겠느냐?"

그는 이미 모든 걸 다 알고 찾아왔다. 주지약이 불선다루에 와 있다는 것은 물론 그녀의 정체에 대해서까지 낱낱이 파악해 두고 있었던 것이다. 과연 조충답다는 감탄을 하지 않을 수 없다.

묵묵히 그들의 말을 듣고 있던 주지약이 방긋 웃으며 소걸 곁에 앉

있다.

막세풍이 즉시 주방으로 달려들어 갔고, 잠시 후 무럭무럭 김이 새 나오는 차 주전자와 세 개의 찻잔을 가지고 돌아왔다.

첫 잔을 따라 조충 앞에 내려놓고, 두 번째 잔은 소걸에게, 마지막 잔은 주지약에게 건넸다.

향기로운 다향(茶香)이 퍼져 실내를 훈훈하게 했다. 하지만 사람들은 저 향기 속에 감추어져 있는 게 뼈를 녹이는 독기라는 걸 짐작했다. 한 모금만 마시면 오장육부가 다 타버리고 뼈와 살이 녹아 한 줌 혈수로 화하고 말리라.

“이것에 녹아 있는 독은 당 노야로부터 전수받은 비전에 묘강 특유의 수법을 배합한 것으로 세상에 처음 선보이는 것이오. 이름은 조금 전에 말했던 ‘구천독차’에서 가져와 이소구천향(你召九千香)이라 하겠소.”

“흐흐, 아주 운치있는 이름의 차로구만 그래.”

찻잔에 담긴 맑은 호박 빛 차를 바라보던 조충이 그것을 소걸에게 내밀었다.

“내 찻잔보다 너의 찻잔이 더 마음에 드는구나. 나는 손님이니 양보해 줄 수 있겠지?”

“흥! 그렇게 의심스럽다면 당신의 차까지 내가 마셔 드릴 수도 있소.”

조충의 마음을 읽은 소걸이 비웃었다. 막세풍이 화가 나서 소리쳤다.

“한 주전자에서 똑같이 따른 차인데 설마 내가 수작을 부렸다고 의심하는 거요?”

"주전자에 담긴 차는 같은 거겠지만 찻잔은 저마다 다르니 알 수 없는 일이지."

조충이 뻔뻔스럽게 말하고 소걸의 찻잔을 집어갔다. 그러더니 다시 주지약의 찻잔을 바라본다. 주지약이 비웃음을 띠고 자신의 찻잔을 내밀었다.

"이것과 다시 바꾸어도 좋아요."

"늙은이를 생각하는 아가씨의 마음이 아름답군. 좋아. 기꺼이 그 호의를 받아들이지."

망설임없이 다시 주지약의 찻잔과 바꾸어 간다. 막세풍이 대로하여 소리쳤다.

"정말로 염치없는 늙은이로구나! 나는 솜씨가 악독하지만 늙은 내시처럼 음흉하지도 교활하지도 않다! 내 차를 마시기 두려우면 안 마시면 그만인 게야!"

"천만에. 나는 당신의 차 끓이는 솜씨를 누구보다 믿지. 단지 이곳에는 친구가 없고 모두 나를 미워하는 자들뿐이라 그게 걱정스러운 거야."

"흥! 알긴 아는군?"

"사람의 마음이란 아무래도 제가 좋아하는 쪽으로 쏠리게 마련 아닌가? 나는 당신이 소걸과 주 아가씨에게도 나와 똑같은 차를 마시게 할 거라고는 믿지 않아."

조충의 말을 들은 소걸이 시끄럽다는 듯 손을 내둘렀다.

"좋소, 좋아. 당신은 세상에서 믿는 사람이 아무도 없으니 당신을 믿어주는 사람도 없을 것이오. 이제 원하는 대로 선택했으니 마시는 일만 남았소."

소걸과 주지약의 비웃음과 경멸이 담긴 눈총을 받으면서도 조충은 태연했다. 그가 찻잔을 들어 입술 앞에서 빙글빙글 돌리며 막세풍에게 물었다.

"그런데 이 이소구천향이라는 차는 얼마나 지독한가?"

"파열고(破裂蠱)에서 짜낸 고독에 금령사왕(金靈蛇王)의 내단을 갈아 만든 걸 섞어서 음령식인초(陰靈食人草)의 뿌리에서 짜낸 독즙으로 잘 갠 다음에 석 달 열흘간 숙성시킨 거라오."

"으음—"

그것만으로도 얼마나 지독한 것인지 충분히 짐작이 가는 터라 조충이 저도 모르게 눈살을 찌푸리고 신음을 흘렸다. 막세풍이 더욱 의기양양해서 말했다.

"그걸 다시 반년 동안 홍혈사충(紅血蛇蟲)에게 먹였소. 그런 다음에 그놈을 잡아서 산 채로 짓이겨 그 즙을 짜낸 것이니, 한 방울로 열 마리의 황소를 죽일 만한 극독이오."

그의 말을 듣던 사람들이 모두 안색이 변해서 주춤 물러선다. 막세풍은 더욱 도도해졌다. 그가 오만하게 조충을 내려다보며 말을 마저 했다.

조충이 머리를 갸웃거렸다.

"이상하군. 그걸 어떻게 주방에 들어갔던 잠깐 동안에 만들어 올 수 있었단 말인가?"

"하하하, 내가 그걸 지금 만들었겠소? 그것은 원래 단혈보혼(丹穴寶魂)이라고 하는 것인데, 묘강의 만독문에 전해오는 비법으로 제조하는 독수지. 묘강에 있을 때 이미 만들어두었던 것이고, 그걸 중원에 오면서 지니고 왔다오."

“그렇다면 새로운 게 아니로군?”

“천만에. 당 노신선께서 가르쳐 주신 몇 가지의 조제법을 첨가했으
니 새로운 독차가 된 것이지. 독의 배합에 따라서, 그 양의 조절에 따
라서 효능이 크게 달라진다는 걸 그대가 어찌 알겠소? 이 이소구천향
은 원래의 단혈보혼보다 그 독성이 몇 배 지독해졌다오.”

“……!”

“그걸 다섯 방울 떨어뜨렸으니 이 한 주전자의 차에는 아무런 맛도
흔적도 남지 않았지. 그러나 한 모금 목 안으로 넘긴 순간 뼈가 삭고
살이 녹아 다섯을 세기 전에 한 줌의 악취 나는 혈수가 되고 마는 거
야. 어떻소? 아직도 마실 만한 배짱이 남아 있소?”

들을수록 끔찍한 말이다. 주지약이 부르르 몸서리를 쳤다. 하지만
소걸은 이미 만독불침을 이룬 몸이다. 당 할아버지의 그 지독한 독, 용
화산(龍火散)에 흑마석(黑磨石) 가루를 첨가해 버무린 고기를 맛있게
집어먹고도 아무렇지 않았던 그가 아닌가.

막세풍의 설명이 끔찍하기 짝이 없지만 조금도 걱정되지 않았다.

3

“소저, 소생이 대신 마시겠소이다.”

단옥당이 나섰다. 조충이 눈을 가늘게 뜨고 그를 지그시 바라보더니
빙긋 웃었다.

“그대가 단옥당인가? 과연 듣던 대로 절세의 기남아로군 그래. 사부
님께서는 안녕하신가?”

“소생의 사부님을 아시오?”

"알다마다. 천룡사의 이불(異佛) 선사를 내가 모를 리가 있나."

"소생은 사부님으로부터 한 번도 당신에 대한 말을 들어본 적이 없소이다."

"흘흘, 이불의 눈에 나 같은 속인이 들어 있을 리가 없겠지."

자조적인 웃음을 흘린 조충이 귀찮다는 듯 손등을 밖으로 하여 털었다.

"물러서라. 나는 주 소저와 차를 나누고 싶지 너 같은 애송이를 상대하고 싶은 마음이 없다."

주지약도 단옥당을 밀어냈다.

"이건 내가 치러야 하는 일이니 단 공자께서는 물러서 계세요."

"하지만 소저……."

"걱정 마세요. 설마 주지약이 차 한 잔을 마시지 못할 만큼 약골이라고 보는 건 아니겠지요?"

"어찌 그럴 리가 있겠소이까. 하지만 그 차는……."

그들의 작은 실랑이를 묵묵히 바라보던 소걸이 혀를 찼다. 은근히 질투의 마음이 드는 걸 어쩔 수 없었던 것이다.

"쳇, 차는 얼마든지 있소. 그렇게 이 차가 탐이 난다면 막 할아버지에게 한 잔 따라달라고 부탁하면 되지 하필 남의 것을 탐낸단 말이오?"

그리고는 조충을 노려보며 퉁명스럽게 쏘아붙였다.

"당신, 그 차를 마실 거요 말 거요? 벌써 다 식어버리지 않았소? 꽁꽁 얼 때까지 기다렸다가 아작아작 깨물어 먹을 작정이오?"

조충이 태연히 응수했다.

"하하하, 그러는 너는 어째서 아직 마시지 않고 있는 거지?"

"좋소, 좋아. 까짓 그럼 내가 먼저 한 잔 맛을 보리다."

소걸이 선뜻 제 찻잔을 집어 들더니 한입에 털어 넣었다. 냉수를 마시듯 꿀꺽, 삼켜 버린다.

"음, 역시 막 할아버지의 솜씨는 이제 당 할아버지를 거의 따라왔군요. 아주 맛이 좋아요."

입맛마저 다신다. 그것을 본 조충이 자신의 찻잔을 집어 들었다. 잠시 멈칫거리다가 천천히 마신다.

사람들의 눈길이 일제히 그의 목울대를 지켜보았다. 그것이 크게 한 번 오르내리고, 조충이 빈 찻잔을 내려놓으며 빙긋 웃었다.

"과연 네 말이 맞구나. 저 묘강에서 온 노독물의 솜씨는 비범해."

주지약도 천천히 그녀의 차를 마셨다. 얼굴에 표정이 없다.

세 사람은 모두 눈을 말똥거리며 서로를 바라보았다. 긴장이 다루 안을 후끈 달구었다. 향 한 자루가 탈 만큼 시간이 흐르는 동안 무거운 적막이 흘렀다.

짝!

그들을 지켜보고 있던 막세풍이 손뼉을 한 번 쳤다. 그 소리가 유독 커다랗게 울린다.

"됐소, 됐어. 당신들은 모두 만독불침지신을 이루고 있었군 그래. 과연 대단하오. 강호에 당신들과 견줄 만한 자가 또 없을 것이오. 이 막 모가 졌다는 걸 인정하지."

의기양양하던 막세풍이 풀이 죽어서 주섬주섬 다기를 챙겨 주방으로 돌아갔다. 자신의 독공이 적어도 이들 세 사람에게는 무용지물이나 다름없다는 걸 확인했으니 맥이 빠질 수밖에 없다.

조충이 버릇인 듯 맨 턱을 쓰다듬으며 빙긋 웃었다. 엄지손가락을 치켜세워 보인다.

"소년은 영웅이고 소녀는 여걸이니 과연 잘 어울리는 한 쌍이로다."

"당신은 무엇이 그리 즐겁소?"

소걸의 퉁명스런 말에 조충이 눈웃음을 치며 말했다.

"마음먹으면 세세무궁토록 부귀영화를 누리고, 무림의 지존이 되거나 조정의 대신이 되어 만인의 칭송을 받을 테니 그 아니 즐거운 일이냐?"

"누가? 당신이 말이오?"

"흘흘, 나는 이제 늙어서 살날이 얼마 남지 않았는데 그런 걸 욕심내 무엇하겠어? 하지만 너와 주 소저는 바야흐로 활짝 꽃피기 시작한 청춘이니 즐거움을 충분히 누릴 자격이 있지."

"나는 어떻게 해야 그와 같은 즐거움을 누리며 살 수 있는 건지 알지 못하겠소."

"흐흐흐, 아주 쉬운 일이다. 머리를 한 번 숙이기만 하면 되는 일이야."

"당신에게 말이오?"

"그렇지. 영특하구나. 지금 나에게 머리를 숙인다면 그 모든 부귀영화와 공명이 너희 두 사람 앞에 절로 굴러 들어올 것이다."

"하하하하—"

소걸이 탁자를 두드리며 크게 웃었다.

"당신은 매우 쉽게 말을 하는구려. 내 당신이 늙은 몸을 이끌고 먼 길을 찾아온 걸 불쌍히 여겨서 아주 쉬운 방법을 하나 가르쳐 드리리다."

조충의 눈매가 날카로워졌다. 하지만 그는 여전히 초인적인 인내심을 발휘해서 잘 참고 있었다. 그가 태연하게 대꾸했다.

"세이경청(洗耳敬聽)하지."

"별거 아니오. 당신은 우리가 고개 숙이는 걸 꼭 보고 싶다면 그저 손을 한 번 움직이면 될 것이오."

"그래?"

"의천검을 뽑아서 우리 두 사람의 가슴을 찌르는 일쯤이야 당신, 늙은 내시에게는 무를 썰 듯 쉬운 일이겠지. 그러면 우리는 하기 싫어도 어쩔 수 없이 고개를 푹, 숙일 수밖에 없지 않겠소?"

"하하하하—"

이번에는 조충이 탁자를 두드리며 크게 웃었다. 그리고 지금까지와는 다르게 차갑고 스산한 얼굴이 되어서 음침하게 말했다.

"권주를 마다하니 벌주를 마셔야 할 수밖에."

"권주고 벌주고 다 그만두고, 나는 혈주(血酒)를 마시고 싶소."

"응?"

이제는 조충을 노려보는 소걸의 눈빛도 스산해졌다. 노골적으로 살기를 드러낸다.

"당신의 피는 아직 뜨겁겠지?"

"어린 녀석이 너무 고약하다!"

조충의 뒤에서 내내 눈을 부릅뜨고 있던 양광자 엄태선이 버럭 소리쳤다. 그는 무한의 황학루에서 염 파파의 기습에 꼼짝없이 당해 추태를 보였던 일을 아직 기억하고 있었다.

소걸을 본 순간 그때의 치욕감이 되살아나 심기가 몹시 불편한 상태였다. 소걸이 염 파파의 손자이자 전승자라니 그렇다. 염 파파 대신 소걸에게 한껏 분풀이를 하고 싶어 벌써부터 안달이 나 있었다.

소걸과 조충의 눈싸움이 심상치 않은 분위기로 흘러가고 있을 때 곁에 앉아 있던 주지약의 안색이 점점 창백해졌다.

내내 말없이 고개를 약간 숙이고 있던 그녀다. 모두는 그녀가 무언가 고민이 있어서 깊은 생각에 빠져 있는 중이라고만 여기고 크게 신경 쓰지 않았다.

"으으음―"

그녀의 입에서 미약한 신음이 흘러나왔다. 비로소 소걸이 그녀를 돌아보고 깜짝 놀라 소리쳤다.

"주 소저!"

그녀를 부른 순간 주지약이 울컥, 한 모금의 비릿한 피를 가슴 앞 옷자락에 토해냈다.

"소저!"

소걸이 대경하여 그녀를 붙잡았고, 단옥당도 발을 구르며 어쩔 줄 모르고 쩔쩔맸다.

그녀는 만독불침지신을 이루지 못하고 있었던 것이다. 여자들은 누구나 본능적으로 독물이라든가 독기를 무서워하지 않던가. 그래서 독물에 대한 단련을 피했고, 적응력 또한 떨어졌다.

그러면서도 막세풍의 독차를 마신 건 약한 모습을 보일 수 없다는 생각에서였고, 한편으로는 자신의 고강한 내력을 믿은 탓도 있었다.

만독불침지신은 이루지 못했지만 자신의 내력이라면 그 어떤 독기라도 억제하고 몰아낼 수 있다고 자신했던 것이다. 하지만 막세풍의 이소구천향은 너무나 지독한 독이었다.

소걸이 만독불침지신이라는 걸 아는 막세풍은 아무 거리낌 없이 이소구천향이라는 독차를 만들어 왔던 것이다. 물론 조충을 독살할 수 있기를 바랐기 때문이다.

주지약은 어떻게 되어도 좋다. 그게 막세풍의 생각이었다. 그는 소걸만 무사하다면 다른 사람은 어떻게 되든 관심없는 것이다.

그가 달리 묘강의 귀수독인이라고 불리겠는가.

주지약은 울컥울컥 피를 계속 토해내고 있었다. 이미 의식을 잃은 듯 몸의 중심을 잡지 못하고 축 늘어졌다.

"소저, 소저!"

소걸이 당황하여 어쩔 줄 모르며 무작정 그녀를 흔들어댔다.

모두의 신경이 주지약에게 쏠려 있는 그 순간, 소걸과 마주 앉아 있던 조충의 입가에 회심의 미소가 떠올랐다.

그가 몸을 일으키지도 않은 채 왼손을 불쑥 뻗었다.

탁자를 사이에 놓고 마주 앉아 있었으니 한 팔을 뻗어서는 서로의 몸에 닿을 수가 없다. 그런데 조충의 팔은 마치 허깨비의 그것인 것처럼 무려 한 자 가까이나 쭉, 늘어나는 것 아닌가.

그런 일이 있으리라고는 상상해 본 적도 없는 사람들이 모두 놀라 '앗!' 하고 비명을 질렀다. 그때는 이미 조충의 갈퀴 같은 손가락이 소걸의 어깨를 단단히 움켜쥔 뒤였다.

"으앗!"

깜짝 놀란 소걸이 외치며 벌떡 뛰어 일어났다. 하지만 어깨를 꽉 움켜쥐고 있는 조충의 손아귀에서 몸을 뺄 수는 없었다.

"이 교활한 늙은이!"

당황한 대살 장락이 버럭 외치며 일장을 날렸다. 하지만 조충 뒤에서 불쑥 뛰어나온 엄태선의 장력에 가로막혀 헛되이 허공을 쳤고, 왜타자 강명명의 철선장도 미염신장 이검무에게 가로막혀 뜻을 이루지 못했다.

정신을 차린 사람들이 일제히 소리치며 달려들었지만 조충의 일갈에 두어 걸음도 떼어놓지 못하고 멈추어 서야 했다.

"꼼짝하지 마라! 안 그러면 이 녀석의 목숨은 끝장이다!"

소걸은 이를 악문 채 시뻘겋게 달아오른 얼굴로 땀을 뻘뻘 흘리고 있었다. 어깨에 박힌 조충의 손가락에서 뿜어져 나오고 있는 암경에 대항하느라 입을 열어 말할 여유도 없다.

조충이 비로소 천천히 일어나 탁자를 돌아왔다. 여전히 소걸의 어깨를 움켜쥔 채다. 길게 늘어났던 그의 팔이 원래대로 수축되고 조충은 이제 소걸의 목덜미를 움켜쥐었다.

목 뒤의 중혈(重穴)들이 모두 그의 손아귀 안에 들어가 있으니 소걸의 목숨은 전적으로 그에게 달려 있다.

조충이 천천히 소걸을 끌고 다루 밖으로 나갔다. 사람들은 멍하니 바라보기만 할 뿐 손을 쓸 수 없었다.

【第七章】

황망령의 일전(一戰)

1

멀리에서 광풍이 불어오는 모양이다. 시퍼렇게 맑은 황망령의 하늘 북쪽, 아득히 보이던 흰 산과 언덕들이 뿌연 눈보라로 가려지기 시작했다.

황망령의 바람은 유명하다. 질풍같이 빠르고 폭풍처럼 드세다.

잠잠하던 그 바람이 다시 살아난 듯 언덕에 쌓여 있던 눈가루를 휘말아 올려 하늘을 가리며 우우— 몰려오고 있었다.

조충과 엄태선, 이겸무 등을 에워싸고 있는 사람들의 옷자락이 펄럭였다.

불선다루 밖으로 나왔지만 조충 일행은 한 발짝도 더 움직이지 못하고 있었다. 그들을 에워싼 채 호시탐탐 노리고 있는 군웅들의 살벌한 눈길 때문이다.

일 대 일로 붙는다면 누구도 조충의 상대가 되지 못할 것이다. 하지만 이렇게 많은 사람들이, 그것도 모두가 절정고수라 불리기에 부끄럽지 않은 자들이 떼로 덤벼든다면 천하의 조충도 어쩔 수 없다.

지금 조충이 믿는 바는 오직 하나, 손아귀에 쥐고 있는 소걸이었다.

그가 소걸의 목덜미를 움켜쥔 채 스산하게 말했다.

"비켜라. 비키지 않으면 이 녀석의 목을 꺾고 말겠다."

"조 환관, 당신은 그를 어디로 데려가시려오?"

무리의 우두머리 격인 막세풍이 나서서 묻자 조충이 흐흐, 웃으며 턱으로 남쪽을 가리켰다.

"장안성으로 데려갈 생각이다."

"그곳에 가면 안전할 수 있겠소?"

"장안성에 주둔하고 있는 성군이 십만이다. 그들 모두가 나 한 사람을 지켜줄 텐데 천하에 그보다 안전한 곳은 없겠지."

"하지만 당신은 애석하게도 이곳에서 한 발짝도 벗어나지 못할 것이오."

"흐흐흐, 과연 그럴까?"

"내 목을 걸고 장담하지."

막세풍이 금방이라도 쳐들어오려는 듯 어깨를 움찔거린다. 그걸 본 조충이 소걸의 목덜미를 움켜쥔 채 한 걸음 물러섰다.

인질을 손에 잡고 있으니 팽팽한 균형을 이루고 있는 건데 언제까지 이렇게 서 있기만 할 수는 없는 일이다.

조충의 마음이 조금씩 초조해져 가고 있을 때 소걸은 암중에서 진기를 운용해 제압된 혈도를 뚫기 위해 애쓰고 있었다.

십성에 이른 구유신공 중 전문적으로 막힌 기혈을 뚫기 위해 쓰이는 옥편운외지(玉鞭雲外指)라는 구결을 천천히 운용하기 일각쯤. 단전에 쌓인 진기가 꿈틀거리며 고개를 들기 시작했다.

소걸은 혹시 조충이 눈치챌까 봐 불안했다. 약기가 쥐새끼 같은 늙은이 아닌가. 이쪽의 낌새가 조금만 수상해도 더욱 악독한 수단으로 눌러놓으려 할 게 뻔하다.

그래서 한층 은밀하게 운기하며 조충의 정신을 분산시킬 셈으로 불쑥 말했다.

"조 내관, 당신은 음환불사 검법을 나름대로 완성했겠지?"

"응?"

무슨 소리냐는 듯 조충이 소걸을 바라보다가 피식 웃었다.

"어째서 그렇게 생각하느냐?"

자신의 의도대로 조충이 호기심을 보이며 반응하자 소걸은 기뻤다. 애써 태연한 신색을 지으며 느릿느릿 말한다.

"당신이 이렇게 세상에 본래의 모습을 드러낸 걸 보면 틀림없이 음환불사 검법을 완성했을 거야."

"……."

"그러니 나를 붙잡은 것 아니겠어? 나에게서 양환멸사의 검법 비결을 빼앗으려는 거지."

"흐흐흐, 영악한 놈."

"그러면 당신은 서복 선인이 창안한 절세의 검법을 모두 지니게 되니 가히 천하에 두려울 게 없는 존재가 되겠지."

"흐흐흐, 잘 아는구나. 네가 나에게 양환멸사 검법을 준다면 나는 당장 너를 놓아주는 건 물론 너를 제자로 삼아서 장차 나의 모든 것을 누리도록 해주겠다."

"아주 대단한 일이로군 그래. 그렇게 되면 나는 당신의 뒤를 이어서 황제가 될 수 있을지도 모르니 그건 정말 신나는 일이야."

"흐흐흐, 그렇지? 그러니 어서 결정해라."

조충은 스스로 황제가 될 야심을 품고 있다는 걸 부정하지 않았다. 지금 그가 지니고 있는 권세에다가 천하제일의 무공으로 강호를 손에 넣는다면 그가 하지 못할 일은 없을 것이다.

고민하는 표정을 짓고 있던 소걸이 머리를 가로저으며 한숨을 내쉬었다.

"휴, 하지만 아무래도 안 되겠구려. 내가 아무리 대역무도한 놈이라 한들 어찌 가문의 씻지 못할 원한마저 잊을 수 있단 말이오?"

"원한이라니? 나는 오늘 너를 처음 보았고, 너 또한 그럴 터인데 우리 사이에 무슨 원한이 있단 말인고?"

"흥! 당신은 죽을 때가 되어서 정신이 왔다 갔다 하는 모양이군. 설마 이십 년 전 당신이 저지른 무참한 살육을 모른다고 할 셈이오?"

"무엇이?"

"당신은 무고한 내 외할아버지를 죽이고 그 기솔들마저 남김없이 죽였지. 당신은 그걸로 모든 게 끝난 줄 알았겠지만, 그때의 한 맺힌 피는 나를 통해 이어지고 있다! 그러니 이게 다 하늘의 뜻인 거야!"

"이상한 일이로구나. 내가 정말 그랬단 말이냐? 네 외할아버지가 누구인데 그런 말을 하는지 모르겠다."

"나의 외조부께서는 당시 병부상서 직에 있던 이동몽 각하시다!"

소걸의 한마디에 조충이 크게 놀라 온몸을 떨었다.

"무엇이? 이동몽이라고? 그게 사실이냐!"

놀라 주의력이 흩어진 순간 소걸이 단전에 끌어 모아두었던 내력을 터뜨리듯 뽑아 올려 조충의 손아귀에 잡혀 있는 목 뒤의 서봉(瑞峰)과

광경(光慶)혈에 맹렬하게 부딪쳤다. 그러자 두 혈도를 통해 뻗어 나온 엄청난 기운이 조충의 손을 튕겨 버렸다.

"엇!"

조충이 깜짝 놀랐을 때 소걸은 이미 그의 손아귀에서 빠져나와 옆으로 맴돌고 있었다.

"이 원수! 명년 오늘이 바로 너의 제삿날이다!"

버럭 소리치며 나한서지(羅漢西指)의 수법으로 맹렬하게 옆구리를 찌른다.

그것은 소림사의 나한권 중에 있는 지법(指法)이다. 검지와 중지 두 손가락을 모아 창처럼 내지르는 단순한 수법인데, 소걸의 십성 구유신공이 실려 있으니 천하의 그 어떤 지법보다 무서운 절초가 되었다.

번쩍, 정신을 차린 조충이 급히 몸을 기울여 피했다. 칙! 하는 날카로운 소리를 내며 소걸의 손가락에서 뻗어 나온 한줄기 싸늘한 기운이 옆구리를 스치고 지나갔다.

조충은 펄럭이는 자신의 솜옷에 구멍이 뻥 뚫린 걸 보고 가슴이 서늘해졌다. 반응이 조금만 늦었더라면 옆구리에 구멍이 뚫리고 말았을 것이다.

"이 쥐새끼 같은 놈!"

노성을 터뜨린 조충이 즉시 일장을 내뻗어 후려쳤다. 후웅, 하는 웅장한 소리가 터져 나왔다. 태산을 밀 듯한 장력이 소걸의 전신에 부딪쳐 온다.

소걸이 이를 악물었다. 눈에서 불길이 쏟아진다. 그가 '이얏!' 하고 기합성을 터뜨리며 마주 일장을 뻗어 후려쳤다. 염 파파의 삼대절기 중 하나인 쇄혼구유장(碎魂九幽掌)이다.

초식은 석가장의 화룡점창(火龍點槍)을 빌려왔으나 그 안에 실려 있는 운기의 비결과 장력이 쇄혼구유장의 것이라 강호에 유전되는 그 어떤 장법보다 막강한 위력을 뿜어냈다.

두 사람의 장력이 허공을 격하고 충돌했다. 쾅! 하는 천번지복의 굉음이 터져 나오고 소걸이 비틀거리며 다섯 걸음이나 밀려났다. 조충은 늙은 어깨를 부르르 떨며 움찔거리고 두 걸음을 물러섰을 뿐이다.

두 사람 간의 내공의 차이가 확연히 드러난 일합이었다. 하지만 조충은 얼굴색이 변할 만큼 크게 놀랐다. 설마 소걸이 자신의 장력을 정면에서 너끈히 받아낼 줄은 몰랐던 것이다.

조충의 눈에 흉흉한 살기가 어렸다. 지금 소걸을 죽이지 못한다면 천추의 한이 될 것이라는 예감이 불길처럼 머리 속을 달린다.

"이놈!"

이를 악문 조충이 다시 진기를 끌어올려 두 손에 실은 채 버럭 외치며 달려들었다. 팔십 살이 넘은 늙은이라고는 믿어지지 않는 신속함이자 맹렬한 손속이다.

조충의 일장과 부딪친 충격으로 소걸은 머리 속이 어질어질했다. 가슴이 답답하고 눈앞에 무수히 많은 별이 보인다.

귓속에 풍뎅이가 들어 있는 듯 윙윙거리고 울리는 소리가 가득했다. 그 속으로 누군가의 '위험해!' 하고 외치는 소리가 아득히 들려왔다.

소걸이 본능적으로 수라구유보 중 신묘제일로 꼽히는 춘몽제운(春夢濟雲)의 현란한 신법을 펼쳐 어지럽게 움직였다. 그 순간 조충의 강맹한 장력이 아슬아슬하게 그의 어깨를 스치고 지나갔다.

그와 엇갈린 순간 소걸이 본능적으로 두 손을 뻗었다. 왼손은 갈퀴처럼 얼굴을 할퀴고 오른손은 족쇄가 된 듯 팔목을 옭아매려 한다.

당문 사천왕의 둘째인 소면비표(素面飛豹) 당경(唐庚)으로부터 배운 조화철조(造化鐵爪) 중의 양박강산(兩搏江山)이라는 수법이었다.

소걸이 행한 의외의 반격은 매우 효율적이었다. 조충이 당황하여 급히 몸을 비틀며 겨우 빠져나갔다. 그러자 소걸이 즉시 일기충천(一氣衝天)의 기세로 쫓아 들어가며 연거푸 다섯 번이나 장과 권을 쳐냈다. 이번에는 셋째인 당평지(唐坪地)의 연화구장(連火九掌)이다.

우르릉거리며 뻗어나가는 경력의 맹렬함이 당평지가 펼치는 본래의 연화구장과는 하늘과 땅만큼이나 차이가 났다. 본래의 연화구장이 아니라 강호의 절세적인 장법으로 뒤바뀐 것 같았다.

'맹랑한 놈 아닌가?'

조충이 다급한 중에도 의아하게 여겼다.

수법을 보건대 자신이 알지 못하는 어떤 고절한 절기 같지는 않았다. 하지만 그것에 실린 막강한 잠력과 이쪽의 빈틈을 적절하게 노리는 의외성이 놀랍다. 수법의 운용에 가볍게 상대할 수 없는 현묘함이 숨겨져 있었던 것이다.

조충은 잠시 손속을 느슨하게 하여 상대하며 소걸의 수법 하나하나를 눈여겨보았다.

2

소걸과 조충이 한 치의 양보도 없이 치열하게 얽혔을 때 싸움은 그들의 권역 밖에서도 벌어졌다.

대살 장략이 그 싸움을 시작했다.

그는 양광자 엄태선에게 좋지 않은 감정을 지니고 있었다. 그가 다

루 안에서 조충의 암습을 저지하려던 자신의 일장을 가로막은 때문이
다. 그 때문에 소걸이 조충에게 잡히지 않았던가.

장략이 칼을 뽑아 들고 다가서며 소리쳤다.

"늙은이! 아까는 나의 일장을 잘도 막았겠다? 어디 이번에도 그렇게
해보아라!"

"무엇이? 하룻강아지 범 무서운 줄 모른다지만 네놈의 오만방자함
은 아무래도 지나치구나!"

양광자 엄태선이 발끈 화를 냈다.

그는 조충과 소걸 간의 싸움을 지켜보며 호시탐탐 달려들 기회를 노
리고 있는 중이었다. 소걸을 제 손으로 붙잡아 사지를 찢어놓아야만
염 파파에게 당했던 화가 풀릴 것이다.

하지만 장략은 그가 그렇게 하도록 놓아두지 않았다. 번쩍이는 칼을
머리 위로 들어올린 그가 살기를 뚝뚝 흘리며 말했다.

"늙은이 네 목을 가져갈 테다. 얌전히 내놓는다면 고통 없게 잘라주
지."

"이, 이런 죽일 놈!"

엄태선이 이를 부드득 갈고 달려들 듯하다가 흠칫했다. 장략이 치켜
들고 있는 장도(長刀)의 기세가 심상치 않았던 것이다.

'얕볼 놈이 아니로군.'

한눈에 상대를 읽은 엄태선이 애써 분노를 가라앉히고 품에서 한 쌍
의 판관필(判官筆)을 꺼내 들었다.

그 즉시 장략이 땅을 박차고 몸을 띄웠고, 엄태선은 조금도 방심하
지 않고 가슴 앞에 판관필을 십자로 교차하여 엄밀한 수비세를 지켰다.

번쩍!

장략의 칼이 뇌전이 꽂히듯 머리 위에 떨어졌다. 엄태선이 미끄러져 물러서며 판관필을 휘둘러 그것을 받아쳤다.

쨍! 하는 낭랑한 소리가 들렸다. 장략의 칼이 판관필의 힘을 이기지 못하는 듯 튕겨 나갔다. 그리고 그 순간 엄태선은 다른 하나의 판관필을 뻗어 힘차게 장략의 가슴 앞 기사혈(氣舍穴)을 찔렀다. 그 솜씨의 재빠름과 강맹함이 과연 강호에서는 흔히 볼 수 없는 절세고수의 그것이었다.

날카로운 중에 품격을 잃지 않고 있으니 종사의 솜씨라 해도 과언이 아니다.

장략이 옆으로 돌아 물러서며 사선으로 힘껏 칼을 그어 내렸다. 번쩍이는 예리한 칼날이 바람을 가르고 떨어져 가슴을 찔러오던 판관필을 찍었다.

땅!

한 소리 높은 울림과 함께 엄태선이 낭패한 얼굴로 훌쩍 뛰어 물러섰다. 장략의 칼과 부딪친 자신의 판관필이 이번에는 썽둥 잘라져 쓸모없게 되었기 때문이다.

장략의 칼은 보기 드문 보도였다. 엄태선은 이제 함부로 그의 칼과 부딪칠 수 없게 되었다. 병장기를 들고 싸우는 자들에게 그런 마음은 치명적이 될 수 있다.

장략은 한 번 잡은 기회를 절대로 놓치지 않았다. 딱딱 끊어지는 기합성을 낮고 힘차게 내지르며 한 걸음씩 좁혀 들어간다.

새파란 칼이 번쩍이며 떨어지고 휩쓸어올 때마다 엄태선은 아슬아슬하게 피하거나 막을 뿐이다.

판관필의 효용이 반으로 떨어져 버린 데다가 기세마저 빼앗긴 뒤였으므로 그는 자신의 실력을 다 발휘할 수 없었다.

합이 거듭될수록 점점 장략의 칼에 말려 허우적거린다.

"이얍!"

날카로운 외침은 다른 곳에서도 터져 나왔다. 이살 육편철과 삼살 고승이 긴 수염의 노인, 미염신장 이검무를 상대로 싸우기 시작한 것이다.

미염신장은 고승의 현란한 검격보다 수시로 빈틈을 노리고 쇄도해 드는 육편철의 비도에 더 크게 신경이 쓰였다.

그는 양손에 철권(鐵圈)을 끼고 있었다. 용호신권(龍虎神圈)이라고 불리는 것인데, 용을 의미하는 왼손의 철권에는 주먹을 감싼 예리한 칼날이 달려 있었고, 호를 뜻하는 오른손의 철권에는 세 치 길이의 낭아(狼牙)가 튀어나와 있었다.

미염신장 이검무의 움직임은 그의 생긴 모습과는 달리 격렬하고 악독했다.

권이라는 특이한 병장기를 쓰는 자들이 그렇듯이 그는 물러설 줄을 몰랐다. 어떻게 해서든 달려들어 상대와 가슴을 마주 댈 듯하고 있어야 비로소 권의 위력을 십분 발휘할 수 있기 때문이다.

철저하게 박(搏)과 격(擊)의 비결을 따르니 움직임이 재빠르고 격렬할 수밖에 없다.

그가 두 손에 끼운 권을 사납게 휘둘러 한순간에 다섯 번이나 고승의 환검을 쳐냈다. 쩡쩡거리는 소리가 시끄럽게 울려 나올 때마다 새파란 불똥이 어지럽게 날린다.

쉿!

촌각의 틈을 엿본 육편철이 다시 비도 한 자루를 날렸다. 무섭게 맴돌려 쇄도해 드는 그것에서 바람을 찢는 날카로운 소리가 났다. 유성보다 빠르고 철궁보다 강력한 비도인 것이다.

"흡!"

미염신장이 급히 숨을 멈추고 어깨를 잔뜩 웅크리며 무릎을 굽혔다. 비도가 그의 머리 위를 아슬아슬하게 스쳐 지나갔다. 그리고 몸을 펼 새도 없이 고숭의 검격이 쇄도한다.

미염신장은 손이 두 개뿐인 게 이때처럼 원망스러워 본 적이 없었다. 고숭의 검은 어찌나 빠르고 교활한지 두 개의 손을 정신없이 휘저어야 겨우 그의 하나뿐인 검을 막아낼 수 있었다. 그러니 고숭을 상대하고 있을 때는 육편철의 비도를 방비할 수가 없다.

미염신장이 부쩍 힘을 끌어올리고 정신을 차리며 자신의 절기인 철권쇄풍(鐵圈鎖風)의 수법으로 고숭의 검을 잡아갔다.

호권의 아래쪽에는 꼬리처럼 말린 부분이 있어서 전문적으로 상대의 병장기를 낚아채는 용도로 쓰이기도 하는 것이다.

한 번 걸리기만 하면 자신의 막강한 내력으로 억눌러서 고숭의 검을 부러뜨리거나 날려 버릴 수 있다고 자신했다.

그런 생각으로 그가 움직임을 둔하게 하자 예상했던 대로 즉시 육편철의 비도가 날아들었다.

후우웅— 하고 허공을 가르는 파공성이 들린 순간 뒤통수가 서늘해진다.

암중에 대비하고 있던 미염신장이 그 즉시 뒤도 돌아보지 않고 왼손의 용권을 휘둘러 후려쳤다.

땅! 하는 경쾌한 소리와 함께 손목에 저르르한 울림이 온다. 바람개비처럼 회전하며 날아든 비도가 권에 부딪쳐 불똥을 날리며 튕겨져 나간 것이다.

'이때다!'

미염신장이 마음속으로 득의의 일성을 터뜨렸다. 벌어진 그의 오른쪽 가슴을 노리고 역시 예상대로 고승의 검이 찔러 들어온 것이다.

미염신장이 몸을 틀며 잔뜩 벼르고 있던 오른손의 호권을 불쑥 내밀어 그것을 낚아채려 할 때였다. 뒤통수에서 퍽! 하는 소리가 들렸다. 갑자기 얼음을 댄 것처럼 서늘한 느낌이 머리 속에 파고든다. 정신이 아뜩해졌다.

'응?'

그가 깜짝 놀랐다. 이게 무슨 일인가 싶다. 그리고 곧 그는 자신의 뒤통수 깊이 한 자루의 비도가 박혔다는 걸 알았다.

소리도, 기척도 없이 허공을 접어온 흑비(黑匕)다.

미염신장 이검무는 앞서 날렸던 비도가 유난히 강한 바람 소리를 냈다는 걸 비로소 떠올렸다. 그것은 이 흑비를 감추기 위한 속임수였다. 그래서 그것을 쳐내고 만족했을 때 바람을 가르는 기척을 숨긴 채 슬며시 날아온 비수에 뒤통수가 꿰뚫리고 만 것이다.

"크으으—"

미염신장의 입에서 비로소 답답한 신음성이 흘러나왔다. 이제 사뭇 떨리는 오른손의 호권으로는 고승의 검을 붙잡을 수가 없다.

푹—

그는 점점 흐려지는 시선으로 자신의 가슴을 뚫고 들어오는 고승의 검을 보아야 했다.

"으악!"

거의 같은 순간에 양광자 엄태선도 항아리가 깨지는 듯한 비명을 터뜨렸다.

　대살 장략의 번쩍이는 칼이 그의 몸뚱이를 사선으로 쪼개고 빠져나간 것이다. 쩍 벌어지는 가슴이 마치 도끼를 맞은 장작 같다.

　엄태선의 덧없는 죽음은 한순간의 일이었다. 장략의 칼은 그가 미염신장의 비명 소리를 듣고 잠깐 정신이 흩어졌던 찰나의 순간을 놓치지 않았던 것이다.

　그들 두 노인의 단말마는 조충에게도 심리적인 충격을 가져다주었다.

　소걸을 몰아치면서 힐끔 돌아보니 엄태선과 미염신장이 거의 동시에 쓰러지고 있지 않은가.

　'이럴 수가?'

　조충은 혼란스러웠다. 내원의 그 쟁쟁한 고수들 중에서도 다섯 손가락 안에 꼽히는 두 노인이 새파란 젊은것들을 당하지 못하고 죽었다는 걸 믿을 수 없었다.

　그는 아직 혈지삼살이 어떤 인물인지 알지 못했다. 그러니 그들의 무위가 이곳에 있는 어떤 자들보다 무섭다는 걸 실감하지 못한다.

　'이건 좋지 않다!'

　그런 경종이 머리 속에서 마구 울려댔다. 이제 자기 혼자 남았다.

　'내원의 두 고수를 죽인 저놈들이 소걸과 합세한다면?'

　생각만 해도 아찔해진다.

　그에게는 처음부터 죽을 때까지 싸우겠다는 마음이 없었다.

　"이얍!"

　조충이 기합성을 터뜨리며 맹렬하게 삼 장을 몰아쳤다. 그가 평생의 절기로 남모르게 익혀온 금강쇄벽장(金剛碎壁掌)이다.

　그것은 일종의 벽공장이었다. 허공을 격하고 장력이 뻗어나가는데,

앞의 장력은 느리고 뒤따르는 장력은 빠르다. 그래서 뒤의 장력이 앞의 장력에 더해지니 처음의 힘이 두 배, 세 배의 위력을 발휘하게 된다. 그러니 삼 장을 거푸 때렸을 때는 그것을 받아낼 자가 없게 된다.

우르릉거리는 소리가 위협적으로 들려왔다. 소걸은 부쩍 정신을 차렸다. 그도 혈지삼살이 내원의 고수라던 두 노인을 해치우는 걸 보았다. 용기가 절로 솟구친다.

"우얍!"

우렁차게 소리치며 두 손을 힘껏 뻗었다. 초식이고 뭐고 필요없는 일장이다.

십성의 구유신공을 남김없이 끌어올려 쳐내니 태산이라도 밀어낼 듯한 기운이 쇠뇌처럼 뻗어나가 조충의 금강쇄벽장을 받아쳤다.

쿠앙—

황망령이 뒤흔들리는 굉음. 땅이 들썩이고 하늘이 쪼개지는 듯하다.

"크윽!"

운무처럼 자욱하게 흩어져 날리는 기파의 비산 속에서 소걸의 답답한 신음이 흘러나왔다.

그가 술 취한 것처럼 비틀거린다. 두 다리의 힘이 풀려 허공에 뜬 것처럼 허우적거리는 것이다. 왈칵 선혈을 토해낸 소걸이 맥없이 풀썩 엎어졌다.

3

"멈춰!"

조충이 소걸을 낚아채려는 순간, 다루 안에서 우렁찬 외침이 터져 나왔다.

하얀 그림자가 형체를 알아볼 수 없을 만큼 쾌속하게 쏘아져 나온다. 아직 조충과의 거리가 십여 장이나 남았는데 그가 쳐낸 한줄기 암경이 빛살처럼 뻗어왔다.

“헛!”

조충이 놀란 숨을 들이켰다. 그는 그 흰 그림자의 정체가 한 명의 준수한 미공자라는 걸 알아보았다. 주지약의 곁에 그림자처럼 서 있던 자다.

‘단옥당!’

그가 천룡사와 대리국의 비전 절기에 정통한 운남제일의 고수라는 건 알았지만 이와 같이 무서운 놈일 줄은 몰랐다.

그는 중독되어 의식이 혼미해져 가는 주지약을 돌보다가 소걸이 위기에 처한 걸 목격한 것이다.

“나는 아직 견딜 수 있어요. 하지만 소걸은 촌각도 견딜 수 없어 보이는군요.”

주지약이 애써 손가락을 들어 밖을 가리키며 힘없이 말했다. 그녀는 오장육부가 녹아가는 고통 속에서도 소걸이 조충과 싸우는 걸 지켜보고 있었던 것이다.

“어서, 어서 그를 도와주세요. 더 늦으면 기회가 없어요.”

주지약의 애처로운 말이 단옥당의 가슴을 비수처럼 찔렀다.

“소저, 소저는 어찌 이 지경이 되어서도 자신의 안위보다 저놈을 걱정한단 말이오?”

“잊으셨나요? 지금은 그가 우리의 한을 풀어줄 유일한 사람이라는 걸.”

단옥당이 비통하게 말했다.

"그리고 소저의 낭군이 될 유일한 사람이기도 하지요."

"단 공자, 저는, 저는……."

주지약이 머뭇거리며 처연한 얼굴이 되어 한숨을 내쉬었다. 단옥당의 가슴은 분노와 절망과 슬픔으로 무너질 것 같았다.

"에잇!"

그가 주지약을 내려놓고 미친 듯 밖으로 뛰어나갔다. 차라리 그녀의 눈앞에서 장렬하게 죽고 말리라는 오기가 불처럼 일었을 뿐, 다른 건 아무것도 생각나지 않았다.

소걸을 구해주고 조충과 싸우다가 장렬하게 죽는다면 주지약은 그 모습을 평생 잊지 않을 것이다.

언제까지나 그녀의 가슴 한 귀퉁이에 단옥당이라는 이름이 남아 있을 수 있다면 그것으로 충분하다.

그런 생각으로 대리국 황실의 혈통을 이어받은 고귀한 공자 단옥당은 미쳐 버렸다. 물불 가리지 않고, 살기를 바라지 않은 채 오직 조충에게 일격을 먹이기 위해 악귀 야차가 되어 날뛰는 것이다.

달려오며 십 장 밖에서 쳐낸 그의 지풍이 조충의 가슴을 노리고 쇠뇌처럼 쏘아져 왔다. 조충은 경악할 수밖에 없었다.

조충은 그것이 천룡사의 절기인 일양지라는 걸 알았다. 금강석도 뚫는다는 무시무시한 지력이다.

혀를 찬 조충이 할 수 없이 막 소걸에게 닿았던 손을 놓고 급히 몸을 비틀었다. 한줄기 맹렬한 암경이 옆구리를 스쳐 지나갔다. 다시 가슴이 서늘해진다.

짜자작, 하는 소리가 계속해서 들려왔다. 단옥당이 광기를 띠고 달려들며 거푸 지력을 때려낸 것이다.

그의 손가락이 허공을 찌를 때마다 뜨거운 열기가 공기를 태우는 기성이 들렸다.

조충이 눈빛을 악독하게 하고 손을 들어 내리긋듯 일장을 쳐냈다. 그의 수도(手刀)가 단번에 단옥당의 지력을 잘라 버리고 허공에 뜨거운 불의 궤적을 그렸다.

"유성철기도(流星鐵氣刀)!"

이번에는 단옥당이 크게 놀라 움찔했다. 수강으로 펼치는 도법인데, 오래전에 실전된 강호의 절기였다.

기격(氣擊)에 의한 위력이 그 어떤 신검보도(神劍寶刀)보다 강하고 굳셌으므로 무엇으로도 막을 수 없다는 것.

그것은 용호산의 기이한 도사 청룡괴도(靑龍怪道)가 창안한 절기였다. 한창때 그는 일격으로 겹겹이 쌓아놓은 서른 장의 철갑을 잘라 버렸다고 한다.

하지만 그가 강호를 떠난 이후 유성철기도는 나타난 적이 없으므로 유실되었다고 모두 알고 있었는데 오늘 조충에 의해 재현된 것이다.

단옥당이 더욱 긴장하여 두 손에 내력을 집중하며 소리쳤다.

"조충! 오늘 너는 결코 이곳에서 살아 나가지 못한다!"

"흥! 주천기의 개 따위가 감히 내게 짖어대다니?"

단옥당은 자신이 모시고 있는 주군이자 사랑하는 주지약의 아버지인 남명왕의 이름을 조충이 함부로 부르는 데에 화가 났다.

그는 황제의 숙부가 되고, 번국의 왕이다. 조충이 아무리 사례감이자 제독태감이라는 막강한 자리에 있다 해도 한낱 내시부의 수장 아닌가. 그가 함부로 부를 수 있는 이름이 아닌 것이다.

단옥당이 분노로 창백해진 얼굴을 한 채 질풍처럼 들이치며 다시 소리쳤다.

"너, 늙은 내시가 아무리 황제 폐하를 움켜쥐고 천하인을 핍박한다고 해도 하늘의 정의는 덮어둘 수 없는 법이다! 오늘 반드시 내 손에 죽고 말리라!"

천룡사의 절기인 용화구장(龍化九掌)이 어지럽게 쏟아져 나왔다. 그의 손이 가리키고 쓸어가는 곳마다 웅장한 경풍이 일어 마치 폭풍을 만난 듯 대기가 요동을 치고 쌓였던 눈이 자욱이 흩어져 날렸다.

소걸은 가까스로 위기를 넘기고 엉금엉금 기어서 그들의 권역을 벗어났다.

가슴속에 숯가마를 담아둔 듯 뜨거운 열기가 솟아올라 견디기 힘들었다. 눈이 가물거리고 진땀으로 목욕을 했다. 땅을 짚고 엉금엉금 기는 두 손이 학질에 걸린 사람처럼 벌벌 떨린다. 그러면서도 눈으로는 조충과 단옥당 두 사람의 싸움을 바라보고 있었다.

조충의 무위가 믿어지지 않을 만큼 무섭고 그에 맞서 당당히 싸우고 있는 단옥당의 늠름한 모습에 흠모지심(欽慕之心)이 절로 우러난다.

소걸은 단옥당이 절세적인 고수라는 걸 짐작하고 있었다. 하지만 그의 진면목을 보는 건 처음이다. 단옥당의 무위가 저렇게 높고, 그의 초식들이 저렇게 절륜하다는 데에 새삼 놀라지 않을 수 없다.

"이 멍청한 녀석. 지금 뭐 하고 있는 거야!"

놀란 이살 육편철이 달려와 그런 소걸을 잡아끌고 달아났다.

"그 녀석을 놔두지 못해!"

조충이 단옥당의 용화구장을 상대하면서도 돌아보고 소리쳤다. 그만큼 그에게는 여유가 있다는 증거다.

위험하다고 느낀 대살 장략과 삼살 고승이 달려와 육편철을 호위했
다. 조충이 들이쳐서 소결을 다시 빼앗아 갈까 봐 두려워하는 것이다.

"너는 도대체 정신이 있는 놈이냐, 없는 놈이냐! 지금 네가 한가롭게
싸움 구경을 하고 있을 때야?"

안전한 곳까지 물러난 육편철이 잔뜩 화가 나서 소결을 팽개치며 소
리쳐 꾸짖었다. 소결이 끙끙거린다.

"그렇다고 이렇게 내던질 건 뭐야? 아이고, 허리야."

저쪽에서는 조충이 악을 썼다.

"어서 그놈을 이리 데려와!"

"어림없는 소리! 네 목이나 내놔라!"

단옥당도 악을 쓰며 미친 듯이 손발을 놀려 조충을 핍박했다.

연환퇴(連環腿)의 수법으로 걷어차고 맹호약산(猛虎躍山)의 신법으
로 재빠르게 뛰어 움직이며 팔충팔격(八衝八擊)의 비결로 악착같이 부
딪쳐 오니 조충은 손을 빼기 힘들었다.

단옥당의 단아하던 모습은 이제 미친 주정뱅이처럼 변해 버렸다. 머
리카락이 흩어져 이리저리 날리고 눈에 핏발이 서서 무섭다.

그는 조충을 죽이든지 제가 죽기로 단단히 작정한 사람 같았다. 소
나기처럼 무섭게 몰아치는 기세가 좀체 가라앉을 줄 모른다. 모든 힘
과 정신을 오직 이 한 번의 싸움에 다 쏟아 붓고 있는 것이다.

잠시도 숨을 고를 새가 없이 미친 듯 들이치는 단옥당의 그런 모습
에 멀찍이 떨어져서 지켜보는 사람들은 물론 조충마저 머리를 내둘렀
다. 악착같기가 굶주린 늑대 같아서 도대체 떼어놓을 수가 없었다.

그러는 사이 소결은 불선다루의 무리들에게 에워싸여 있었다. 이제
는 그를 붙잡기가 사실상 불가능해졌다. 그게 조충을 한껏 화나게 했다.

다 잡았던 놈을 두 번이나 놓쳤으니 분통이 터져 스스로를 주체할 수 없다. 그래서 조충도 단옥당처럼 미쳐 버렸다.

"이 죽일 놈! 네놈의 사지를 으깨고 골수를 뽑아 마셔 버릴 테다!"

흉악하게 부르짖은 그가 더 이상 소걸을 돌아보지 않고 미친 듯 단옥당에게 마주쳐 갔다.

쾅쾅쾅!

그들의 장력이 부딪칠 때마다 화포가 터지는 듯한 굉음이 황망령을 뒤흔든다.

그들의 싸움은 격렬하고 악독했다. 사방으로 터져 나가는 경풍의 여력이 십 장 밖에까지 미친다.

자욱하게 흩어진 눈보라가 안개처럼 그들의 모습을 가려 버렸다. 그 속에서 흐릿한 형체만이 어지럽게 엇갈리며 맴돈다.

누구도 그런 그들의 지독한 박투의 권역 속으로 뛰어들 엄두를 내지 못했다. 그만큼 무시무시한 싸움인 것이다.

불선다루의 마귀들은 그와 같은 싸움을 생전 처음 본다. 멀리서 지켜보는 것만으로도 소름이 돋고 가슴이 벌렁거릴 만큼 두렵고 흥분되었다.

쾅!

그들을 가린 눈보라 속에서 엄청난 굉음이 터져 나왔다. 그리고 한 사람이 피를 뿌리며 훌훌 날려간다.

"크하하하하―"

조충의 광소가 눈보라를 뚫고 하늘 높이 솟구쳤다. 진기가 넘칠 듯 실려 있는 그 소리는 어떤 음공(音功)보다 지독했다. 그래서 사람들이 모두 귀를 틀어막고 비틀거릴 때 조충이 훌쩍 몸을 뽑아 올리더니 마치 한 마리의 거대한 새가 된 것처럼 황망령 아래로 사라졌다.

"단 형!"

소걸이 외치며 엉금엉금 기어갔다. 비로소 사람들이 저 앞쪽, 서서히 가라앉는 눈보라 속에 처박혀 있는 단옥당을 향해 달려갔다.

그는 의식을 잃었다. 숨을 쉴 때마다 울컥울컥 선혈을 토해내는 것이 돌이킬 수 없는 내상을 입은 게 분명했다.

"단 형!"

소걸이 단옥당의 머리를 들어 품에 안았다. 그가 아니었다면 자신은 벌써 조충의 손에 죽었거나, 그에게 사로잡혀 끌려갔을 것이다.

단옥당이 제 목숨을 내던져 조충을 가로막고 자신을 구해주었다는 데에 소걸은 말할 수 없는 감동을 받았다.

하지만 그는 죽어가고 있다. 자신이 그를 위해 해줄 수 있는 게 아무것도 없다. 그 사실이 소걸을 비통하게 했다.

단옥당의 멍한 눈동자가 천천히 소걸의 얼굴에 초점을 맞춘다.

"주 소저를…… 소저를 잘 지켜줘. 약속해 줄 수…… 있겠지?"

"물론이오. 내 목숨을 걸리다. 단 형에게 입은 구명지은을 주 소저에게 갚아주겠소!"

"지금 그 말을…… 잊지…… 마."

단옥당의 눈에 희미한 웃음이 떠오른다. 소걸이 그의 식어가는 볼에 제 볼을 비비며 울부짖었다.

"단 형!"

【第八章】
소걸 드디어 대공(大功)을 이루다

1

소걸은 주지약의 중독이 심해진 걸 보고 놀랐다. 설마 그녀가 이처럼 독에 대한 저항력이 약할 줄 몰랐던 것이다. 아니, 막세풍의 독이 그녀의 내공으로도 이겨낼 수 없을 만큼 지독했다고 해야 하리라.

"해약도 없어요?"

소걸이 눈을 치뜨며 묻자 막세풍이 어물어물했다.

"아직 만들지 못했다."

"아니, 해약도 없으면서 어쩌려고 독을 풀었단 말이에요?"

"조충 그 개자식을 죽이려고 그랬지. 그리고 너야 만독불침지신이니 걱정할 게 없었고."

"주 소저는요?"

"그녀의 일은…… 커흠. 내가 신경 쓸 필요 없잖아? 스스로 잘 알아서 하려니 여겼지 뭐."

“하―”

소걸이 한숨을 쉬고 제 가슴을 두드렸다. 하지만 막세풍을 닦달한다고 뭐가 달라지겠는가.

마음을 가라앉힌 소걸이 다시 물었다.

“방법을 생각해 보세요. 이렇게 주 소저가 죽도록 놔둘 수는 없잖아요. 단 형과 한 맹세의 말이 사라지기도 전에 그녀가 죽는다면 그게, 그게……”

목이 메어서 말을 잇지 못한다.

머쓱한 얼굴이 되어서 묵묵히 생각에 잠겼던 막세풍이 제 머리통을 쾅! 쳤다.

“있다! 있어! 이런 돌대가리 같으니라구. 그 생각을 왜 진작 하지 못했단 말인가!”

“있어요?”

막세풍이 와락 달려들어 소걸의 완맥을 움켜쥐었다. 그리고 소리친다.

“말해봐! 너는 분명 당 노신선께서 조제해 주신 약을 먹고 만독불침지신이 되었다고 했었지?”

“그래요. 사흘 동안 고생한 걸 생각하면 지금도 이가 갈려요.”

“바로 그거야. 그거라구!”

“뭐가요?”

“네 몸.”

“예?”

엉뚱한 소리라 소걸이 눈을 동그랗게 떴다.

“내 살이라도 떼어 먹이라는 거예요?”

"살은 소용없지. 피다."

"피…….."

"네 피 속에는 아직 당 노신선의 약 기운이 남아 있을 거다. 그러니 네가 만독불침지신을 계속 유지할 수 있지. 그렇지 않아?"

"잘 모르긴 하지만 뭐 그럴듯하네요."

"그러니 이 세상에서 네 피만큼 뛰어난 해약은 없다. 그야말로 모든 독의 천적인 게야."

"그래서 어쩌라구요?"

"피를 다오."

소걸이 뭐라고 더 말하기도 전에 품에서 둘둘 말린 가느다란 대롱을 꺼낸 막세풍이 그것을 소걸의 팔뚝에 푹, 찔러 넣었다. 비명을 지를 새도 없다.

막세풍이 대롱의 다른 쪽 끝을 물고 한 번 깊이 빨자 소걸의 팔뚝에서 뜨거운 피가 콸콸 쏟아져 나왔다. 막세풍은 그것을 옥병 속에 한 방울도 흘리지 않고 받았다.

"됐다."

대롱을 잡아 뽑고 대충 지혈산을 뿌려준 막세풍이 한 손에는 옥병을 들고 다른 손으로 주지약을 안아 든 채 이층으로 뛰어올라 갔다. 소걸이 팔뚝의 상처를 누르며 한껏 눈을 흘겼지만 본체만체다.

미친 바람이 불었다.

한겨울에 이처럼 지독한 바람이 쳐들어오는 일은 매우 드물다.

소걸은 불선다루에서 내내 살았지만 지난 며칠처럼 이렇게 지독한 겨울바람은 처음이었다.

하늘도 미치고 땅도 미친 것 같다.

그래서일까. 사흘 내내 황망령에는 쥐새끼 한 마리 얼씬거리지 않았다.

하긴 이토록 심한 바람 속에서, 그것도 살을 에일 듯한 차가운 겨울 바람 속에서 돌아다닐 생명체는 없을 것이다.

덕분에 불선다루는 평온했다. 비록 죽은 자들에 대한 침통함에서 아직 벗어지는 못해 어둡고 음울했을망정 적의 침입에 가슴 졸이며 있어야 할 일은 없는 것이다.

"나는 그를 잊을 수 없소."

소결의 말에 주지약이 외면했다. 그녀의 눈자위가 금방 붉게 젖어든다.

"그는 나에게 잊을 수 없는 기억을 준 사람이오. 나는 그가 살아서 나와 함께 평생을 지냈으면 하오."

"그도 상공을 잊지 못할 거예요."

"그러면 뭐 하겠소? 쳇, 그는 나를 자신이 사랑하는 여자를 빼앗아 간 염치없는 놈쯤으로 기억할 텐데."

"그렇지 않아요. 단 공자는 그 정도로 속 좁은 사람이 아니랍니다."

"당신도 속으로는 후회하고 있을 거요. 차라리 나를 떠나 단 형과 함께 운남으로 돌아가서 평화롭게 사는 게 훨씬 행복했을 거라고 말이오."

"상공……."

"사실 그렇잖소. 나에게 명문가의 혈통이 있다고 쳐. 그게 지금은 무슨 소용이오? 이미 나의 외가는 가문 자체가 사라져 버렸잖소."

"……."

"또 나의 본가가 강족제일의 용사들이 모인 지옥혈이라고 쳐. 그래
봐야 고작 멸시받는 야만족일 뿐이니 누가 알아주기나 하겠소?"

"상공은 사물의 가치를 그 외향으로 판단하나요?"

"무슨 소리요?"

내내 고개를 숙이고 있던 주지약이 정색을 하고 말했다.

"옥으로 된 갑이 있어요. 그 안에는 죽어서 구더기가 들끓는 쥐가
들어 있다고 쳐요. 상공은 그게 소중하다고 여기겠어요?"

"소중하기는…… 개뿔이지."

"볏짚으로 만든 볼품없는 주머니 속에는 황금이 가득하다고 해봐요.
상공은 볏짚을 보고 그게 쓸모없다며 내버리시겠어요?"

"내가 미친놈인 줄 아시오?"

"그와 같은 거랍니다. 상공의 외향은 어떻든지 그 안에 들어 있는
소중한 마음이 있으니 아무도 상공을 몰락한 가문의 후예라던가, 강족
의 후예라고 업신여기지 않을 거예요."

"그럴까? 그런데 내 마음에 들어 있는 소중한 게 과연 뭘까?"

"상공은 조충을 죽여서 황제 폐하의 근심을 덜고 만백성을 폭압에서
벗어나게 하려는 마음을 가지고 있는데 그것보다 더 소중한 게 또 있
을까요?"

"커흠."

주지약의 말을 들으며 소걸은 어깨가 우쭐해졌다.

제가 정말 조충을 죽이려고 처음부터 마음먹었던 것처럼 여겨진다.

'제기랄, 영웅호걸이 뭐 따로 있어? 태어날 때부터 영웅호걸인 놈이
있겠어? 나도 그런 사람이 될 수 있다 이거야.'

그런 생각이 들면서 태생에 대한 우울한 마음은 싹 사라져 버렸다.

　주지약이 소결의 마음이 한껏 고양되었을 때를 기다렸던 듯 은근한 얼굴이 되어 다가앉으며 말했다.

　"조충은 반드시 다시 돌아올 거예요. 그때는 어쩌면 상공이 말한 기검부라는 자와 함께 올지도 몰라요. 그러면 그들을 당하기가 쉽지 않을 것 같군요."

　소결이 묵묵히 머리를 끄덕였다. 이제 십성에 이른 자신의 구유신공으로는 기검부를 당할 수 없고, 조충을 당할 수 없다는 걸 절실히 느낀 터라 달리 할 말이 없다.

　"상공은 사부님으로부터 들은 이야기가 있을 거예요."

　"합격 말이오?"

　"그렇답니다. 저도 아직 한 번도 그것을 해본 적이 없는 터라 과연 그 위력이 어떨지는 알 수 없어요. 하지만 사문에 전해오는 말이 거짓이라고는 믿지 않는답니다."

　"과연 소저와 내가 합격을 해서 음양도환의 검법을 실현한다면 그들을 일거에 물리칠 수 있을까?"

　"믿어야지요."

　"하지만 천 년 전의 일이잖소? 서복 선인께서 당시에 그 검법을 만들었을 때는 그와 같은 위력이 있었는지 모르지만, 천 년의 세월은 적은 세월이 아니란 말이지."

　"물론 그동안 수많은 무공 절기들이 나타났고 기인이사들이 출현했어요. 그들의 업적 중에는 과연 그것이 인간의 능력으로 가능할까, 하고 의심할 만큼 대단한 것들도 있었지요."

　"내 말이 그 말이오. 천 년 전에는 양환멸사와 음환불사의 검법이 대단했을지 몰라도 지금도 과연 그렇다고는 장담할 수 없다 이거요.

내가 보건대 사부님께서 들으시면 버럭 화를 내실 일이지만, 내가 배운 양환멸사 검법은 절대로 장풍한 대협의 절정검법보다 뛰어나지 않고, 할머니의 파천검 십이식보다 무섭지 않소."

주지약이 머리를 끄덕였다.

"제가 배운 음환불사의 검법도 그렇답니다. 사문에 전해지는 절정의 검법인 보타혜검(普陀彗劍)보다 뛰어나지 못해 보여요. 하지만 선유문의 제자 된 몸으로 어찌 조사님의 말씀을 믿지 않겠어요?"

"쳇, 할 수 없지. 그럼 조사님의 호언장담을 한번 시험해 볼 수밖에."

"제자 된 사람의 말투가 불경하군요."

주지약이 비로소 배시시 웃으며 눈을 흘겼다.

소걸이 할아버지로부터 받은 옥갑을 그녀 앞에 꺼내놓았다. 그 안에 들어 있는 것이 무엇이고, 그 효능이 어떤지 이제는 주지약도 들어서 잘 알고 있었다.

2

옥갑을 바라보고 소걸을 바라보는 주지약의 얼굴에 수심이 가득했다. 소걸이 무심하게 말한다.

"이 바람은 내일쯤 멎을 거요. 그러면 그자들이 굶주린 들개 떼처럼 몰려올 거요."

"상공……."

"지금의 내 힘으로는 도저히 그들을 당할 수 없소. 내 한 몸을 건사하기도 벅찰 테니 당신을 지켜줄 수도 없겠지."

"우리가 합격을 한다면……."

"검법이 아무리 신묘해도 그것을 뒷받침해 줄 만한 내력이 없다면 무용지물이나 다름없소. 게다가 위력이 극강한 검법일수록 그것이 필요로 하는 내력은 더욱 크겠지."

"……."

"나의 내력이 기검부나 조충에게 미치지 못하듯 소저의 내력 또한 그럴 것이오."

주지약이 풀죽은 얼굴을 숙였다. 막세풍의 독을 몰아내지 못할 만큼 아직 내력의 화후가 부족하다는 걸 그녀 스스로 절실히 느끼고 있었던 것이다.

소걸의 말이 계속되었다.

"그러니 소저와 내가 합격을 한들 이 상태로는 조사님의 검법이 지닌 위력을 열에 아홉도 끌어내기 힘들 것이오. 과연 그 상태로 그들 두 사람을 이길 수 있을까?"

"하지만 그 약은, 그 약은……."

"알아요, 알아. 이걸 먹으면 나는 천하제일의 내공을 지닌 절세적인 고수가 되겠지. 하지만 백 일 후에는 병서생의 몸으로 전락하고 말 거요."

"그건 너무 억울하고 아깝지 않겠어요? 상공이 노력하여 이룬 구유신공마저 모두 잃게 될 테니 말이에요."

"그러나 먹지 않으면 우리 모두 죽을 테니 그 뒤에 후회한들 무슨 소용이 있겠소?"

"소녀는 할 말이 없군요."

"내가 백 일 후에 나약한 병서생이 되어서 골골거린다면 그때도 과

연 소저는 나를 지아비로 맞이하겠소?'

"저를 시험하시는군요?"

주지약이 서운하다는 눈으로 소걸을 바라보았다.

"사실대로 고백하지요."

"꿀꺽."

그녀의 낯빛이 심상치 않았으므로 소걸이 마른침을 삼켰다. 그녀가 과연 어떤 말을 할 것인지 기대도 되는 한편, 불안하고 두려운 마음을 감출 수 없었다.

"사실 소녀는 상공을 이용하여 조충을 제거할 일념에 사로잡혀 혼약의 맹세를 했었답니다."

"알고 있소."

"목적을 이룰 수만 있다면 제 몸뚱이쯤은 어떻게 되어도 상관없다고 생각했던 거지요. 그 때문에 단 공자가 가슴을 쥐어뜯으며 괴로워했지만 저는 그것마저도 외면했어요."

"그는 주 소저를 진심으로 사랑하고 있었지."

"알아요. 그래서 지금 제 마음이 더욱 괴롭답니다."

주지약의 볼을 타고 기어이 눈물이 주르르 흘러내렸다.

그녀가 잠시 자신의 감정을 가라앉히기 위해 침묵하고 나서 다시 입을 열었다.

"하지만 지금은 아니에요."

그녀가 얼굴을 홍시처럼 붉히고 기어들어 가는 음성으로 겨우 말했다.

"저는 충분히 상공을 보살펴 드릴 수 있어요. 상공이 병서생이 아니라 거동을 하지 못하는 처지가 되어 일일이 수발을 들어야 한다고 해도 결코 상공을 저버리지 않겠어요."

"됐소, 됐어. 더 이상 내가 뭘 바라겠어?"

소걸이 손을 내저어 그녀의 말을 막고 거칠게 옥갑을 열어 젖혔다.

단환을 꺼내 밀랍을 벗겨내더니 그녀가 뭐라고 말하기도 전에 입에 넣고 으적으적 씹었다.

불길이 인다. 태양을 담아둔 것처럼 몸이 타버리고 영혼마저 타버린다.

단전에서 시작된 그 열기가 모공을 태우고 숨결을 따라 오르내렸다.

혈맥 속에 고여 있던 진원지기들이 두려워 떨며 이리저리 도망 다닌다.

소걸의 몸 안에서는 바야흐로 불의 수레가 거침없이 치달리고, 수많은 잡기(雜氣)들이 놀라 흩어져 달아나느라고 아우성이었다.

신의 불칼이 그것들을 닥치는 대로 베어버렸다. 그리고 태워 버린다. 가장 순수한 불의 기운이 소걸의 몸과 영혼이 있는 드넓은 벌판을 무섭게 태워 버렸다.

소걸의 의식은 순수해졌다. 태양처럼 뜨겁고 밝다. 그리고 그의 안에 있는 기의 바다가 남김없이 증발해 버렸다. 그곳으로 용암 같은 불의 기운이 콸콸 모여들었다.

그 열기가 스스로 소주천을 하고 대주천을 한다. 임독 양맥을 가로막고 있던 탁한 기운은 언제 그랬는지도 모르게 불타 없어졌고, 생사현관도 마찬가지다.

쿠앙—!

우주의 폭발.

소걸의 몸은 소우주다. 그것이 티끌이 되어 저 넓은 공간 속으로 사라져 버렸다. 그리고 다시 태어난다.

사라지고 나타나며, 멸하고 흥하는 자연의 섭리가 몇 번이나 반복되었다. 그리하여 있는 것은 없는 것이고, 없는 것은 있는 것이라는 모호한 경계에 이르렀다.

거기 소걸이 정좌하고 있다. 우주의 중심에 홀로 적막하게 앉아 있는 것이다.

고통이 지나갔고 시간도 지나갔다. 절대의 정적이 찾아오더니 그것마저 지나간 지 오래다.

소걸은 소걸이다. 다른 무엇이 될 듯하다가 다시 돌아온 곳에는 여전히 소걸이 있을 뿐이다.

하지만 그는 이전의 소걸이 아니었다.

그의 전신 모공에서 더운 김이 아지랑이처럼 피어올랐다. 이층 전체가 오뉴월의 햇빛 아래 드러난 것처럼 뜨겁게 달아올라 있었다.

소걸의 기운이고, 그가 내뿜고 있는 숨결의 열기 때문이다.

우우우우—

그로 인해 새롭게 창조된 그 공간이 운다. 우주에 가득한 공명음이 옮겨온 듯하다.

*　　　　*　　　　*

우우우우—

우주의 공명음은 다른 곳에서도 울리고 있었다.

그건 어둠의 울림이고 마계(魔界)의 웅얼거림이다.

번쩍!

한줄기 창백한 빛이 그 어둠과 소리를 갈랐다. 거기 우뚝 서 있는 한 사람.

기검부였다.

"대공을 이루었다."

그가 젖은 음성으로 무겁게 중얼거렸다. 그 음성이 해일이 되어 검은 공간을 밀어버린다.

"감축드립니다!"

그 앞에 유시천이 엎드렸다. 마중선 유시천. 마교의 교주이자 천하제일을 꿈꾸던 그가 가늘게 어깨를 떨고 있다.

기검부의 번쩍이는 눈길이 그를 지나쳐 어둠을 뚫었다.

"이것도 그 녀석의 공이라면 공이겠지."

"……?"

"나를 자극하고, 잠들어 있던 나의 투지를 되찾아주었으니 말이다. 흐흐흐, 그 대가를 줘야겠지."

고통없이 죽여주리라고 작정했다.

기검부는 장안성에서 겪었던 소걸과의 일전을 다시 떠올렸다. 가볍지만, 그 어린 녀석의 장력에 내상을 입고 물러서야 했다는 게 지금 생각해도 수치스럽기 짝이 없다.

그래서 그는 황망계에서 죽든지 아니면 대공을 이루리라는 굳은 결심을 하고 지독하게 수련한 것인데, 거기에는 조충에 대한 두려움도 빠질 수 없었다.

기검부는 이미 조충의 존재에 대해서 감지하고 있었던 것이다. 천년의 세월이 만들어준 영성(靈性) 같은 것이다.

소걸보다 위험하고 경계해야 할 것이 바로 조충이고, 그의 성취가 자신을 뛰어넘는다는 걸 느꼈다.

시조인 기극검이 황궁에 몸을 숨겼을 때 환관 조광(曺廣)은 성심성의껏 그를 돌보아주었다. 하지만 그는 오직 기극검이 지니고 나온 두 자루의 보검과 선유문의 절기를 탐냈을 뿐, 진심으로 그를 동정하여 보살펴 준 게 아니었다.

결국 기극검은 그의 호의에 속아 절기와 보검을 빼앗기고 허무하게 죽었다. 그리고 그런 악연은 천 년 동안 무려 다섯 번이나 되풀이되었다.

'이제 나의 손으로 그 악연의 고리를 끊어버린다. 기 씨의 한이 얼마나 깊고 무서운 것인지 세상은 알게 되리라.'

이글거리는 눈으로 어둠을 태우며 지그시 입술을 깨무는 기검부의 기세가 황망계를 뒤덮을 듯했다.

후우웅—

우주의 공명음이 떨어지는 또 다른 곳이 있었다.

황망령 북쪽, 지금은 눈과 얼음으로 뒤덮여 있는 두 개의 황토 언덕을 넘어 우뚝 솟아 있는 봉우리 위다.

누런 구렁이의 벼슬, 황망관(黃蟒冠)이라는 이름의 황토 언덕인데, 황망계에서 가장 높은 곳이기도 하다.

저 멀리 아스라하게 불선다루가 있는 황망령이 내려다보이는 곳. 그 정상의 한 그루 소나무 아래 조충이 앉아 있었다.

벌써 사흘. 그 무서운 바람과 눈보라 속에서 그는 얼어붙은 사람인 것처럼 꼼짝하지 않고 그렇게 앉아 있었다.

먹지도 마시지도 않은 채 깊은 정적 속에 스스로를 처넣고 죽은 것도 아니고 산 것도 아닌 모호함을 지켰다.

그리고 그 또한 우주의 공명음을 끌어들였다. 그의 주위에 빙하처럼 단단한 기의 장막이 둘러지고, 그의 미약한 숨결이 우주의 근원을 빨아들이고 토해내기를 거듭한다.

그는 소걸과의 싸움을 통해서, 단옥당과의 목숨을 건 일전을 통해서 아직 부족한 자신을 보았다. 화가 났다. 이만하면 되었다고 느긋하게 살아왔던 지난날들이 부수어 버리고 싶을 정도로 미워졌다.

비록 단옥당에게 태허일격(太虛一擊)을 날려 그의 목숨을 빼앗았지만, 그 또한 마주쳐 온 단옥당의 대라강격(大羅罡擊)에서 무사할 수 없었다.

그가 화급하게 황망령을 떠난 건 그런 이유에서였다. 급히 운기요상을 해야 할 내상을 입었던 것이다.

들끓어 오르는 기혈을 누르고 단숨에 이곳까지 치달려 왔다. 그리고 생각했다.

단옥당은 젊은 나이에 천하를 오시할 만한 무공을 이루고 있었다. 또 죽기를 각오하고 달려들었다. 하지만 조충은 그동안 자신이 이루어 온 성취를 생각할 때 이처럼 부상을 입어서는 안 되는 일이라고 여겼다. 분했다.

그래서 그는 또 한 번 목숨을 건 싸움에 돌입해 들어갔다. 자신의 나이를 잊고 자기와의 싸움을 시작한 것이다.

'혼원일기공(混元一氣功)의 벽을 깨고 대성지경에 들지 않으면 안 된다.'

그런 절박한 심정이 되었다. 내상은 가벼웠으나 그 자체가 심리적인 충격을 가져다주었고, 그 또한 천 년의 악연을 느낀 것이다.

기검부가 멀리서도 그를 느꼈듯, 조충은 황망관 위에서 기검부의 존재감을 피부가 아리도록 느꼈다.

'드디어 때가 되었다.'

천 년 동안이나 지겹게 유전해 온 기 씨와 조 씨 간의 마지막 조우가 자신의 대에서, 그리고 곧 이루어질 것임을 알았다. 그렇다면 더 더욱 신공을 대성해야 한다.

그래서 조충은 목숨을 걸고 모든 정신과 집념과 공력을 다해서 이 사흘 동안 자신의 가계에 일인전승으로 은밀하게 전해오는 신공인 기천유허신공을 운기했다.

사흘. 그동안 결과를 보지 못하면 차라리 이곳을 떠나 깊은 산속에 은거하는 것이 후대를 기약하는 현명한 일이 될 것이다.

그렇게 단단히 각오하고 매진한 결과 그 역시 소걸과 기검부가 대공을 이룬 것과 비슷한 때에 신공의 대성지경에 훌쩍 뛰어들 수가 있었다.

인적 끊어진 황량한 땅. 세상에서 버려진 황망계에 천하를 놀라게 할 만한 세 사람의 초인이 거듭 탄생한 순간이었다.

3

날이 밝았다. 새벽까지 미친 듯 황망령을 휩쓸어가던 바람이 잦아들더니 아침 해가 떠올랐을 때쯤에는 언제 그랬느냐는 듯 고요해졌다.

소걸은 신공의 마지막 단계를 느릿느릿 마무리하고 있었다. 화룡적보단의 약효에 의해 촉발된 진기를 한 가닥 한 가닥 꼬아서 질긴 동아줄처럼 만드는 과정이다.

그리고 그것이 본래 소걸이 이루었던 구유신공과 서서히 동화되어 가고 있었다. 그러자 십성의 단계에 이르렀던 신공이 아무런 저항도 없이, 아무런 고통도 없이, 마치 장맛비에 넓은 호수의 물이 불어나듯 그렇게 불어나기 시작했다.

눈 위에 눈이 쌓이는 것 같고, 바람이 바람을 불러오는 것 같으며, 불길이 점점 위로 타 올라가는 것과 같은 현상이다.

적공(積功)이 그처럼 무리없이 이루어져 가고 있다는 게 소걸에게는 참으로 경이로운 일이고 경험이었다.

일생에 한 번뿐인 기이한 경험이라 소걸은 미칠 듯 기쁘면서도 한편으로는 서글펐다. 백 일 뒤의 제 운명을 알기 때문이다.

그날 점심 무렵이 되었을 때 구유신공은 십이성에 이르더니 그것마저도 훌쩍 뛰어넘었다.

여태까지 그 누구도 이루지 못했던 경지에 올라서 버린 것이다.

그러고도 보단의 약 기운은 다하지 않은 듯 계속하여 신공을 증폭시키고 있었다. 이러다가는 자신의 혈맥이 견디지 못하고 터져 버리는 게 아닌가 하는 불안마저 들 지경이었다.

소걸은 그날 오후에 들어서 신공의 운용을 멈추었다.

이제 그의 성취 단계를 측정할 수 있는 사람은 아무도 없다.

한 번 뛰어 염 파파마저 상상해 보지 못했던 십이성의 초탈 경지에 훌쩍 올라서 버렸으니 소걸 자신도 자신의 성취에 대하여 알 수 없을 지경이 되고 만 것이다.

그가 숨을 깊이 들이마시고 눈을 뜨자 내내 걱정하는 얼굴로 지켜보던 주지약이 안도의 숨을 내쉬고 그의 손을 잡았다. 불덩이를 쥔 듯 뜨겁다.

"대공을 이루셨군요."

"이제 한을 풀 수 있게 되었소."

"조양신공을 운용하실 건가요?"

"꼭 그래야 하는 일이라면 할 수 없지."

"반드시 그래야만 해요. 그렇지 않으면……."

조충과 기검부를 당할 수 있다는 보장이 없다. 소걸도 이제는 그것을 부정하지 않았다. 그가 머리를 끄덕였다.

"좋소. 한번 해보지 뭐."

그리고 다시 눈을 감았다.

사부인 망선은노에게서 배운 조양신공의 운기비결은 한자한자 머리속에 각인되어 있다. 신공을 운기할 때 주의해야 할 사항들에 대한 사부의 당부도 잊지 않고 있다.

소걸은 곧 운기삼매에 빠져들어 모든 것을 잊고 조양신공의 구결대로 기운을 이끌며 그것으로 구유신공을 대신해 갔다.

그날 오후, 해가 서쪽으로 한 뼘쯤 기울었을 무렵 드디어 전운(戰雲)이 황망령을 어둡게 하며 밀려들었다.

투레질하는 말들의 편자 울리는 소리와 절도있는 호령 소리들로 황망계가 소란스러워졌다.

황망계에 넓게 흩어져 있던 암흑천교의 무리들이 놀란 메뚜기처럼 이리저리 뛰어 길을 열었고, 그 사이로 삼천에 달하는 기마병사들이 대오도 정연하게 통과했다.

"뭐야? 금군의 기병이 출동했다고? 그것도 삼천 기나?"

보고를 받은 유시천이 깜짝 놀라 장막 밖으로 뛰어나갔다.

멀리서도 기병들의 번쩍이는 기치창검이 보인다. 수많은 깃발들이 바람에 펄럭이고 있는 것이 위세가 삼엄했다.

삼천의 기병이라면 한 성을 노릴 만한 전력이다. 그것이 황망령으로 향하고 있으니 앞을 가로막을 건 아무것도 없다.

"조충이 쉬운 길을 택할 작정이군."

기검부가 딱딱하게 굳은 얼굴로 중얼거렸다. 유시천의 안색도 흙빛이 되었다.

"사부님, 이러다가는 손도 써보지 못하고 그에게 모든 걸 빼앗기지 않겠습니까?"

"치사한 내시 놈."

기검부가 이를 갈았다.

강호의 일은 강호의 법칙대로 해결해야 마땅하다. 제 권세를 이용해서 이와 같이 기병단을 동원해 말발굽으로 짓밟아 버리려는 건 비겁한 짓이라는 비난을 면할 수 없을 것이다.

하지만 조충은 그런 것에는 조금도 개의치 않는 게 분명했다. 오직 원하는 걸 얻을 수 있으면 그뿐이라는 생각이리라.

지독한 오만이고 독선이지만 마땅히 그를 막을 방법이 없는 데에야 어쩌랴.

이쪽이 아무리 고수들이 집합했다고 해도 삼천 기나 되는 기마병을 상대할 수는 없다. 그것도 잘 훈련된 금군의 정병들 아닌가.

"경거망동하지 말라고 알려라. 상황을 지켜보다가 기회를 노린다."

기검부의 말에 유시천이 즉각 신호를 보내 수장들을 불러 모았다.

"왔다!"

황망관의 소나무 그늘 아래. 그때까지 가부좌를 틀고 석상처럼 앉아 있던 조충이 외치며 벌떡 일어났다. 저 멀리 황망령을 향해 긴 대열을 이루고 질서 정연하게 다가오고 있는 기병단이 보였던 것이다.

황망계에 암흑천교의 무리들이 넓게 퍼져 있다는 걸 잘 안다. 그들 속에 천 년의 숙적인 기 씨 성을 쓰는 자가 있으리라는 짐작도 섰다. 하지만 이제 아무것도 두렵지 않다.

조충이 황망관 아래로 훌쩍 몸을 날렸다.

"뭐시라? 금군의 기병단?"

막세풍이 젓가락을 내던지고 벌떡 뛰어 일어났다. 늦은 점심 식사를 하고 있던 마두들이 모두 경악한 얼굴로 멍하니 보고자를 바라본다.

황망령 북쪽 비탈에 매복하고 있던 불선나한 중 한 명인데, 그의 낯빛이 새파랗게 질려 있었다. 그가 떨리는 음성으로 다시 보고한다.

"트, 틀림없습니다. 언뜻 보아도 삼천 기 이상입니다. 모두 중무장을 하고 있는 데다가 강궁을 지닌 궁사대만도 천 기는 되어 보입니다."

"이런 일이 있나!"

막세풍이 버럭 소리쳤고, 팔비충 천종이 즉시 몸을 날려 밖으로 뛰어나갔다. 제 눈으로 확인하려는 것이다.

잠시 후 어깨를 축 늘어뜨리고 돌아온 그가 울 듯한 얼굴로 말했다.

"틀림없군, 틀림없어. 벌써 십 리 밖에 와 있다오."

"……!"

왜타자 강명명이 잔뜩 겁먹은 소리로 말했다.

"다 틀렸어. 여기 있다가는 모두 개죽음을 할 뿐이오. 버리고 달아납시다."

"어디로?"

종남광도 되귕의 물음에 일제히 왜타자를 바라보았다. 그가 가뜩이나 짧은 목을 어깨 속으로 파묻으며 우물쭈물했다.

"그, 그야 뭐…… 대충 아무 데나……."

"대충 아무 데나라니!"

막세풍이 버럭 소리쳤다.

"저 아래에 마교 놈들이 그물을 치고 기다리고 있다는 걸 몰라서 그래? 그놈들은 우리가 놀라서 파다닥거리며 도망쳐 오기만 기다리고 있을 거다!"

그렇다. 그들은 모두 천렵꾼에게 드러난 개울의 물고기 신세였다.

이리저리 들쑤셔대는 몰이꾼의 작대기를 피해 아래로 달아나면 거기 넓게 쳐놓고 있는 그물에 몽땅 걸리고 만다. 그러면 천렵꾼들은 좋아라 하고 솥에 물을 끓이고 양념을 던져 넣을 것이다.

그들이 어찌할 줄 몰라 발만 동동 구르고 있을 때 이층에서 소걸과 주지약이 내려왔다.

"우리는 아무 데도 가지 않아요."

소걸의 말이 옳다는 걸 알지만 역시 불안하다. 그래서 모두는 화가 난 듯한 눈길을 소걸에게 모았다. 그가 천천히 말했다.

"황망령은 좁아요. 삼천 기의 기병들이 들어설 만한 공간이 없지요. 우리는 기껏 백여 기를 상대하면 그만이에요. 황망령 아래에서 쏘아대는 강궁도 크게 걱정할 건 못 되지요."

"그렇다!"

비로소 깨달았다는 듯 막세풍이 제 무릎을 쳤다.

황망령은 우뚝 솟아 있는 원뿔형의 황토 언덕이다. 그 정점에 불선다루가 있다. 그러니 밑에서 쏘아대는 강궁은 하늘 높이 올라갔다가 크게 포물선을 그리며 떨어질 수밖에 없다. 직사(直射)가 불가능한 것이다. 그러면 기껏 불선다루의 기와를 깨고 지붕에 박힐 뿐, 그것이 이 층을 뚫고 아래까지 떨어질 리가 없다.

기병들도 마찬가지다. 불선다루 주위의 평평한 곳은 백 기가 뛰어다니기에도 비좁으리라. 나머지는 비탈진 경사면 아래에 있어야 하니 한 번에 상대해야 하는 숫자란 정해져 있는 거나 마찬가지였다.

게다가 불선다루는 겉으로 보는 것과는 다르게 튼튼하지 않던가. 오직 화공(火攻)을 걱정해야 할 뿐이다.

"그게 제일 큰 문제로군요."

생각에 잠겼던 주지약이 어두운 얼굴로 그렇게 말했다.

그들이 화공을 펼친다면 당할 수가 없다. 확보하고 있는 용수(用水)는 기껏 사흘 정도 먹을 양밖에는 되지 않는다.

"제기랄, 언제까지 탁상공론이나 하고 있을 거야?"

소걸이 소리치고는 도굉과 갈평, 왜타자를 지적했다.

"당신들이 전위를 맡으세요! 지금 즉시 오십 명의 불선나한들과 함께 밖으로 나가 사면에 방벽을 설치하고 준비해요!"

"뭘로 방벽을 쌓는단 말이냐?"

도굉이 어리둥절하여 묻는 말에 소걸이 빽, 소리쳤다.

"아, 일일이 말해줘야 해? 객잔이며 다루의 탁자들을 모조리 가져다가 땅에 박아욧!"

두 겹으로 세워 박아둔다면 그런대로 화살과 기마의 돌진을 막아줄 울타리가 될 것이다.

"알았어!"

도굉이 뛰쳐나가자 갈평과 왜타자도 군소리없이 뒤를 따랐다. 그 즉시 불선나한들이 허둥지둥 뛰어들어 다루의 탁자들을 나르고 객잔에서도 탁자들을 들어내느라고 한동안 소란스러워졌다.

다루를 중심으로 십여 장 떨어진 곳 여덟 방위에 탁자의 방진이 설치되는 데는 반 시진 남짓의 시간밖에 걸리지 않았다.

그리고 정신없이 움직인 사람들이 땀을 식히고 있을 때 금군 기마병단의 깃발이 황망령 위로 불쑥 솟아올랐다.

【第九章】
죽느냐, 사느냐

1

와아아아— 하는 함성이 천지에 진동한다.

황망령 북면, 경사가 가장 가파른 그곳을 잘 훈련된 전마(戰馬)들은 거침없이 치달려 올라왔다. 소걸의 예상대로 선봉 백여 기의 기병들이다.

그들의 갑주가 햇빛을 받아 번쩍이고, 깃발 펄럭이는 소리만으로도 적들에게 위압감을 주기에 충분한 위세였다.

불선다루 앞 팔면에 세워져 있는 탁자들의 영성한 방어진. 하지만 선봉의 기병들은 애써 그것을 돌파하려고 하지 않았다. 한껏 위세를 돋우어 불선다루를 한 바퀴 빙 돌더니 정면에 모여서 두텁게 기마진을 치고 늘어섰다.

"나는 금군의 좌군 소속 선봉장 마천보다!"

일백의 기마진이 좌우로 갈라지더니 백마에 올라탄 건장한 장군 한 사람이 앞으로 나와 크게 소리쳤다.

금빛 갑주에 붉은 전포를 걸치고 금빛 투구를 썼으며 장창을 빗겨들었다. 안장의 오른쪽에는 활과 전통을 걸고, 왼쪽에는 금군의 문양이 있는 가죽 방패와 안령도(雁翎刀)를 걸어둔 것이 전장에 나온 장수의 무장(武裝)으로서 나무랄 데가 없다.

위풍이 당당하고 눈빛이 부리부리한 사십대의 장군. 수많은 싸움터를 질주해 온 무인으로서의 굳은 인생이 한눈에 보이는 자였다.

"너희들 적도의 무리에게 일각의 여유를 주겠다. 그 안에 항복한다면 목숨을 보전하겠거니와, 만약 그렇지 않다면 너희들은 죽음을 면치 못할 것이다."

잠시 뜸을 들이며 한껏 거만을 떨치더니 더욱 크게 소리친다.

"목을 잘라 장대에 꿰어 성문에 걸고 몸뚱이는 들판에 버려 짐승의 밥이 되게 할 것이며, 이 초라한 다루는 불을 질러 잿더미로 만들어 버릴 테다!"

그의 호통이 사뭇 위압적이었다. 담이 적은 자라면 그 말만으로도 오금이 저려서 벌벌 떨 일이다. 그러나 상대는 강호에서도 대마두로 불리기에 부족함이 없는 자들 아닌가. 금군의 위용이 비록 패도적이지만 몇 마디 말에 넘어갈 리가 없다.

씨잉―

선봉장 마천보의 말이 끝나자마자 대꾸 대신 날카로운 파공성을 내며 한 자루의 비도가 번갯불처럼 날아들었다.

미처 피할 새도 없을 만큼 빠르고 강렬한 그것이 마천보를 깜짝 놀라게 했다. 그가 급히 머리를 숙이자 투구 꼭지에서 땅! 하는 쇳소리가 났다.

마천보의 가슴이 철렁했다. 조금만 늦었으면 그대로 얼굴 복판에 비수를 맞을 뻔하지 않았던가. 등줄기가 서늘해진다.

그것은 이살 육편철이 정면의 방벽 뒤에 숨어 있다가 불쑥 던진 것이었다. 그가 전력을 다했다면 겁없이 앞으로 나섰던 마천보는 목숨을 부지하지 못했을 것이다.

육편철이 단지 겁을 주려는 생각으로 오성의 힘을 써서 던졌기에 겨우 목숨을 건진 것이나 마천보가 그런 사실을 알 리 없었다. 그가 노발대발해서 장창을 들어 겨누며 소리쳤다.

"이 비천한 것들이 감히 하늘 높은 줄 모르는구나!"

그러더니 '내 뒤를 따라라!' 하는 한마디 고함을 지르고 말을 몰아 정면의 방벽을 향해 돌진했다.

"제기랄, 저 멍청한 장군 놈은 죽을지 살지도 모르고 지랄을 떨어대는구만."

육편철과 함께 정면을 방비하고 있던 흑불이 투덜거리고는 손바닥에 침을 탁, 탁, 뱉었다. 바야흐로 철선장을 움켜쥐고 뛰어나가 머리통을 부수어놓을 작정인 것이다.

이살 육편철이 그런 흑불의 어깨를 눌러 주저앉혔다.

"아직 죽어서는 안 돼. 그저 혼을 내주자."

"왜?"

"그래도 황제를 호위하는 금군 아니냐. 함부로 죽일 수가 없지."

"황제는 염병. 저놈들은 조충의 명을 받들고 나온 놈들이니 황제를 배신한 거다. 죄다 죽여야 해. 그러면 황제가 오히려 잘했다고 상을 내릴걸?"

흑불의 말에 일면 타당성이 있다. 하지만 육편철은 여전히 꺼림칙했다. 황제의 정예병과 정면으로 싸운다는 게 두렵기도 한 것이다. 그들이 위험을 알고 스스로 물러서 주는 게 가장 좋다.

"기다려 봐."

짧게 말한 육편철이 벌떡 몸을 일으키며 다시 한 자루의 비도를 날렸다. 이번에는 전력을 다한 것이라 날아가는 기세가 앞서의 것과는 비교할 수 없이 쾌속하고 맹렬했다.

번쩍이는 빛이 보인다 싶었는데 마천보를 태우고 있는 말이 '히히힝!' 하고 애처롭게 울며 두 다리를 번쩍 들었다. 그 바람에 마천보는 그만 장수로서의 체면을 구기고 말에서 굴러 떨어지고 말았다.

정확히 미간에 비수가 깊이 박힌 말은 한 번의 단말마를 터뜨리고는 그대로 고꾸라졌다. 마천보는 쓰러지는 말에 깔리지 않기 위해 정신없이 뒹굴어야 했다. 장창마저 저만큼 떨어져 있다. 두 번 체면을 구긴 것이다.

그런 잠깐의 소란이 뒤따라 쳐들어오던 기병들의 진격을 가로막았다. 투구마저 벗겨진 마천보가 두 주먹을 쥐고 벌떡 일어났다. 전면의 방벽을 노려보는 눈길에서 불이 인다.

"와아아―"

함성이 진동했다. 마천보가 낭패를 당하고, 선두의 기병들이 주춤하는 사이에 흑불이 철선장을 휘두르며 뛰어나간 것이다. 그러자 좌우의 방벽에서도 십여 명의 불선나한들이 칼을 휘두르며 뛰어나갔다. 팔비충 천종이 그들의 선두에 서 있다.

십여 장은 그들에게 두 번의 도약만으로 충분히 좁힐 수 있는 거리에 불과하다. 기병들이 대오를 재정비하기도 전에 흑불은 벌써 마천보의 면전에 닥쳐 있었다.

"으악!"

핏발 선 눈을 부릅뜬 흑불의 철선장이 바람 소리마저 끊어버리며 떨어졌다. 마천보가 비명을 터뜨리고 맨 땅에 납작 엎드려 가까스로 피하더니 다시 정신없이 굴렀다.

그가 부하들의 말 사이로 굴러 들어갔을 때 여기저기에서 또 다른 비명이 처절하게 울리기 시작했다.

방벽을 뛰어나온 불선나한들은 천종의 명령대로 기병들은 놔두고 그들이 타고 있는 말의 다리만을 찍어댔던 것이다. 말들이 처절한 비명을 터뜨리며 쓰러지고 놀라 흩어지느라고 한순간에 불선다루 앞은 아수라장이 되어버렸다.

그 혼란 속에서 명령이 먹힐 리 없고 질서가 유지될 리 없다. 마천보는 상황이 어떻게 돌아가는지 파악할 새도 없이 황망령의 비탈까지 내몰려 굴러 떨어졌다. 그가 기세등등하게 이끌고 온 기병들도 마찬가지다.

일백 기가 몰려 올라왔다가 이십여 기를 잃어버린 채 맥없이 내몰리고 말았다.

기병들은 더 이상 올라올 생각이 없는지 잠잠했고, 쓰러진 말들의 애처로운 울음소리만 가득했다.

여기저기 쓰러져 있는 말들로 불선다루 앞의 빈 공간이 가득 찬 듯하다. 이제는 다른 기병들이 달려 올라와도 운신이 자유롭지 못할 것이다.

일각쯤 그런 소강 상태가 지속되었을까. 갑자기 허공에 삐이익— 하는 날카로운 소리들이 가득 찼다.

"다들 물러서! 다루 안으로 들어가!"

육편철이 방벽 뒤에서 벌떡 일어나며 악을 썼다. 하늘을 새까맣게 뒤덮고 떨어지는 강전의 소낙비가 보인다.

불선다루의 마인들이 모두 다루 안으로 숨었을 때 비탈 아래에서 쏘아 보낸 강전들이 우박처럼 떨어졌다. 기왓장 깨지는 소리가 요란하고 강전이 지붕에 박혀 부르르 떠는 소리들이 진동을 한다.

소걸의 예측대로 그 많은 강전들은 다루 안으로 하나도 뚫고 들어오지 못했다.

강전은 활차에 걸어서 쏘는 쇠뇌보다 못하나 일반 보병이나 기병의 단궁(短弓)과는 비교할 수 없이 위력적인 것이다. 밖에서 직사로 쏘아 댄다면 불선다루의 나무 벽쯤이야 그냥 숭숭 뚫렸을 터였다.

하지만 이렇게 곡사로 쏠 수밖에 없으니 위협적이기는 해도 다루 안에 숨어버린 마인들에게 아무런 피해도 주지 못했다. 그 틈에 일단의 기병들이 다시 말을 몰아 황망령 위로 뛰어올라 온 게 소득이라면 소득이다.

그들은 마천보가 이끌고 왔던 첫 번째 기병들처럼 서두르지 않았다. 한 번 호된 맛을 본 터라 신중하고 더욱 적대적이었다.

이처럼 좁은 공간에서는 기병의 움직임에 제약을 받게 된다는 걸 알았으니 함부로 말을 몰아 쳐들어오지도 않는다. 대신 일백 명의 이파(二波)는 모두 보병용의 커다란 방패를 지니고 있었다.

말에서 내린 병사들이 방패로 앞을 가리고 장창을 겨누며 한 걸음 한 걸음 힘있게 전진해 온다. 그들이 발을 구를 때마다 쿵, 쿵, 하고 울리는 소리가 위압적이었다. 그대로 불선다루를 밀어버릴 듯한 기세다.

기병 전술을 버리고 보병 전술로 바꾼 건데, 그들의 그런 신속한 변화가 불선다루 안에 숨어서 엿보던 마인들을 당황하게 했다.

"나가! 나가서 방벽을 지켜!"

흑불의 호통에 불선나한들이 칼을 들고 일제히 뛰쳐나갔다. 그러자 아직 뒷줄, 말 위에 버티고 앉아 있던 오십여 명의 기병들이 기다렸다는 듯 안장에 걸어두고 있던 단궁을 꺼내 들고 살을 먹여 시위를 당기는 것 아닌가.

일사불란하고 재빠른 그 솜씨만 보더라도 과연 여타 지방군들과는 비교할 수 없이 잘 훈련된 정예 병사들이라는 게 드러난다.

"안 되겠다! 물러서!"

흑불이 놀라서 소리쳤지만 소걸은 다른 명령을 내렸다.

"더 빨리! 방벽으로 뛰어가!"

불선다루로 되돌아오기보다는 방벽으로 가 몸을 피하는 게 더 가까웠던 것이다. 비로소 사태를 파악한 장한들이 일제히 몸을 날려 방벽 뒤로 뛰어든 것과 동시에 장창을 든 병사들이 주저앉았고, 그 뒤로 쉬잉, 하는 요란한 소리를 내며 화살이 날아들었다.

텅, 텅, 텅!

방벽에 박히는 소리가 요란하게 들린다. 강전이 아닌 일반 기병용 활이라 탁자를 세워 만든 방벽을 뚫지 못했다.

화살의 소낙비가 한차례 휩쓸고 지나가자 장창병들이 다시 몸을 일으키고 방패로 앞을 가린 채 다가들었다.

그러는 사이 다시 일단의 병사들이 말을 버리고 황망령 위로 올라왔다. 앞서의 병사들처럼 방패와 장창을 든 모습이다.

어느덧 불선다루 주위는 그렇게 몰려든 삼백여 명의 장창병들로 물샐틈없이 에워싸였다. 그들의 뒤에는 기병들이 말 위에서 활을 겨누고 있으니 불선다루의 마인들은 옴짝달싹할 수 없게 되어버리고 말았다.

2

황망령 아래에는 아직 이천이 넘는 기병들이 있다. 눈앞의 삼백여 명만으로도 충분히 위협적인데 보이지 않는 이천의 기병들을 생각하면 누구나 눈앞이 깜깜해진다.

"제기랄, 이건 당최 어떻게 해볼 수가 없구만."

막세풍이 투덜거렸다. 그가 지니고 있는 독도 한계가 있다. 한 몸에 얼마나 많은 독물을 넣고 다닐 수 있을 것인가.

다른 사람들이야 말할 것도 없다. 그들의 무용이 비록 절정고수의 반열에 들어 있다고 하지만 이처럼 수많은 장창병들에게 에워싸인 다음에는 옴짝달싹할 수가 없는 것이다.

불선다루 안의 마인들이 하나같이 바라보는 곳에 소걸과 주지약이 있었다. 사람들은 그들 한 쌍의 남녀가 지난 사흘 동안 다루의 이층에서 무엇을 했는지 잘 안다.

소걸의 신공이 대성지경을 초월할 정도로 높아졌다는 게 보이고 느껴지는 데다가 주지약 또한 남해 보타문의 검후 아닌가. 그녀가 지니고 있는 무위가 조충을 맞아서 싸우다 장렬히 전사한 단옥당에 못지않을 것이다.

불선다루의 마인들은 그들 두 사람이야말로 진정한 초인들이라는 걸 잘 알았다. 그러니 그들에게 의지하는 마음이 절로 생길 수밖에 없다.

소걸은 자신을 빤히 바라보는 사람들의 눈길이 부담스러웠다. 이 난국을 어떻게든 타개해야 하는데 길이 보이지 않으니 더욱 초조해진다.

밖으로 나가면 곧 화살의 소낙비를 맞을 것이고, 장창병들에게 짓밟힐 것이다. 운 좋게 그들을 뚫고 빠져나간다고 해도 황망령 아래의 이천 기병과 마주칠 것이고, 그것마저 통과한들 진을 치고 있는 마교의 무리들과 부딪쳐야 한다.

생각할수록 가망성이 없다는 절망만 들 뿐이다.

그렇다고 이렇게 다루 안에 웅크리고만 있다가는 며칠 버티지 못하고 다들 기진맥진하여 쓰러질 게 뻔했다. 식량이야 여유가 있지만 마실 물이 이제 얼마 남아 있지 않기 때문이다.

황망령에는 원래 물이 없다. 우물은 오 리 떨어진 골짜기에 하나가 있을 뿐이다. 하지만 밖으로 한 걸음도 나갈 수 없는 형편이니 차라리 생각하지 않는 게 속 편하다. 그런 이유로 문밖에 층층이 쌓여 있는 얼음이며 눈도 퍼올 수 없다.

"끄응—"

이와 같은 일이 벌어지리라고는 생각해 본 적도 없는지라 앓는 소리가 절로 나온다.

뿌우우—

뿔고둥 소리가 울려 퍼졌다. 군호(軍號)가 틀림없다. 사람들이 와, 하고 갈라진 나무 벽 틈에 달라붙어 눈을 붙였다. 진군해 오던 장창병들이 우뚝 멈추어 서더니 방패를 땅에 박고 웅크린다. 그 자체로 두터운 인(人)의 벽을 쌓은 것이다.

황망령 위로 천천히 깃발 하나가 올라왔다. 검은 바탕에 나비를 그려 넣은 동창의 문양이 의기양양하게 펄럭이고 있다. 그리고 십여 명의 흑의무사가 교자(轎子)를 짊어진 두 명의 병사를 좌우에서 호위하며 올라왔다.

교자 위에 거만하게 앉아 있는 자는 관복으로 갈아입은 조충이었다. 보검 한 자루를 무릎에 올려놓고 있는데, 소걸과 주지약은 그것이 바로 의천검(依天劍)이라는 걸 한눈에 알아보았다.

우웅, 하고 주지약이 들고 있는 청홍검(青紅劍)이 울었다. 오랫동안 떨어져 있던 의천검이 나타나자 두 검의 기운이 상통하여 공명하는 것이다.

교자가 다루 앞 이십여 장 떨어진 곳에 놓이고 동창 고수들의 호위를 받고 있는 조충이 거만하게 다루를 바라보았다.

"들어라."

황망령 전체가 그 한마디에 쥐 죽은 듯 고요해진다.

"마지막 기회를 주겠다. 다른 자들과는 아무런 원한이 없으니 이곳을 떠나라. 안전하게 갈 수 있도록 내가 보장해 주마."

누구도 대답하는 자가 없다. 싸늘한 바람 한줄기가 씽, 하고 달려왔다가 멀어졌을 뿐이다.

"나는 오직 주지약과 소걸을 원할 뿐이다. 그 두 사람이 항복한다면 우리는 이곳의 돌멩이 하나 건들이지 않고 물러갈 것이지만 그렇지 않다면 누구도 살아서 이곳을 떠날 수 없을 것이다."

"……."

"반 시진의 여유를 주겠다. 잘 생각해 보도록."

조충의 말이 끝나자 병사들이 다시 교자를 들었고, 그는 동창 무사들의 호위를 받으며 황망령 아래로 사라졌다. 인의 장막을 치고 있는 삼백여 명의 병사들이 찬바람도 아랑곳없이 석상처럼 우뚝 서 있다.

"반 시진 뒤에는 어떻게 되는 거야?"

흑불이 눈을 두리번거리며 물었다. 도굉이 핀잔을 준다.

"왜? 죽는 게 겁나는 거냐?"

"흥! 나야 부처님이니 죽으면 극락에 들어서 호의호식하겠지만 너 말코도사는 개똥 같은지라 지옥에 떨어져서 엉엉 울어댈 거야. 그걸 생각하면 불쌍해지는구나. 쯧쯧……."

"뭐라고? 이 개잡종이 뭐라고 지껄이는 거냐!"

"뭐? 개잡종? 이런 개똥 같은 미친 도사 놈이 찢어진 아가리를 함부로 나불대는구나!"

그들이 곧 죽기 살기로 싸울 것처럼 으르렁거렸다.

다들 긴장의 날이 서 있어 누가 건드리기만 해도 폭발할 지경이다.

"시끄러!"

소걸이 빽, 소리쳤다.

"그렇게 싸우고 싶으면 저 밖으로 나가! 나가서 장창병들과 신나게 싸워봐!"

"싫다!"

흑불이 악을 썼다.

"너나 나가서 신나게 싸워라! 이 부처님은 저놈들이 아주 싫단 말이다!"

"좋아! 그렇다면 내가 싸워주지!"

소걸도 이성을 잃은 듯 흥분하여 소리쳤다. 그의 긴장과 초조함 또한 극에 달해 있었던 것이다.

미처 말릴 새도 없이 그가 정말 빙백검을 뽑아 들고 미친 듯 밖으로 달려나갔다.

"상공!"

주지약이 놀라 소리쳤지만 이미 늦었다.

꽝!

문을 박차고 뛰어나간 소걸이 빙백검을 휘두르며 악을 썼다.

"이 조충의 개들아! 과연 너희들이 나를 물 수 있을 것 같으냐?"

한 번 땅을 박차더니 쏘아진 살처럼 단숨에 이십여 장의 공간을 접어 인의 장벽에 부딪쳐 갔다.

앞줄의 방패를 발끝으로 살짝 걷어찬 소걸이 더욱 높이 솟구쳐 중군의 한복판으로 뚝, 떨어져 내렸다. 그야말로 섶을 지고 불 속에 뛰어든 거나 다름없다.

장창병들이 와, 하고 흩어지며 소걸을 가운데 두고 빙 둘러섰다. 순식간에 수십 겹의 장벽이 소걸을 에워싼 형상이 되었다.

보이는 건 철벽처럼 둘러쳐진 방패와 그 사이사이로 튀어나와 있는 장창이다. 목만 나와 있는 병사들의 얼굴을 알아볼 수가 없다. 투구 속에서 번쩍이는 눈들만 소걸을 노려보고 있을 뿐이다.

십여 개의 장창이 불쑥 찔러왔다. 십 면을 물샐틈없이 가로막고 찔러드는 것이라 몸을 움직이기도 여의치 않다.

"이얏!"

소걸이 목청껏 소리치며 두 팔을 활짝 벌렸다. 그리고 바람개비처럼 맴돈다.

그의 소맷자락에서 우웅— 하는 웅장한 바람 소리가 났다. 해일처럼 밀려 나가는 경력에 공간이 굴절되어 비틀려 보인다.

"와아—"

그를 에워싸고 급히 좁혀들던 병사들이 함성을 지르며 그 두터운 경력의 파도에 휩쓸리듯 일제히 물러섰다. 비로소 장창의 그물 속에서 몸을 움직일 공간이 마련되었다.

잠깐 동안이다.

주춤거리며 밀려났던 방패의 벽이 다시 밀어닥치고, 장창의 위협이 피부에 닿는다.

하지만 소걸은 그 잠깐 동안의 기회를 놓치지 않았다.

"이얍!"

그가 다시 한 번 목청껏 소리쳤고, 이번에는 빙백검이 서릿발 같은 검광을 길게 뿌리며 사방을 휩쓸었다. 번쩍이는 검광이 스쳐 간 곳마다 온전히 남아나는 것이 없다.

쩡그렁거리며 장창들이 잘려 나가고, 방패가 쩍쩍 벌어졌다. 그 사이로 비명과 선혈이 솟구친다.

"탓!"

소걸이 좌측에서 불쑥 찔러오는 장창을 디딤돌 삼아 밟고 도약했다. 그는 어느덧 방패와 창의 포위에서 벗어나 건너편에 내려설 수 있었다.

하지만 그곳의 사정도 조금 전과 다르지 않았다.

밀집 대형으로 모여 섰던 병사들이 와, 하고 흩어져 공간을 내주더니, 소걸이 내려서기 무섭게 다시 방패의 장벽을 겹겹이 세우고 장창을 내뻗는다.

소걸이 빙백검을 휘둘러 또 한 번 그것들을 잘라내고 달려들었다. 정면의 방패를 걷어차니 줄지어 세워둔 짚단이 무너지듯 병사들이 와르르 무너져 주저앉았다. 그렇게 단숨에 여덟 방위를 밟아 달려들며 걷어차는 발길질로 방패의 장벽이 무너져 버렸다.

병사들이 넘어지자 그들이 겨누던 장창은 어지럽게 허공을 찌르는 꼴이 되었다.

소걸이 훌쩍 뛰어 장창의 날카로운 끝을 밟으며 이동했다.

무게가 실려 있지 않은 사람 같지만, 그의 발에 밟힌 장창은 단단하게 얼어붙은 땅속으로 한 자가 넘게 쑥쑥 박혀 버렸다.

병사들이 그것을 뽑아내려고 안간힘을 쓰는 동안 소걸은 벌써 훌쩍 몸을 날려 불선다루 앞에 뚝 떨어져 내리고 있었다.

"쏴라!"

장령의 명령에 뒷줄, 전마 위에 앉아 있던 궁수들이 일제히 활을 쏘았다. 쏴아아아, 하는 요란한 소리와 함께 수많은 화살들이 오직 소걸을 노리고 무섭게 날아들었다. 하늘이 온통 그것들의 그림자로 뒤덮여 시꺼멓다.

소걸이 그 화살비를 온몸으로 막으려는 듯 버티고 섰다. 그리고 불쑥 검을 뻗어 어지럽게 허공을 그어댔다. 파천검법 중 엄밀제일(嚴密第一)이라고 할 만한 수렴백장(水簾百丈)의 수법이다.

그의 검이 현란한 빛을 뿌리는 곳마다 두터운 검의 장막이 쳐졌고, 물방울 하나 빠져나가지 못한다.

땡강거리는 소리가 귀 따갑게 쏟아졌다. 잘려지고 튕겨 나가는 화살의 파편들로 세상이 온통 혼란해졌다.

무수한 화살들이 소걸의 주위에 떨어져 수북이 쌓이고, 불선다루의 나무 벽에 빼곡이 꽂혔다.

"하하하하—"

소걸의 호쾌한 웃음소리가 하늘 높이 솟구쳐 올라갔다.

3

"봤지? 아무것도 아니야. 우리는 언제든지 저 허수아비들을 놀라게 하며 마음껏 들어오고 나갈 수 있어."

다루 안으로 들어온 소걸의 큰소리에 다들 입을 다물었다.

몇 번 숨을 쉴 동안에 불과했지만 그들은 소걸의 용맹과 눈부신 활약을 똑똑히 보았다.

밖에서는 병사들이 죽거나 다친 동료들을 옮기느라 부산하게 움직였다. 얼핏 보기에도 삼사십 명은 족히 실려 나간다. 소걸 혼자서 단번에 황망령에 올라와 있는 병사들의 십분지 일을 해치운 것이다.

"우리는 저들을 두려워할 필요 없어!"

소걸이 다시 한 번 소리쳐서 무리들의 마음에 깃들어 있는 두려움을 몰아내고 자신감을 심어주었다.

조금 전까지 절망감에 사로잡혀 불안하게 흔들리던 눈빛들이 시퍼렇게 살아났다.

"그래, 하자! 까짓 죽으면 죽는 거지 그게 대수겠어? 통쾌하게 죽는다면 그게 바로 영웅호한이다!"

흑불이 철선장으로 바닥을 구르며 소리쳤다.

"죽기는 누가 죽어? 나는 절대로 죽지 않는다!"

도굉도 검을 두드리며 호기롭게 소리치니 침울하게 가라앉았던 다루의 분위기가 후끈 달아올랐다.

"저것 봐! 놈들이 전법을 바꾼 모양인데?"

밖을 내다보던 갈평이 소리쳤다.

과연 밖에는 새로운 전력이 합류하고 있었는데, 죽어나간 자들의 배는 되어 보였다. 그들은 칼도 창도 아닌 투삭(投索)을 들고 있었다. 끝에 갈고리가 달려 있어서 전문적으로 적을 걸어 생포하는 데 쓰는 물건이다.

그들은 역시 고된 훈련으로 단련에 단련을 거듭한 정예병들답게 조금의 동요도 없이 일사불란하게 움직였다.

적의 전법은 뻔했다. 소걸이 다시 한복판으로 뛰어든다면 장창병들이 창을 어지럽게 찔러대 바쁘게 움직이도록 할 것이다. 그리고 기회를 보아 뒤에 숨어 있던 투삭병이 일제히 투삭을 던진다. 그러면 열에 아홉은 걸려들고 말 것이다.

그렇게 한 번 옭아매고 나면 죽이든지 살리든지 마음대로 할 수 있다.

투삭병이 요소요소에 섞여드는 걸 바라본 사람들이 한숨을 쉬었다. 조금 전의 사기충천했던 일을 잊고 다시 침울해진다.

"제기랄, 저놈들을 어떻게 상대하면 되는지 이번에는 내가 보여줄 테다!"

흑불이 제 화를 이기지 못한 듯 소리치더니 입고 있던 옷을 훌훌 벗어 던졌다. 주지약이 '끼악!' 하고 비명을 지르고 이층으로 달려 올라갔다.

"하하하. 좋은 생각이다. 그렇다면 내가 함께 해주지. 아무래도 너 역시 미친놈 같으니 나와는 좋은 짝이 될 게다!"

흑불이 하는 짓을 보던 종남광도 도굉도 껄껄 웃고 옷을 훌훌 벗어 던졌다. 눈 깜짝할 사이에 알몸이 되어버린 두 사람을 보며 다들 어안이 벙벙할 뿐이다.

사타구니의 물건을 가릴 생각도 없이 그들이 철선장과 검을 움켜쥐고 앞 다투어 뛰어나갔다.

남아 있는 자들이 우르르 갈라진 벽 틈에 눈을 붙이고 매달렸다.

"이 썩을 놈들아! 내가 왔다!"

"와하하하! 부처님과 신선께서 함께 납시었노라! 다들 경배하지 못할까!"

흑불과 도굉이 마음껏 소리치며 미친놈들처럼 달려들자 몇 겹으로 둘러서 있던 병사들이 모두 어리둥절해서 바라보았다.

이 추운 겨울에, 실오라기 하나 걸치지 않은 알몸으로 천둥벌거숭이처럼 달려드니 기가 막힐 뿐이다.

한 명은 곰처럼 크고 시커먼데 한 명은 허연 살갗이 껍질 벗겨놓은 뱀 같다.

병사들은 모두 벌거벗은 자들이 저렇게 병장기를 들고 날뛰는 걸 처음 보는 터라 어리둥절해졌다.

미친놈들이라는 생각이 든다.

흑불과 종남광도 도굉. 그들은 정말 미친놈들이었다.

쾅!

가장 앞줄에 있던 방패의 장벽이 흑불이 마음껏 내려친 철선장에 맞아 와르르 무너졌다.

"으앗!"

비명과 고함 소리들이 쏟아진다.

비로소 정신을 차린 듯 좌측에서 불쑥, 장창이 찔러왔지만 그건 도굉의 차지였다.

"이얍!"

그가 우렁찬 기합성과 함께 종남파의 많은 검법 중 극치에 올라 있는 추풍산우(秋風散雨)의 초식으로 십여 개의 장창을 몰아쳤다.

그것은 종남파의 검법들 중 정교한 것으로 이름 높은 천향취운(天香聚雲)의 검법 초식이다. 그중 특히 도굉은 추풍산우에 흥취를 느껴 극성에 이르도록 그것을 연마했다.

생긴 것과 다르게 그의 검이 절정의 쾌검법을 구사하고, 검로가 현묘한 데에는 그런 이유가 있었던 것이다.

게다가 검에 종남파의 신공인 철혼패력(鐵魂覇力)을 십성 불어넣었으니 그의 검끝에서 일 장이나 뻗쳐 나가는 검기를 당할 자가 병사들 중에 있을 리 없었다.

"으아악!"

"캑!"

단말마의 비명이 거푸 터져 나오고, 어느덧 십여 개의 장창은 뭉툭한 자루만 남았다.

도굉은 창을 베면서 검기를 창 자루에 흘려보냈다. 그러니 창을 쥐고 있던 병사들이 가슴으로 밀려드는 그의 막중한 검기를 견디지 못하고 비명을 지르며 쓰러지는 게 당연하다.

그 틈에 훌쩍 몸을 뽑아 올린 흑불이 소걸을 본받아서 병사들의 창을 차며 진중으로 두려움없이 뛰어내렸다.

병사들이 쫙 갈라져서 공간을 틔워준다. 뒤이어 도굉이 그 곁에 내려서니, 부끄러움을 모르는 두 명의 알몸이 수백 명의 갑주로 가려졌다.

팔방에서 장창이 찔러들고 방패가 가로막는다. 하지만 잔뜩 흥이 인 흑불과 도굉의 상대가 될 수는 없었다

서로 사전에 짜기라도 한 듯 흑불의 무지막지한 철선장은 전문적으로 방패를 두드려 부수었다. 그러면 도굉의 번쩍이는 검이 검광을 뿌리며 장창이든 병사의 갑주든 가리지 않고 쩍쩍 베어버린다.

두 사람의 그런 합격은 절묘하게 배합을 이루어 병사들을 이리저리

몰아댔다.

　잔잔한 호수에 돌멩이 하나가 떨어진 것처럼 병사들의 엄중하던 밀집 대형이 흑불과 도굉을 정점으로 해서 물결처럼 흔들리며 무너져 갔다.

　그러자 기다렸다는 듯 투승대가 모습을 드러냈다. 장창병들이 고함을 질러 서로를 독려하며 더욱 열심히, 더욱 부지런하게 창을 찔러댔고, 흑불과 도굉은 그것을 쳐내고 잘라내느라 정신이 없을 때다.

　휘리리릭—

　사방에서 불쑥불쑥 투승이 던져졌다. 끝에 달린 날카로운 갈고리가 햇빛을 받아 번쩍인다.

　쩡, 쩡!

　두 사람의 몸뚱이에 부딪친 그것에서 쇳소리가 났다.

　"크하하하! 이 어르신의 생각이 어떠냐, 이놈들아!"

　흑불이 득의양양하여 광소를 터뜨렸다.

　그와 도굉은 투승이 날아오는 소리를 듣자 즉시 호신기공을 일으켜 몸을 보호한 것이다.

　기공이 절정에 이른 고수가 호신기공을 일으키면 어지간한 자는 도검으로 그를 찌르거나 벨 수가 없다. 몸에 닿아도 미끄러지거나 튕겨 나가고 마는 것이다.

　그러니 투승에 달려 있는 갈고리가 흑불과 도굉을 붙잡지 못한다. 게다가 몸에 아무것도 입지 않았으니 갈고리가 걸릴 데도 없다. 그들이 옷을 벗어 던지고 맨몸으로 뛰어든 게 확실한 효과를 보는 순간이었다.

　"이놈들!"

흑불이 핏발 선 눈을 번뜩이고 무섭게 으르렁거리며 철선장을 휘두르자 질린 병사들이 갈라져서 절로 길이 생겼다. 그 사이로 두려움없이 쿵쿵거리고 달려간 흑불이 막 투승을 던지려는 놈의 머리통을 사정없이 바수어 버렸다. 뇌수가 튀고 선혈이 솟구치는 끔찍한 참상에 병사들이 '으앗!' 하고 놀란 소리를 지르며 흩어졌다.

도굉이 그 뒤를 쫓아 들어가며 마구 검을 휘둘러 다시 몇 놈을 찔러 넘어뜨렸다.

"돌아가자!"

마음껏 휘젓고 난 흑불이 크게 소리치며 돌아서서 내달렸다.

그들이 알몸으로 뛰어나가 피를 흠뻑 뒤집어쓴 혈인이 되어 불선다루 앞에 돌아왔을 때는 불과 숨을 서너 번 쉬었을 동안이었다.

벼락처럼 나가서 번갯불처럼 휩쓸고 질풍이 되어 돌아온 것이다.

"끄응—"

조충의 이 앓는 소리가 더욱 커졌다.

골치마저 아픈 듯, 한 손으로 머리를 괸 그가 거푸 한숨을 내쉰다.

다루 안에 숨어 있는 놈들 하나하나가 절정의 고수들이니, 그들이 지금처럼 기습적인 유격전을 하도록 허용한다면 애꿎은 병사들의 희생만 늘어날 것이다.

한꺼번에 밖으로 끌어내서 넓고 두텁게 에워싼 다음에 기병을 몰아 차근차근 짓밟고 눌러 죽이는 게 확실한 방법이다. 하지만 그들이 좀체 다루 밖으로 쏟아져 나오지 않으니 애가 탄다.

"불을 지르십시오."

삼천 금군의 수장인 좌군 참장 이유독이 넌지시 말했다. 조충이 벌컥 화를 냈다.

"누가 그게 좋은 줄 몰라서 그러는 줄 알아!"

"……."

"불을 지르면 쉽겠지. 하지만 만약 그 두 연놈이 끝까지 버티고 안 나오면? 그래서 타 죽어버리면?"

소결과 주지약이 독하게 마음먹고 다루 안에서 타 죽는 길을 택한다면 그동안 공들여 온 게 말짱 헛일이 되고 만다.

조충은 어떻게 해서든 그들을 죽이지 않고 사로잡아야 했다. 그래야 원하는 걸 얻을 수 있기 때문이다.

"끄응—"

황망령 아래의 능선에 세워진 조충의 군막 안에서 새된 신음성이 거푸 터져 나왔다.

그리고 그때를 기다렸다는 듯 도움의 손길이 그에게 뻗쳐 왔다.

대동(大同)에서 불어온 바람

1

마주 보는 두 사람의 눈에서 깊은 불길이 일렁인다.

장막을 펄럭이며 불어가는 바깥의 칼날 같은 겨울바람보다 더 싸늘한 기류가 그들 사이의 공간을 꽁꽁 얼려 버렸다.

"으ㅎㅎㅎ—"

조충의 입에서 낮은 음소가 흘러나왔다. 기검부의 뒤에서 그들을 지켜보던 마중선 유시천이 꿀꺽, 하고 마른침을 삼켰다.

이 팽팽한 긴장은 처음 느껴보는 것이다. 언제나 자신만만하고, 그래서 유들유들한 여유를 가지고 있던 유시천은 등줄기가 서늘한 느낌에 부르르 어깨를 떨었다.

"그대가 기 씨의 후예인가?"

"그렇소."

"천 년의 세월을 접어서 이렇게 다시 만나게 되다니 참으로 감개무

량하군.”

“하하, 가문에 맺힌 한이 하늘에 닿을 지경인데 세월이 무슨 의미가 있소?”

“맞아. 그건 그대의 말이 맞지.”

기검부의 냉소 어린 말에 조충이 크게 머리를 끄덕였다. 그리고 엄숙하게 말한다.

“우리가 이렇게 마주했으니 이번에는 반드시 악업의 고리를 끊어버리세.”

“바라던 바올시다.”

“그럼 지금 하겠나?”

조충이 떠보듯 넌지시 던지는 말이다. 기검부가 빙긋 웃었다.

“아직 보물이 다 모이지도 않았는데 너무 서두르는 것 아니오?”

“흐흐, 그렇지. 보물은 아직 우리에게 없지. 그렇다면 당신이 이렇게 나를 찾아온 건 다른 좋은 생각이 있어서이겠군?”

“선유도의 후인이 두 명이니 우리도 머릿수를 맞추자는 말을 하기 위해서 왔소.”

“흥! 나에게는 삼천 명이나 되는 금군의 기병단이 있다. 내가 무엇 때문에 기 씨의 도움이 필요할 거라고 생각하지?”

기검부가 넌덜머리가 난다는 듯 머리를 설레설레 흔들며 말했다.

“예나 지금이나 당신들 조 씨는 흉중에 너덧 마리의 구렁이를 감추고 있으니 참으로 상대하기 어렵구려.”

이번에는 조충이 빙긋 웃는다.

“기 씨의 흉중에는 언제나 아집만 가득했지. 그게 더 상대를 난감하게 하는 일이야.”

“좋소, 좋아. 이리저리 말 돌릴 것 없이 툭 터놓고 얘기합시다.”

“바라던 바올시다.”

뿌우, 하고 군호 소리가 다시 울렸다. 그러자 불선다루를 에워싸고 있던 병사들이 진을 걷고 천천히 물러나기 시작한다.

“뭐야? 벌써 포기하는 거야?”

“항복이라도 하려는 거 아니야?”

“몇 차례 호되게 당하더니 조충 그 개아들 놈이 비로소 정신을 차린 모양이군.”

“제기랄, 이렇게 끝나면 너무 싱겁잖아. 가서 좀 더 놀다 가라고 잡아볼까?”

막세풍을 비롯한 모두가 그것을 보고 신이 나는 한편 어리둥절해서 떠들어댔다.

“그럴 리가 없어.”

소걸이 그런 그들의 들뜬 마음에 찬물을 끼얹었다.

“조충이나 암흑천교의 무리가 이렇게 쉽게 물러날 리가 없어.”

“어째서?”

흑불의 물음에 주지약이 소걸 대신 대답한다.

“그들은 아직 원하는 걸 하나도 얻지 못했으니까 그렇지요.”

막세풍이 빙긋 웃으며 말했다.

“그렇지. 소저와 소걸이 아직 여기 있으니 그들이 벌써 끝낼 리가 없지.”

그 말을 들은 순간, 소걸은 불길한 무엇을 느꼈다. 마음이 불안하고 식은땀이 흐른다.

그가 모두를 돌아보며 천천히 말했다.

"이 모든 일이 결국 나와 주 소저 때문에 비롯된 것입니다. 다른 분들은 상관이 없어요. 그러니 조충의 말대로 아까운 목숨을 잃기 전에 이곳을 내려가는 게 좋겠군요."

"가라고? 우리더러?"

팔비충 천종이 어이없다는 얼굴로 되물었고, 왜타자 강명명도 흘흘, 웃으며 말했다.

"저놈이 대가리가 커져서 돌아오더니 오히려 바보가 되었나 보다."

소걸이 그들의 비웃음을 무시하고 차분하게 말을 이었다.

"여러분들이 저와 함께 불선다루를 지켜주신 건 참으로 감사합니다. 하지만 더 이상 수고하실 것 없어요. 그만하면 여러분은 최선을 다했다고 할 수 있으니 이제 떠나신다고 한들 누구도 욕하지 않을 겁니다."

"떠나다니? 어디로 말이냐?"

흑불이 어리둥절해서 묻자 소걸이 빙긋 웃었다.

"여러분께서 여태까지 불선다루에 머물러 있던 건 무슨 이유 때문이지요?"

"그야 두 노신선님께 충성을 다하겠다고 맹세한 때문이지. 우리는 마두 짓을 해 먹으며 살았지만 한 입으로 두말하지는 않아."

"맞아. 남을 죽일 때 통쾌하게 죽이니까 내가 뒈질 때도 통쾌하게 뒈져야 하는 거야. 암, 그렇고말고."

흑불과 왜타자가 주거니 받거니 떠드는 말이 소걸의 마음을 뭉클하게 했다.

"할머니와 할아버지는 종산의 청운관에 편안히 계시답니다. 그러니 여러분께서는 그리로 가서서 두 분을 모시는 게 더 낫지 않을까요?"

“시끄러!”

묵묵히 듣고 있던 막세풍이 빽, 소리쳤다.

“우리는 추 형의 복수를 해야 해!”

그러자 여기저기에서 ‘옳소!’ 하고 소리치는 소리들이 진동했다. 막세풍이 코웃음을 치며 소걸에게 물었다.

“너 마두들의 공통점이 뭔지 아니?”

“잔인하고 악독하다는 거지요.”

“흥! 겉만 보았군. 마두들은 작은 원한도 잊지 않고 있다가 반드시 열 배, 백 배로 갚아주고야 만다. 은혜는 때에 따라서 잊어버린 척할 수도 있지만 원한은 절대로 잊는 법이 없어. 그게 진짜 마두야.”

“쳇, 자랑스럽겠군요.”

“큿, 어쨌든 그러니 우리는 추 형의 복수를 반드시 해야겠다 이 말이다. 알아들었냐? 너하고는 상관없다고 해도 좋아.”

막세풍의 말이 그들 모두의 마음을 하나로 묶었다. 마두와는 상관없다고 할 수 있는 갈평이며 도굉, 초구량마저도 손뼉을 치며 소리쳤다.

“막 선배의 말이 지당하오! 우리는 추 대형의 복수를 해야 해. 그렇지 않으면 살아도 산 게 아니야!”

“음양쌍존과 백의남학, 우마, 추 대형이 우리를 위해 목숨을 버린 그 일을 어찌 잊을 수 있단 말이냐!”

분위기가 한껏 고조되자 막세풍이 슬그머니 다가와 소걸의 어깨를 두드리며 다정하게 말했다.

“그리고 너를 돌보는 게 바로 당 노야께 충성하는 일이거든. 노신선께서도 그걸 바라실 거야.”

팔비충 천종이 거든다.

"이런저런 사정을 다 무시한다고 해도 정이라는 게 있잖아. 나는 벌써 네놈에게 정이 흠뻑 들어버렸구나. 그러니 어쩌면 좋겠니? 흘흘흘."

"마두에게도 정은 있는 모양이군요?"

소걸이 절로 삐져 나오는 웃음을 애써 참으며 퉁명스럽게 묻자 천종이 눈을 부라렸다.

"이놈아, 마두는 사람도 아닌 줄 아느냐?"

"그냥 마두 아니었어요?"

"이런 고얀 놈이 있나!"

주먹을 번쩍 들어올렸다. 소걸이 재빨리 왜타자의 등 뒤로 돌아가 히히 웃었다. 왜타자가 소걸을 가리고 선 채 눈을 부라렸고, 천종이 혀를 차며 외면하고 만다.

그들의 말과 행동에는 일면 거칠고 우악스런 면도 있었지만, 삶과 죽음을 도외시하는 호기 넘치는 모습이 가득해서 주지약의 마음에도 감명을 주었다.

그녀가 붉어진 눈을 감출 생각도 없이 모두를 돌아보며 말했다.

"하지만 아무래도 여러분께서는 이곳을 떠나는 게 좋겠어요. 시간이 더 흐른다면 그때는 아무도 살지 못하게 될 거예요."

"소저, 그게 무슨 말이오?"

막세풍이 어리둥절해서 물었다. 주지약의 얼굴에 두려움이 가득해졌던 것이다.

"제가 듣기로 이백 년 전에 사령천시는 사령대법으로 열 구의 활강시를 만들었다고 해요."

"……!"

"어떤 이유인지는 모르나 그 활강시들이 마교에 있어요. 그리고 음양쌍존과 우마, 추 대협이 네 구의 활강시를 부수었다고 하더군요. 그렇다면 아직 여섯 구나 남아 있다는 말이 되지요."

"이백 년이나 지났는데, 설마 열 구의 활강시가 모두 건재할까? 어쩌면 황망계에서 만났던 그 네 구가 다인지도 모르지 않소?"

"그렇지 않을 확률이 더 높지요. 만약 그들이 가지고 있는 게 네 구뿐이라면 그걸 모두 황망계에 내보냈겠어요?"

"그럼……."

"아직 몇 구나 더 남아 있는지는 모르나 최후의 일전을 위해서 나머지는 아껴두었을 겁니다. 그렇다면 우리는 조충을 상대하면서 활강시마저 상대해야 하니 가망이 없다고 해도 과언이 아니지요."

"소저의 말은 조충과 암흑천교가 연합한다는 거요?"

"그렇습니다. 그들은 목적이 같고, 까다로운 공통의 적을 가지고 있으니 연합해서 우리를 잡으려고 할 거예요. 틀림없어요."

"으음—"

주지약의 말이 타당했으므로 모두 어두운 얼굴로 침음성을 흘렸다.

2

"하지만 우리는 절대로 도망치지 않는다! 까짓, 죽으면 죽는 거야!"

흑불이 철선장으로 바닥을 찧으며 크게 소리쳤다. 그때 밖에서 큰 고함 소리가 들려왔다.

"열 셀 동안의 여유를 주겠다!"

"응?"

사람들이 놀라 벽 틈에 눈을 붙였다. 찬바람만 씽씽 불어가는 황량

한 언덕 위에 몇 사람이 우뚝 서 있었는데 앞에 서 있는 두 사람을 본 소걸이 놀라 소리쳤다.

"소저, 그대의 말이 맞았어! 봐! 조충과 기검부야!"

그들은 과연 조충과 기검부였다. 어깨를 나란히 하고 서 있는 그들 뒤에 죽립을 깊숙이 눌러쓴 네 명의 흑포괴인이 있었고, 다른 쪽에는 동창의 흑의무사 열 명이 검을 쥔 채 우뚝 서서 매서운 눈길로 이쪽을 쏘아보고 있다.

"사령천마!"

소걸과 갈평 등이 놀라 소리쳤다. 그들은 저것들의 무서움을 안다. 주지약의 말처럼 마교에는 아직 활강시들이 남아 있었고, 네 구나 되는 그것이 몰려와 있다는 데에 식은땀이 흐른다.

조충이 다시 크게 말하는 소리가 들려왔다.

"밖으로 나와 항복한다면 목숨을 살려주마. 하지만 열 셀 동안까지도 아무 반응이 없다면 모두 죽여 버리고 말 테다! 하나! 둘!"

그가 손가락을 꼽아가며 큰 소리로 숫자를 세기 시작했다.

소걸은 지금 불선다루에 남아 있는 이 사람들만으로는 저 네 구의 활강시를 막을 수 없다고 생각했다. 그러나 말만 들었지 그 무서움을 직접 겪어보지 못한 불선다루의 마인들은 그렇지 않았다.

"개소리! 산 사람이 죽은 귀신이 무서워 벌벌 떨다니? 흥! 나는 여태까지 그렇게 살아오지 않았어!"

소리친 흑불이 철선장을 번쩍 들더니 그대로 나무 벽을 후려쳐 버렸다.

꽝! 하는 소리와 함께 벽이 뻥 뚫리고 누가 말릴 새도 없이 흑불이 철선장을 휘두르며 뛰어나갔다.

“열!”

막 조충이 열을 다 세었을 때다. 기검부가 기다렸다는 듯 뒤로 물러서며 날카롭게 휘파람을 불었다.

삐익, 하는 그 소리가 신호였던 듯, 뒤에 서 있던 네 명의 죽립을 쓴 괴한들이 일제히 쿵쿵거리며 달려나왔다.

“이 바보야! 돌아오지 못해!”

얼떨떨해져 있던 도굉이 버럭 소리치고 뛰어나갔고, 흑불은 ‘이야아아!’ 하는 고함을 터뜨리며 정면의 괴한에게 달려들어 철선장을 힘껏 내려쳤다.

꽝! 하는 굉음이 터져 나왔다. 괴한이 충격을 받은 듯 주춤거렸다. 하지만 그것뿐이다. 바위라도 박살 냈을 만한 흑불의 일격을 머리통으로 고스란히 받았으면서도 괴한은 쓰러지지 않았다. 눌러쓰고 있던 죽립이 보기 흉하게 찌그러졌을 뿐이다.

뒤따라 달려온 도굉이 흑불을 낚아챘다.

“너는 이놈들을 상대할 수 없어! 돌아가!”

“놔! 이 부처님의 금강저(金剛杵)가 얼마나 지독한지 보여주고 말 테다!”

흑불이 악을 쓰며 도굉의 손을 뿌리쳤다. 하지만 그는 다시 뒤따라 달려온 왜타자와 갈평에게 붙잡혀 질질 끌려올 수밖에 없었다.

쿵, 쿵―

흑불의 발악적인 공격에 잠시 주춤했던 네 명의 괴인, 사령천마들이 무거운 발소리를 울리며 한 걸음 한 걸음 다루를 향해 다가오기 시작했다.

흑불의 철선장에도 끄떡없는 괴물이라는 걸 목격한 사람들이 비로소 겁에 질리고 긴장하여 어쩔 줄 모르고 우왕좌왕했다.

그러는 사이 네 구의 사령천마들은 다루 앞 십여 장까지 밀려와 있었다.

"에잇!"

보다 못한 소걸이 빙백검을 뽑아 들고 뛰어나갔다.

단숨에 그들 앞에 떨어진 그가 힘껏 검을 휘둘러 한 구의 활강시를 무찔러 갔다.

카캉!

그놈의 어깨를 후려친 검에서 쇳소리가 났고, 소걸은 손이 부르르 떨리는 충격에 주춤거렸다.

소걸은 단번에 활강시의 머리통을 쪼개 버리던 우마의 도끼를 떠올렸다. 그와 같은 힘으로 그와 같이 무겁고 날카로운 병장기를 쓰지 않는다면 이것들을 상대하기 어렵다는 생각이 든다.

불선다루의 무리들에게는 그런 병장기가 없었다. 기껏 흑불의 철선장과 왜타자 강명명의 쇠지팡이가 있는데, 무게에 있어서 우마의 도끼보다 못하고, 결정적으로 예리한 병장기가 아니다.

빙백검으로도 잘라내지 못하니 주지약이 지니고 있는 청홍검 또한 별 뾰족한 수가 없을 것이다.

'검강을 쳐내야 하나?

불쑥 그런 생각이 들었다. 그렇게 한다면 자신의 막중한 내공이 실린 검강이 우마의 도끼를 대신할 수 있을 것이다.

하지만 검강을 쳐내는 데에는 너무도 많은 내력이 소모된다. 네 구를 검강으로 상대하는 동안 지쳐서 헐떡거릴 게 뻔했다. 그렇게 되어서는 조충이나 기검부를 상대할 수 없을 것이다. 하물며 그들이 합격해 온다면 더 이상 대책이 없다.

그런 생각들을 하는 동안에도 소걸은 주춤거리며 밀려나고 있었다. 몇 걸음만 더 물러서면 다루의 벽에 등을 부딪치게 되리라.

뿌우우, 뿌우—

그때 황망령 아래에서 다급하게 불어대는 뿔고둥 소리가 들려왔다.

"웅?"

깜짝 놀란 조충이 급히 몸을 돌려 바라본다.

그들이 서 있는 황망령 아래, 저 먼 곳을 질주해 오고 있는 기마군단이 보였다. 말발굽에 차이는 눈보라가 구름처럼 일고 황망계를 뒤덮을 듯 넓게 퍼져 질주해 오는 그것들로 인해 땅이 은은히 흔들린다.

두두두두—

대지를 두드리는 웅장한 말발굽 소리가 빠르게 가까워지고 있었다. 눈이 닿는 곳마다 용맹한 기병들이다.

황망계에 널리 퍼져 있던 암흑천교의 무리들이 놀란 메뚜기처럼 이리저리 어지럽게 흩어져 달아나고 있었다.

어림잡아도 일만에 가까운 기마군단이다. 그것들이 하늘에서 뚝, 떨어지기라도 한 듯 갑자기 나타나 질주해 오고 있다는 게 믿어지지 않았다.

"대동군(大同軍)?"

멀리서도 깃발을 알아본 조충이 믿을 수 없다는 듯 중얼거렸다.

대동성에 주둔하고 있는 정예병들이다. 명 황실에 속한 어떤 군대와도 비교할 수 없이 용맹하고 실전으로 잘 단련된 정병들 아니던가.

장성을 지키면서 여진과 몽고의 기병들을 맞아 싸우는 자들이니 그럴 수밖에 없다.

그 대동군의 기병 일만이 황망계에 나타났다.

"왕상군, 이천패! 이 멍청한 놈들!"

정신을 차린 조충이 이를 부드득 갈았다.

대동군의 무서움을 잘 아는 조충은 그들을 장악하기 위해 자신의 심복인 왕상군과 이천패를 총병(總兵)으로 임명해 부임시켜 둔 터였다.

대동에는 세 명의 총병이 주둔하고 있는데, 수장 격인 총령 곽기(郭崎)는 황제가 임명한 자로서 무려 이십만이나 되는 군세를 지니고 있었다. 그러나 각기 십만의 대군을 거느리고 있는 두 명의 좌우 총병이 조충의 심복이었으니 곽기의 대군을 견제하기에 충분했다.

그들은 겉으로는 합심하여 변경을 지키는 것 같지만 속으로는 서로 원수처럼 으르렁거린다.

조충에게 눈엣가시 같은 총령 곽기는 좌우 총병인 왕상군과 이천패의 견제를 받아 감히 발호하지 못했다. 그러므로 조충은 그에 대한 근심을 잊을 수 있었는데, 그 곽기의 깃발이 지금 황망계를 뒤덮으며 펄럭이고 있으니 눈앞이 깜깜해졌다.

짐작이 간다. 총병 왕상군과 이천패는 곽기에게 체포되어 구금되었거나 어쩌면 목이 잘렸는지도 모른다. 그랬기에 곽기의 기마군단 중 일만이 장성을 빠져나올 수 있었으리라.

황망령 아래 진을 치고 있던 삼천 금위군들이 동요하기 시작했다. 하지만 그들 또한 자부심이 가득한 정예의 금군들이다. 곧 대열을 정비하고 신속하게 수비진을 쳤다. 일전을 불사하려는 것이다.

쐐아아아—

질주해 오고 있는 기병들의 후미에서 불쑥 강전의 구름이 피어올랐다. 그들은 강전을 지닌 기마 궁사대까지 거느리고 있었던 것이다.

콰드드드드—

한순간에 하늘을 새까맣게 뒤덮고 황망계를 건너온 강전들이 요란한 소리를 내며 떨어졌다. 그 아래 미처 대비하지 못하고 있던 금군의 기병들이 무더기로 쓰러진다. 그들이 터뜨리는 비명 소리가 황망계를 시끄럽게 했다.

치켜든 방패에 맞고 튕겨 나가는 강전들의 요란한 소리에 말 울음소리까지 더해지니 두려움이 배가된다.

“우선 저것들을 해치워야 해!”

조충이 다급하게 소리쳤다. 기검부의 안색도 심각해져 있었다.

천병(天兵)들인 것처럼 불쑥 나타난 저 기마군단을 막지 못하면 여태까지 해온 모든 일들이 수포로 돌아갈 것이라는 위기감은 조충이나 기검부 모두 똑같았다.

그들의 눈길이 마주쳤다. 불길이 화르륵 인다.

“좋소, 이 기회에 우리의 합격(合擊)이 과연 천군만마를 상대할 만한 것인지 시험해 봅시다!”

기검부가 호쾌하게 외치고 보검을 풀어 들었다.

“좋아, 나의 음환불사와 그대의 양환멸사가 과연 얼마나 큰 위력을 발휘할지 궁금하군!”

조충도 망설이지 않고 의천검을 손에 든다.

“봐! 기마군단이다!”

“대동군의 깃발이야!”

이층으로 뛰어올라 간 사람들이 멀리 자욱한 눈보라를 피워 올리며 질주해 오고 있는 기병들을 보며 소리쳤다.

"능학빈, 이놈이 기어이 일을 냈구나!"

그를 욕했던 팔비충 천종이 손뼉을 치며 껑충껑충 뛰었다. 대동으로 간다며 천수익을 데리고 슬그머니 사라졌던 능학빈이 그들을 끌어냈다고 생각한 것이다.

소걸도 생각나는 게 있는 터라 환호하듯 소리쳤다.

"그렇다면 장 아저씨가 돌아온 게 틀림없어!"

"맞다, 장문량이다. 그가 돌아온 거야. 크하하하―"

흑불이 팔비충과 얼싸안고 덩실덩실 춤을 추며 크게 웃어댔다.

갈평 등 장안성에서 온 자들은 무슨 말인지 알지 못한다. 하지만 불선다루에 있던 마인들은 모두 기억하고 있었다. 어용영(御勇營)의 수장이었던 호기장군(虎旗將軍) 장문량(張文良)을 말이다.

조충을 피해 도망치던 그는 동창에게 쫓겨 불선다루로 왔고, 다른 마인들과 함께 한동안 여기 머물렀었다. 그러다가 대동으로 간다며 하직하고 떠났는데 그곳에서 대군을 지휘하는 장군이 되어 오늘 이렇게 돌아온 게 틀림없다.

불선다루의 위기를 느낀 능학빈이 말재주 좋은 천수익과 함께 찾아가 그를 설득했을 것이고, 언제든지 도움을 주겠다는 자신의 약속을 잊지 않았던 장문량이 호쾌하게 허락한 것이다.

그에게는 조충이 황도를 떠나 직접 황망령으로 올 것이라는 능학빈의 말이 무엇보다 반가운 것이기도 했으리라.

'이 기회가 아니면 언제 그 악적을 때려잡고 황제 폐하를 보위하랴!'

더욱 굳은 결심을 하게 된 장문량은 그 즉시 비상을 걸어서 자신이 거느리고 있는 삼만의 마군(馬軍)을 소집하고 동문이자 지금은 상관이기도 한 총령 곽기에게 찾아갔다.

"그래? 그렇다면 천재일우의 기회인데 당연히 쳐야지!"

장문량의 말을 들은 곽기는 선뜻 출병을 허락하고 몸소 대군을 거느리고 나와 다른 두 총병, 왕상군과 이천패가 준동하지 못하도록 억제했다.

장문량이 그 즉시 날랜 경기병만으로 일만을 뽑아 황망령을 향해 미친 듯 달려왔음은 물론이다.

3

"내려간다!"

지붕에 올라가 망을 보던 하란삼패가 크게 소리쳤다. 조충과 기검부가 수하들을 거느리고 급히 황망령을 내려가고 있는 게 보였다.

"하지만 사령천마들은 아직 여기에 있어."

소걸이 주의를 환기시켰다. 과연 사령천마들은 이제 불선다루의 코앞에까지 다가와 있었다.

"그것들을 이층으로 끌어들이고 우리는 아래로 내려가서 불을 지릅시다."

초구량이 그런 제안을 했다. 사람들이 모두 옳다고 입을 모아 소리쳤다. 불길 속에서는 아무리 불사의 사령천마라 할지라도 타 없어져 버리지 않겠는가.

소걸이 이층을 한차례 돌아보았다. 낯익은 곳이고, 할머니와 할아버지의 정이 듬뿍 배어 있는 곳이다. 하지만 모두에게 피해를 주지 않고 사령천마를 없앨 수 있다면 불선다루가 불타는 걸 받아들여야 한다.

착잡한 그의 마음을 안다는 듯 막세풍이 어깨를 토닥였다.

"다루는 다시 지으면 돼. 더 크고 멋지게 짓지 뭐. 내가 책임지고 그렇게 할게."

"에휴, 모르겠어요. 어쨌든 사람이 살고 봐야지요. 나는 이곳에 있
는 사람들이 더 이상 다치거나 죽지 않기만을 바라요."

그건 너무 슬픈 일이라는 듯 울상을 한다. 그리고 한 명 한 명 낯익
은 얼굴들을 바라보는데 눈길에 정이 가득 넘쳐 났다.

한때는 강호를 떨게 했던 대마인들이었지만 불선다루에서 아옹다옹
다투기도 하며 모여 사는 동안 서로에 대한 정이 형제처럼 깊어졌다.

그들이 서로서로 돌아보며 눈웃음을 나누었다. 소걸의 마음이 바로
그들 모두의 마음이자 바람이었던 것이다.

＊　　　　＊　　　　＊

"물러서라!"

조충의 호통에 금군의 기병들이 좌우로 쫙 갈라졌다. 왼쪽 저 멀리
에서는 유시천이 이끌고 있는 암흑천교의 무리들이 쫓겨오는 중이었
고, 대동의 기마병들은 이미 백여 장 앞까지 밀려와 있었다.

조충이 기검부와 함께 그들을 마주 보며 달려나갔다. 두 사람이 한
몸이 된 것처럼 움직이자 서로의 기세가 기세를 북돋우고 기운이 기운
을 불러일으켜서 그들 주위로 두터운 기의 강막이 둘러쳐졌다.

그것이 뿜어내고 있는 기운으로 인해 주변의 차가운 공기가 아지랑
이가 되어 증발하니, 그들을 중심으로 한 방원 십 장 안이 마치 운무가
낀 듯 어리어리했다.

선두의 첨병 백여 기가 깃발을 휘날리며 철벽처럼 다가선다. 이십여
장 밖이다.

“이때다!”

조충이 소리쳤고, 미끄러지듯 좌우로 갈라선 두 사람이 일제히 검강을 쳐냈다.

조충의 의천검에서 뻗어나가는 한 가닥 스산한 기운이 땅을 쓸고, 기검부의 검이 쳐내는 맹렬하고 강맹한 기운이 하늘을 뒤덮을 듯 뻗어나갔다.

음환불사와 양환멸사의 합격이다.

그들은 선조들로부터 그 검법의 반을 물려받았고, 나머지 반은 오랜 세월에 걸쳐 비밀리에 만들어냈다.

그 위력이 세상에 처음 드러났을 때 그들 앞에 있는 것은 무엇도 견디지 못하고 쪼개져 나갔다.

콰르르르르―

하늘에서는 뇌성벽력이 진동하고 땅에서는 기파의 해일이 덮쳐 간다.

굉음과 충격파가 어우러져 삼십여 장의 공간을 온통 검기 검강으로 뒤덮었다.

쩌저저적―!

단단하게 얼어붙은 대지가 지진을 만난 듯 갈라졌다. 그 권역 안에 뛰어든 일백여 기의 기마가 비명을 터뜨릴 새도 없이 찢기고 터져 나갔다. 분수처럼 솟구치는 피가 하늘을 가리고 비산하는 뼈와 살 조각들이 우박처럼 떨어졌다. 그것들이 잠잠해졌을 때 조충과 기검부 앞에 살아서 서 있는 것은 아무것도 없었다.

“아!”

검을 쳐낸 본인들조차 놀라서 입을 딱 벌리고 굳어버렸을 만큼 어마어마한 일격이었다.

홀로 음환불사를 펼치거나 양환멸사를 연습할 때에는 위력이 이와 같을 줄 꿈에도 몰랐다. 그저 절정의 검법이었을 뿐인데, 그 두 개의 검초가 합해지자 위력이 백 배, 천 배는 증폭된 것 같았다.

"아!"

멀리서 두 노인의 그와 같은 무시무시한 검격을 본 유시천도 놀라서 낯빛이 새파래졌다. 저와 같은 검격이 있다는 건 꿈에도 상상하지 못한 일 아니었던가.

천 년 전, 서복 선인이 진시황이 오왕검경을 손에 넣지 못하도록 선유도로 달아났던 것과, 조 씨와 기 씨 두 가문이 그 오랜 세월 동안 저것을 손에 넣기 위해 그토록 무서운 집념을 보여온 게 이해된다.

다시 일단의 수백 기가 두 노인을 짓밟을 듯 몰려들고 있었다. 정신을 차린 유시천이 황망령 위를 가리켰다. 천여 명의 마교 고수들이 그의 손짓을 따라 일제히 황망령을 향해 몸을 날린다.

"이때에 청홍검과 선유문의 음양도환 검법을 손에 넣지 못한다면 다시는 기회가 없을 것이다."

유시천은 그런 생각을 하고 있었다. 사부와 조충의 합격을 두 눈으로 똑똑히 본 터라 그 또한 걷잡을 수 없는 욕심이 생겼던 것이다.

조충과 사부가 기병들을 상대하느라고 정신이 없을 때 소걸과 주지약을 붙잡아 청홍검을 빼앗고 두 개의 검결을 얻어낸다면 천하에 자기를 당할 자가 누가 있을 것인가.

쿠아앙—!

다시 한 번 두 노인의 검이 무지막지한 검강을 뿜어냈다. 삼십여 장의 먼 거리를 두고 춤을 추듯 검초를 펼쳐 내는 것뿐인데, 그때마다 음환불사가 양환멸사의 기운을 증폭시키고, 양환멸사가 음환불사의 기운을 증폭시켜 주었다. 한순간에 수십, 수백 번이나 뇌전을 뿌리고 천지 간에 흩어져 있는 음양의 기운을 끌어 모아 터뜨린다.

그 위력 앞에서 파도처럼 밀려오던 수백 기의 군마와 기병들이 태풍을 맞은 수수깡들처럼 모조리 꺾이고 쓰러져 드넓은 눈벌판을 가득 덮었다.

두 노인으로부터 세 번 그렇게 무지막지한 합격을 당한 대동의 정예 기병들은 천여 명이나 되는 희생자를 남기고 물러섰다. 병사들은 놀라고 두려워서 더 이상 돌격할 마음이 사라졌고, 말들도 주인의 명령을 듣지 않고 죽기 살기로 돌아설 뿐이었던 것이다.

올라왔다.

쿵쿵거리는 발소리를 내며 네 구의 사령천마가 불선다루 이층에 불쑥 머리통을 내민 것이다.

"다들 물러서!"

소걸이 소리치고 나섰다. 주지약도 청홍검을 뽑아 들고 곁에 선다.

"우리 검법이 성공한다면 굳이 다루를 불태우지 않아도 돼."

소걸이 다시 한 번 다짐하듯 빠르게 말했다. 그는 정말 다루를 불태우고 싶지 않았던 것이다. 그래서 생각해 낸 것이 주지약과의 합격이었다.

음양도환은 원래 두 사람이 합격하도록 만들어진 검법 아닌가. 소걸은 사부로부터 들었던 말, 두 사람이 합격하면 천군만마를 당해낼 수 있다는 그 말을 지금 시험해 보기로 작정했다.

과연 금강불괴지신에 불사불멸이라는 저 네 구의 활강시를 토막 낼 수 있을 것인가, 하는 호기심이 인다. 일격에 그렇게 할 수 있다면 사부의 말을 믿어주겠다는 당돌한 마음도 되었다.

주지약도 처음 시도해 보는 일인지라 사뭇 흥분되었다. 드디어 사문의 절대검법을 펼칠 수 있게 되었다는 기대에 손이 떨린다.

이층에 완전히 올라서서 두리번거리던 네 구의 활강시가 그런 소걸과 주지약을 보았다. 그들을 에워싸고 있는 흐릿한 기의 응집이 보이는 걸까?

"끄그그그—"

저주받은 마물들이 괴이한 소리를 내며 주춤거렸다. 영혼은 죽었지만 본능이 아직 살아 있어서 두려움을 가져다주는 모양이다.

"뭐 하고 있어? 빨리 해!"

뒤에서 흑불이 버럭 소리쳤다. 그 소리가 잔뜩 긴장만 하고 있던 소걸과 주지약을 일깨웠다. 눈을 마주친 그들이 천천히 검을 들어올렸다. 허공에 위잉, 하는 울림이 가득해졌다. 진기를 실은 두 자루의 검이 부르르 떨며 웅웅거리는 울음을 토해낸다.

"끼얍!"

소걸과 주지약이 동시에 벽력성을 터뜨리고 맹렬히 검을 휘둘렀다.

콰아아아—

막혔던 둑이 터지듯, 가슴을 답답하게 하던 천지간의 기운이 일제히 쏟아져 나갔다. 두 개의 새파란 검광이 긴 채찍이 된 것처럼 하나로 합쳐지더니 주춤거리는 네 구의 활강시들을 휩쓸어 버렸다.

파아앗—

살이 찢어지고 뼈가 갈라지는 끔찍한 소리가 허공을 뒤덮었다.

"끄어어!"

듣기 역겨운 비명이 귀를 찌르고, 시커먼 액체와 토막 난 몸뚱이들이 어지럽게 비산했다.

두 사람의 검에서 뻗어 나온 힘은 금강석처럼 단단하다는 네 구의 활강시들을 그렇게 천 토막, 만 토막으로 부수어 버리고도 남았다. 그것의 여력이 뻗어나가 벽에 닿으니 불선다루 남쪽 귀퉁이가 두부처럼 잘려 와르르 주저앉았다.

"아!"

사람들이 경악성을 터뜨렸고, 소걸과 주지약도 넋이 나가 멍하니 서서 저희가 방금 한 일을 바라보았다.

"이, 이건, 이건……."

믿을 수 없다. 그래서 말이 되어 나오지 않는다. 소걸은 방금 펼친 것이 제가 알고 있는 양환멸사 검초가 절대로 아니라고 생각했다. 주지약 또한 마찬가지다.

그것은 분명 사문에 전해 내려오는 양환멸사와 음환불사의 검법이었지만, 두 초식이 합쳐지자 드러난 엄청난 위력은 그들이 알고 있는 그 검초의 위력이 아니었다.

"마교의 무리다!"

지붕 위에서 하란삼패의 외침이 들려와 모두의 정신을 차리게 했다.

과연 북쪽 사면을 타고 금의의 기병들 대신 암흑천교의 고수들이 먹이를 노리고 달려드는 까마귀 떼처럼 새까맣게 뛰어오르고 있었다.

"나가자!"

소걸이 외치고 훌쩍 몸을 던져 이층의 창문을 뛰어내렸다. 그제야 정신을 차린 주지약도 망설이지 않고 소걸의 뒤를 따른다.

【第十一章】
무엇이 남았는가?

콰아아아─

두 줄기의 눈부신 빛이 황망령을 뒤덮었다. 소걸과 주지약이 다시 한 번 음양도환의 검법을 펼친 것이다.

두 사람의 보검에서 뻗어 나온 창백한 검강이 절정에 이르러 새끼줄이 꼬아지듯 하나로 꼬였다. 그리고 황망령을 가득 메우고 있는 암흑천교의 무리들을 휩쓸어 버린다.

비명을 지를 새도 없다. 몸을 피한다는 건 더 더욱 불가능한 일이다. 질기고 차가운 검강에 사로잡혔다고 느낀 순간 온몸이 뻣뻣하게 굳어 버렸고, 급격하게 빠져나가는 기운이 검강에 더해졌다.

천지간에 흩어져 있는 음양의 기운을 빨아들이는 검법. 그것이 목표로 삼은 마교도들의 기운을 흡수하여 더욱 커지니 뇌전보다 수백, 수천 배나 강렬한 기운이 된다. 세상에 그보다 더 크고 맹렬한 기운은 없을 것이다.

콰!

그것이 폭발한 곳에 마교도들의 흔적이 사라졌다.

"으헉!"

뒤늦게 뛰어올라 온 유시천이 비명을 터뜨렸다. 사라진 검강의 여파가 마치 대막의 용권풍처럼 밀려와 부딪쳤던 것이다. 온몸이 갈가리 찢어지는 것 같은 고통이 그의 정신을 혼미하게 했다.

'저놈이, 저놈이 벌써 검법을 대성하고 있었구나!'

소걸이 음양도환의 검법 중 양환멸사를 이미 대성하고 있었다는 걸 비로소 알았다. 주지약의 존재가 저처럼 엄청나다는 것도 비로소 알게 된 유시천이었다.

그는 너무 늦게 알았다.

새빨간 혈우가 되어 쏟아지는 수하들의 피와 살점들. 그게 유시천의 혼백을 달아나게 했다. 멍하니 서서 믿을 수 없는 그 광경을 바라보던 그가 중얼거렸다.

"이, 이건, 이건…… 더 강해……."

사부와 조충이 합격했던 것보다 소걸이 주지약과 함께 펼쳐 보인 검법이 더욱 웅장하고 맹렬하다는 게 느껴진다. 이것이야말로 본래의 음양도환 검법이라는 생각에 놀람과 두려움으로 유시천의 몸을 꽁꽁 묶었다.

그 앞으로 소걸이 달려들었다. 아직도 멍해 있는 유시천은 제가 무엇을 해야 할지조차 모르고 있다.

"네가 마중선 유시천이지? 네가 내 할머니에게 중상을 입혔지? 네가 마교의 교주이면서 사령천마를 풀어놓은 장본인이지?"

"……."

“나는 이제 복수를 하겠다. 할머니의 복수, 우마와 추 대협, 그리고 음양쌍존과 백의남학 설 대협, 금산반 장금료의 복수를 하는 것이다!”

그의 빙백검이 그대로 유시천의 심장을 뚫었다. 무른 흙을 찌른 듯 아무런 저항 없이 등 뒤로 쑥, 빠져나온다.

머릿속을 태우는 고통. 그것이 유시천의 정신을 되돌려 놓았다. 그가 멍하니 소걸을 보고 자신의 가슴을 꿰뚫고 있는 검을 보았다.

울컥—

무엇인가 말을 하려고 입을 벌렸으나 뜨거운 피가 가득 넘어올 뿐 한마디도 할 수 없었다.

‘틀렸어……. 다 틀렸…… 어.’

그의 눈이 그렇게 말하고 있었다. 그리고 급속히 생기가 사라져 간다.

황망령 정상에서 터져 나온 두 번의 웅장한 폭발음. 조충과 기검부는 그것이 고도로 응집된 기의 폭발이라는 것을 알았다.

‘그렇다면?’

불길한 생각이 두 사람의 머리 속을 동시에 치달린다.

‘설마 그 애송이들이?’

음양도환의 두 검법, 음환불사와 양환멸사의 검초를 익혔을 수는 있다. 하지만 그들의 조양신공이 대성지경에 이르렀다고는 믿을 수 없는 일 아닌가. 그렇다면 그들의 합격은 완전할 수 없다.

소걸과 싸워본 적이 있는 두 사람이기에 그렇게 믿을 수밖에 없었다. 소걸의 내력이 비록 크고 깊었지만 결코 자신들의 상대가 되지 못했기 때문이다. 게다가 그는 엄중한 내상을 입고 가까스로 달아났다.

그에 비해 자신들은 지난 며칠 동안 스스로의 공력을 극성까지 끌어

올리는 데 성공하지 않았던가.

그런데 저 웅장한 기폭음은 어떻게 된 일이란 말인가.

"올라가 보자."

조충이 급히 몸을 뽑아 올렸다.

"억!"

황망령 위에 올라선 두 사람이 비명을 터뜨리고 외면했다. 눈앞에 펼쳐져 있는 참혹한 광경을 차마 바라볼 수 없었던 것이다.

소걸은 막 유시천의 가슴에서 빙백검을 뽑아내는 중이었다.

털썩.

유시천이 맥없이 혈지(血地)로 변해 버린 땅 위에 쓰러졌다.

기검부의 안색이 새파랗게 질렸다. 하나뿐인 제자이고 장차 함께 천하를 호령할 유일한 자. 그가 덧없는 주검이 되어 소걸의 발아래 쓰러졌다는 게 믿어지지 않는다.

"네 이놈!"

기검부가 노여움으로 수염을 떨며 소리치자 소걸도 지지 않고 검을 들어 가리키며 마주 소리쳤다.

"거기, 두 늙은 요물들! 어서 목을 늘여라! 오늘에야말로 너희들을 죽여서 문호를 정리하고 내 외조부와 그 가문의 한을 풀고 말겠다!"

주지약도 이를 악물고 나서서 표독하게 소리친다.

"조충! 이 악적! 언제까지 황제 폐하의 눈과 귀를 가리고 천하만민을 고통 속에 빠뜨릴 수 있을 줄 알았느냐? 오늘이 너의 마지막 날이다! 나는 반드시 너를 죽여서 하늘의 도를 이 땅에 실현할 테다!"

"크하하하하—!"

조충이 앙천광소를 터뜨렸다.

"꼬마들아, 나야말로 오늘 천 년의 한을 풀고 말 테다. 그러니 잔말 말고 어서 보검과 검법 비결을 바쳐라! 그러면 특별히 은전을 베풀어서 고통없이 죽여주마!"

그가 기검부와 좌우를 맡아 갈라섰다. 주지약도 소걸의 왼쪽에 서서 조충을 마주한다. 그들 네 사람의 눈길이 허공을 격하고 치열하게 얽혔다.

온갖 원한과 집념과 세월의 독기가 한 번에 남김없이 쏟아져 나가니 불어오던 싸늘한 바람마저 놀라 주춤거린다.

"차합!"

침묵이 지속되던 어느 한순간, 조충과 기검부의 입에서 동시에 악에 치받친 고함 소리가 터져 나왔다.

파앙―!

그들의 검이 그 어느 때보다 강렬하고 날카로운 검강을 쳐냈다. 그것을 본 소걸과 주지약도 한목소리로 기합성을 터뜨리며 검을 내뻗었다.

양환멸사(陽還滅邪)와 음환불사(陰環不死).

소걸의 검이 노리는 건 오직 사악한 기운의 멸절이다. 천지간의 양성(陽性)을 극대화했으니 그 강렬함은 태양의 한 조각이 떨어진 것 같다.

그에 비해 주지약의 검이 추구하는 건 음유한 중에 끈질기게 이어지는 생기였다. 음기(陰氣)의 특성이 그와 같지 않던가.

그녀의 청홍검은 온갖 사악한 기운을 가로막고 물리칠 뿐 살기를 뿜어내지 않는다. 세상에서 가장 완벽한 수비검식이며 활검식인 것이다. 그래서 음환불사, 죽이지 않는다는 이름이 붙어 있다.

그것이 소걸의 양환멸사를 뒷받침해 주고 더욱 큰 힘을 실어주었다.

그러니 주지약은 소걸을 보호하면서 그의 검을 빌어 사마척멸(邪魔剔滅)의 검의를 극대화하는 것이다.

그것이 서복 선인이 추구한 완벽한 조화의 검법이었다. 음양도환(陰陽道還)의 참된 정신인 것이다.

그에 비해 조충과 기검부는 오직 패도를 꿈꾸었으므로 그들이 새롭게 만들어낸 검법 또한 그와 같았다.

기검부의 양환멸사는 오직 강맹한 중에 살기가 중첩되어 있어서 광명정대함이 없고, 조충의 음환불사는 본래의 뜻에서 벗어나 사악하고 괴이편벽했다. 생문(生門)을 꽁꽁 닫아건 채 오직 사멸(死滅)의 음악함만으로 가득 찼던 것이다.

그들 두 사람의 합격은 그러나 본래의 음양도환 검법이 지닌 상호간의 충기(充氣)와 첩세(疊勢)의 원리를 지녔다. 선유도에서 달아나기 전, 기극검이 서복 선인으로부터 전반부의 비결을 전해 받은 까닭이다.

서로의 검기가 검기를 일으키고 기세가 기세를 북돋아 조충과 기검부 두 사람의 검강은 한순간에 백 배, 천 배의 강렬함으로 증폭되어 뻗어나갔다.

그것이 본래의 음양도환과 부딪쳤다.

콰아앙―!

천번지복(天飜地覆)의 충격이 황망령 전체를 휩쌌다.

위이잉, 하는 기묘한 울림이 천지간에 가득해졌다. 하늘이 울고 땅이 공명하는 듯한 현상이다. 그것이 동심원을 그리며 빠르게 퍼져 나가자 두텁게 언 땅거죽이 쩍쩍 갈라지며 벗겨지고, 대기가 폭풍이 되어 모든 것을 휩쓸어 버린다.

쿠쿠쿠쿠―

그 어느 때보다 맹렬한 기의 폭풍 앞에서 뿌드득거리며 위태롭게 흔들리던 불선다루가 기어이 요란한 소리를 내며 무너졌다. 기왓장들이 무섭게 날아가고, 부러진 서까래와 들보가 검불처럼 나뒹군다.

"우와앗!"

불선다루 안에 남아 있던 사람들의 아우성치는 소리가 꿈결인 듯 멀리 들렸다. 무너지는 기둥과 벽 아래 그들 모두가 파묻혀 버렸다. 한순간의 일이다.

조충과 기검부의 안색이 밀랍처럼 창백해졌다. 악물고 있는 입술 사이로 선혈이 울컥울컥 스며 나온다.

'이럴 수가 없다!'

사라져 가는 기파의 폭풍우 속에서 그들은 동시에 그런 생각을 했다.

자신들의 검세가 소걸과 주지약의 그것과 부딪친 순간 무언가 잘못되었다는 걸 느꼈지만 손을 뺄 수가 없었다. 그리고 대나무 쪼개지듯, 물이 가득 찬 항아리가 산산이 깨져 버리듯 그렇게 거침없이 쪼개지고 깨져 흩어지는 자신들의 검세를 느끼고, 보았다.

쿠웅, 하는 마지막 울림이 땅속 저 깊은 곳에서 들려왔다.

울컥, 한 모금의 선혈을 허공에 뿜어낸 두 노인이 비틀거리며 정신없이 뒷걸음질쳤다. 그들을 노려보는 소걸과 주지약도 이를 악물고 있었는데, 안색이 그들 못지않게 창백했다.

"으음—"

단번에 모든 기력을 내쏟아 버린 주지약이 더 견디지 못하고 낮은 신음을 흘리며 비틀거렸다. 두 노인의 검세와 부딪친 순간 쏟아져 들어온 반탄지력에 충격을 받은 것이다.

2

모든 것이 명명백백하게 가려졌다. 기검부와 조충은 자신들의 검법
이 절대로 소걸과 주지약이 펼치는 선유문 정통의 검법을 당할 수 없
다는 걸 절실히 느꼈다.

"늙은이."

소걸이 창백한 얼굴을 일그러뜨리며 쉰 음성으로 낮게 말했다.

"가짜가 진짜를 당할 수 없다는 걸 잘 알았겠지?"

"이, 이놈……."

"달아날 생각은 하지 마. 그대로 보내지 않을 테니까."

"죽일 놈."

조충이 빠드득 이를 갈았다. 이대로는 분해서도 물러날 수 없다.

그가 말라 버린 호수 밑바닥처럼 텅 비어버린 단전으로 천천히 천지
간의 기운을 끌어들이기 시작했다.

음양도환의 검법을 펼치기 위해 끌어냈던 조양신공을 버리고 자신
의 본래 신공인 혼원일기공(混元一氣功)을 운기하기 시작한 것이다.

처음에는 느리게 흘러들던 기운이 점차 빠르고 격하게 움직여 텅 빈
단전을 채웠다.

소걸도 이제 자신의 본래 신공인 구유신공을 운기했다. 할아버지가
준 보단(寶丹) 덕에 무섭게 증폭된 내력이 화산이 폭발하는 것처럼 엄
청난 기세로 임독 양맥을 따라 치달린다.

소걸은 물론 조충도 더 이상 선유문의 검법에 미련이 없었다. 본래
의 절기로 끝을 내겠다는 의욕과 의지가 충만하다.

"이얍!"

조충이 날카로운 기합성과 함께 벼락처럼 달려들며 마음껏 검을 휘
둘러 후려쳤다.

난검성라(亂劍星羅)라는 초식인데, 팔방풍우의 수법처럼 어지럽고 재빠르게 찌르고 베며 움직이는 것이다.

어느 곳을 베고, 어느 곳을 찔러올지 종잡을 수 없도록 신랄하며 쾌속한 검격. 그것에 조충이 감추어두고 있던 절세적인 신법 음풍둔보(陰風遁步)가 더해지니 더욱 기묘하고 신랄해졌다.

소걸이 급히 수라구유보를 밟아 움직였다. 일보무영(一步無影). 극쾌하기로 천하제일이라 할 만한 신법이다. 어깨가 흔들, 한순간 소걸은 조충의 음풍둔보를 따돌리고 그의 검세 바깥으로 훌쩍 물러나 있었다.

조충의 눈에 언뜻 당황한 기색이 어렸다. 이번에는 소걸이 들이친다. 좌우로 몸을 흔들며 다가서는 신법이 신묘하고 재빠른 데다가 방위를 밟고 흘러나가는 움직임에 현기마저 어렸다.

수라구유보 중 현묘제일로 꼽히는 춘몽제운(春夢濟雲)의 신법이다.

"차핫!"

조충을 어리둥절하게 한 소걸이 한 소리 낭랑한 기합성과 함께 빙백검을 곧게 내찔렀다. 흐릿한 그림자 속에서 불쑥 뻗어 나오는 검봉이 으스스한 한기를 뿌린다.

당황했던 조충이 정신을 차리고 급히 몸을 기울이며 운봉쇄무(雲封鎖霧)의 초식으로 의천검을 어지럽게 흔들었다. 검봉이 열 갈래, 백 갈래로 갈라지며 날카로운 검기를 쏘아내 소걸의 검이 가리키는 검로(劍路)를 앞질러 끊었다.

검초의 기기묘묘함이 과연 혀를 내두르게 할 만큼 신통했다. 그것에 실려 있는 내력이 굳건하니 더욱 위력을 발휘한다.

의천검에 부딪칠 것 같았던 소걸의 빙백검이 휘유우— 하는 바람 소리를 토해내며 꿈틀거렸다. 곧고 빠르던 검초가 좌우로 비틀리면서 무수한 변화를 한순간에 와르르 쏟아낸다. 수많은 유성이 비처럼 떨어지는 듯한 형상이었다.

월락성침(月落星沈)이라는 초식인데, 파천검 십이식 중 유일하게 상대의 하체를 노리고 위에서 내리누르듯 하는 검초였다. 그것에 실린 힘이 크면 클수록 더욱 큰 위력을 발휘한다. 그리고 소걸의 내력은 검초의 위력을 극대화시키고도 남을 만했다.

"헛!"

조충이 깜짝 놀라 헛숨을 들이켰다. 천 근의 압력이 상체를 짓누르는 것 같더니 두 발의 움직임을 옭아맨다. 한 걸음을 떼어놓기가 마차를 옮기는 것만큼이나 무겁고 힘들었다.

'있을 수 없는 일이다!'

조충이 속으로 그렇게 부르짖었다. 불과 며칠이 지났을 뿐 아닌가. 그런데 어떻게 그동안 소걸의 내력이 자신을 한참 뛰어넘을 만큼 높아질 수 있단 말인가.

하지만 자신이 지금 느끼고 있는 이 무거운 중압감은 꿈이 아니다. 조충은 그것을 떨쳐 버리기 위해 온 힘을 다 쏟아야 했다.

몸의 움직임이 둔해지니 소걸의 검 앞에 상체가 고스란히 드러날 수밖에 없다. 당황한 조충이 비성추월(飛星追月)의 수법으로 급히 검을 끌어올려 소걸의 가슴을 노리고 있는 힘껏 내질렀다.

동귀어진. 함께 죽겠다는 악독한 심성이 검에 실려 음산한 검명으로 토해진다.

"흥!"

코웃음을 친 소걸이 급히 검을 끌어들여 앞의 초식을 흩으며 좌로 돌았다.

땅!

처음으로 두 사람의 검이 부딪쳐 맑고 낭랑한 소리를 토해냈다.

"흡!"

조충이 검신을 타고 밀려드는 소걸의 무지막지한 내력을 감당하지 못하고 어깨를 떨었다. 월락성침의 압력에서 가까스로 벗어난 몸이 이번에는 소걸의 막강한 검력에 눌려 주춤거린다.

"죽엇!"

귀에 소걸의 날카로운 외침이 쐐기가 되어 박혔다.

조충은 눈앞에 번갯불이 내려꽂힌다고 생각했다. 머리 속이 그것의 뜨겁고 눈부신 기운으로 가득 찼다. 소걸이 불쑥 펼친 파천검 십이식 중 가장 극쾌한 일초인 뇌정은하(雷征銀河)에 가슴이 꿰뚫리고 만 것이다.

"크으으―"

조충의 입에서 고통스러운 신음이 흘러나왔다.

소걸은 어느새 검을 뽑아 들고 훌쩍 뛰어 물러나 있었다. 조충은 자신의 가슴에 난 검상을 통해 기력이 썰물처럼 빠져나가는 걸 느꼈다. 그가 그토록 집착해 왔던 생명의 기운이고 천 년의 집념이다.

"너, 너, 그게…… 무슨…… 그것도 선유문의 검법…… 이냐?"

가까스로 몇 마디의 말을 내뱉는다. 소걸이 빙백검을 가볍게 흔들며 말했다.

"천만에. 이건 내 할머니의 파천검법이야. 당신의 그 추악한 목숨을 빼앗은 마지막 초식은 뇌정은하라는 것이지."

"그, 그렇…… 군. 염 파파의……."

조충이 말을 끝내지 못하고 풀썩 엎어졌다. 평생의 삶이 영화로우면서 교활하고 악착같았던 것에 비해 죽음은 너무도 갑자기, 허무하게 찾아왔다.

'원수를 갚은 건가?

소걸은 그런 조충의 죽음 앞에서 어리둥절해졌다. 통쾌하리라고 여겼던 생각이 어디로 사라졌는지 흔적없고, 허탈한 공허만 밀려든다.

슬픔이기도 하고 나른함이기도 하며 지겨운 무엇이기도 한 그런 감정은 처음 느껴보는 것이었다.

조충의 주검을 바라보고 있는데 실감이 나지 않는다.

그런 소걸의 귀에 주지약의 놀란 외침이 쏟아져 들어왔다.

"상공!"

한줄기 서늘한 기운이 옆구리를 파고든다.

깜짝 놀란 소걸이 본능적으로 유성칠보(流星七步)를 밟아 어지럽게 움직이며 물러섰다.

옆구리가 선뜻해졌다. 옷자락이 길게 베어지고 그 사이로 왈칵 선혈이 솟구쳐 나왔다.

뒤따르는 싸늘하고 날카로운 통증.

"크윽!"

소걸이 한순간 중심을 잃고 비틀거렸다.

쉬아앙—

멀리서 한줄기 차가운 검기가 유성처럼 뻗어 나와 소걸을 쫓아 들어가는 기검부의 악독한 검로를 가로막았다. 다급한 주지약이 자신의 내상을 돌보지 않고 온 힘을 다해 검기를 쳐낸 것이다.

카캉! 하는 요란한 소리와 함께 기검부의 검기와 부딪친 그것이 방향을 꺾고 하늘로 솟구쳤다.

소걸이 이를 악물었다. 옆으로 휘어지는 기검부의 검봉을 똑바로 바라보며 있는 힘껏 땅을 박찼다.

극쾌무변한 절세의 경공신법인 일보무영(一步無影).

소걸의 형체가 허공에 흩어진 듯한 착각이 든다. 기검부가 깜짝 놀라 틀어진 검로를 바로 세웠을 때 목을 뚫고 지나가는 선뜻한 기운이 느껴졌다.

어느새 치고 나간 소걸은 다섯 장 저쪽에 우뚝 서 있었다. 일보무영과 함께 펼친 또 한 번의 쾌검 뇌정은하가 아직도 허공에 흐릿한 검의 잔영을 남겨두고 있었다.

기검부가 멍한 얼굴로 그런 소걸을 바라보았다. 끅끅거리는 억눌린 신음성이 가까스로 흘러나온다. 그리고 그의 목에 한줄기 혈선이 내비쳤다.

"우아악!"

기검부가 믿을 수 없을 만큼 굉장한 고함을 터뜨리며 검을 번쩍 들어올렸다. 모든 힘을 모아 마지막 일격을 날리려는 듯한 그 순간,

콰아아―

그의 목이 쩍, 벌어지며 붉고 선명한 핏줄기가 하늘 높이 솟구쳤다.

쿵!

그리고 그 또한 조충이 그랬듯 무기력한 늙은이가 되어 선혈로 물든 단단한 땅 위에 처박혔다.

몇 번 꿈틀거리던 몸이 이내 잠잠해진다.

그들의 엄청난 기세에 눌린 듯 저만큼에서 머뭇거리던 차가운 바람이 파도치는 소리를 내며 갑자기 몰려와 죽은 자들의 한과 영혼을 하늘 높이 말아 올리며 달려갔다.

황망령 아래에서 들려오던 비명 소리와 아우성, 말 울음소리도 점점 잦아들었다. 조충이 불러들였던 삼천의 금군 기병들이 밀물처럼 쏟아

저 온 대동부의 기마군단에게 짓밟혀 전멸당한 것이다.

소걸이 옆구리를 움켜쥐고 천천히 다가가 주지약 곁에 털썩 주저앉았다. 그녀의 창백해진 볼을 타고 두 줄기 뜨거운 눈물이 흘러내렸다.

"이게 다야?"

소걸의 물음이 공허하다.

주지약이 입술을 악물었다. 그녀 또한 소걸이 느끼고 있던 그런 공허함을, 허탈과 슬픔을 느끼고 있을 뿐, 이제는 어디에도 분노의 감정이 남아 있지 않았다.

"내가 왔다!"

불쑥 황망령 위로 달려 올라온 무장(武將)이 그렇게 소리치고 껄껄 웃었다.

그러다가 소걸을 보고 놀라서 말을 몰아 핏물을 철벅거리며 달려왔다.

투구를 벗어 던지고 훌쩍 뛰어내리는 사십대의 텁석부리사내. 역시 장문량이었다. 격전을 치른 듯 여기저기 갑주가 베어져 너덜거리고 뺨에도 긴 상처가 나 있다.

볼을 씰룩이며 소걸을 멍하니 바라보던 그가 다시 말했다.

"이 녀석, 내가 왔단 말이다."

피식 웃은 소걸이 그에게서 눈을 거두어 저쪽을 바라보았다. 거기 두 사람의 무장이 또 말을 달려 올라오고 있었던 것이다. 한눈에 능학빈과 천수익이라는 걸 알아볼 수 있다.

그들의 뒤로 속속 대동부의 기병들이 갑주를 쩔렁이고, 찢어진 깃발을 펄럭이며 뛰어올라 왔다.

"무사했구나!"

조충과 기검부의 주검을 힐끗 바라본 능학빈과 천수익이 말에서 뛰어내려 우르르 달려왔다. 소걸을 힘껏 끌어안는다.

3

"조충을…… 기어이 그 늙은 마귀를…… 베었어요."

소걸의 말에 능학빈이 부르르 몸을 떨었다.

조충. 한때는 하늘처럼 떠받들었던 절대 권력자 아니던가. 그의 말 한마디에 목숨을 바치는 걸 영광으로 알았던 적이 있다.

능학빈이 고개를 돌려 그 조충을 멍하니 바라보았다.

저기 싸늘한 대지 위에, 자신의 핏물에 젖어 누워 있는 늙고 볼품없는 주검 하나. 그것이 조충이라는 게 믿어지지 않았다.

벌떡 일어난 천수익이 천천히 조충에게로 다가갔다. 자신의 전포를 벗어 초라한 그 주검을 덮어준다. 한때 절대자로 모셨던 자에 대한 연민이었는지도 모른다.

"그들이, 그들이…… 저 안에 깔려 있어요……."

소걸이 가까스로 얼굴을 돌리고 턱짓으로 무너진 불선다루를 가리켰다.

"걱정 마라. 모두 무사할 거야. 고작 그렇게 깔려 죽을 놈들이 아니잖아."

껄껄 웃은 장문량이 뒤에 엄숙히 늘어서 있는 수하 무장들에게 호통을 쳤다.

"걷어내!"

그 즉시 말에서 뛰어내린 백여 명의 병사들이 개미 떼처럼 달려들어 불선다루의 잔해들을 헤치기 시작했다.

“끄응—”

제일 먼저 흑불의 시커먼 얼굴이 보였다. 왈그랑거리며 잔해를 밀어내고 가까스로 빠져나온 그가 어리둥절해서 두리번거렸다.

“벌써 끝난 거야? 제기랄, 이 부처님은 그것도 모르고 한잠 늘어지게 잤네그려. 쯧쯧—”

폐허가 되어버린 다루 뒤편의 객사는 무사했다. 다루가 방패가 되어서 그 무섭던 기의 폭풍을 막아주었기 때문이다.

밖에는 기치창검을 별처럼 벌여놓고 병사들이 삼엄하게 경계를 섰다. 그 담 안에 군데군데 모닥불이 활활 타오르고 음식 익어가는 구수한 냄새가 퍼졌다.

소걸과 주지약의 부상은 생각보다 심하지 않았다. 그것보다는 마음의 충격이 그들을 무기력하게 했다.

그토록 치열하게 살아왔는데, 갑자기 목표가 사라져 버린 사람의 허탈함이 어떤 건지 주지약은 절실히 느꼈다. 그녀의 공허가 소걸마저 맥빠지게 해서 두 사람은 벌써 한 시진이 지났건만 한마디의 말도 하지 않았다.

이글거리며 타오르는 불빛에 물든 얼굴이 쓸쓸해 보이기만 한다.

불선다루의 잔해 속에 갇혔던 사람들은 모두 무사했다. 하긴, 그들이 어디 집이 무너진다고 깔려 죽을 사람들이던가.

그들은 와자지껄 웃고 떠들며 먹고 마셔대기를 멈추지 않았다. 거기 장문량과 그의 몇 명 부장들도 끼어 있다.

불선다루에 있던 자들은 위험이 물러갔다는 기쁨 때문에 들떠 있었고, 대동에서 빠져나온 장졸들은 드디어 간적 조충의 목을 베었다는 흥분으로 들떠 있었다.

장문량이 한 손에는 술병을, 다른 손에는 잘 익은 말고기를 꼬치에 꿰어 들고 다가왔다. 소걸 곁에 털썩 주저앉더니 먼저 한 모금 호쾌하게 마시고 술병을 건네준다.

"뭐야? 큰 공을 이룬 사람 같지 않다. 꼭 비 맞은 중처럼 궁상스런 꼴이잖아!"

허풍스럽게 큰 소리로 떠들며 소걸의 등짝을 철썩, 갈겼다.

소걸이 눈을 흘겼다.

"나를 그냥 좀 내버려 둬요. 모든 게 다 귀찮기만 하니까."

"그럴 수가 있나? 바야흐로 간적의 목이 자금성에 높이 걸리고 황제 폐하의 위엄이 태양처럼 빛나는 세상이 올 텐데 우리 모두 기뻐해야지."

"쳇, 황제고 뭐고 다 귀찮아요."

"응? 어째서? 폐하께 너의 공을 말씀드리면 높은 벼슬을 내리실 텐데? 그러면 북경에 다시 집을 짓고 네 외가의 명예를 되찾을 수 있다. 만인이 너를 우러러보며 칭송할 거야."

"내일 떠나신다고요?"

"내일 아침에 대동에서 후발대로 출발했을 나의 철기 이만이 이곳에 도착할 거고, 총령 곽기가 따로 삼만의 기병을 보내올 거다. 그러면 그들을 이끌고 호호탕탕하게 황궁으로 들어갈 거야."

"좋으시겠어요."

"좋다마다. 내 일생에 이처럼 기쁜 날은 또 없을 거다."

"그 많은 병사들을 이끌고 황궁에 들어가 조충의 잔당을 뿌리뽑으면 장 아저씨는 높은 벼슬에 오르겠군요. 어쩌면 다시 얼굴 보기 힘들어 질지도 모르겠어요."

“하하하! 벼슬 따위는 아무래도 좋아. 나는 오직 그동안 조충의 간에 붙어서 온갖 아양을 떨어대며 황제를 기만하는 데 앞장서 온 그 간악한 무리들을 모조리 잡아 죽일 수 있으면 족하다. 가슴이 얼마나 후련해지겠어?”

“마음대로 하세요.”

“내일 아침에 너도 함께 가는 거다.”

“일없어요.”

장문량이 그처럼 들떠서 말하건만 소걸은 내내 심드렁하기만 했다. 장문량의 말을 듣는 동안 그의 머리 속에는 죽은 자들에 대한 그리움이 새록새록 피어날 뿐이다.

우마가 가장 먼저 떠올랐다. 그토록 우직하고 단순한 사람은 또 없을 것이다. 왜 그를 형이라고 부르지 않았던 건지, 자신의 쥐꼬리만한 자존심과 퉁명스러움이 견딜 수 없이 미워졌다.

서천금편 추괴성과 음양쌍존의 냉엄하기만 하던 얼굴도 머리 속에 하나 가득 떠오른다.

한때 강호를 두려움으로 떨게 했던 대마두들. 하지만 당 할아버지와 할머니를 만나고 나서부터 온순한 양으로 변했다. 그리고 소걸에게는 친절한 보호자였다.

“미안해요.”

소걸이 무릎을 더욱 깊이 끌어안으며 중얼거렸다. 그의 눈이 젖어 불빛에 번들거린다.

이 세상에서 정을 준 몇 안 되는 소중한 사람들인데, 그들을 구해주지 못했다는 게, 오히려 그들의 희생으로 자신이 이렇게 살아 있다는 게 부끄럽고 화가 났다.

백의남학 설중교와 금산반 장금료의 죽음도 잊을 수 없다. 언제나 꼬장꼬장한 시골 서당 훈장 같아서 가까이 하기 힘들었지만 사실 설중교는 그 안에 불처럼 뜨거운 열정을 지니고 있던 노인이었다.

늘 사람 좋아 보이는 웃음을 흘리고 있던 장금료. 천하제일의 거부가 될 거라고 큰소리쳐 대던 그의 얼굴이 안타까움으로 가슴에 박힌다.

그리고 단옥당.

운남제일의 귀공자이자 절세적인 무공을 지닌 청년 기협. 그의 죽음이 더욱 안타깝게 다가왔다.

그는 풍류와 멋을 알고, 사랑이 무엇인지 너무 잘 알아서 스스로 슬퍼졌던 사람이었다. 그가 목숨을 던져 자기를 구한 것도 실은 주지약을 위해서라는 걸 소걸은 잘 안다.

자기 대신 주 소저를 끝까지 지켜주라던 그의 마지막 말이 가슴에 못이 되어 박혔다.

"단 형…….."

가만히 불러보자 울컥 목이 메었다. 그의 빙글빙글 웃는 잘생긴 얼굴이 검은 하늘 가득 박혀 있다.

좋은 인연으로 만났다면 서로 형제지약(兄弟之約)을 맺고 호형호제하면서 평생 가까이 지냈을 것이다.

무릎을 안고 있던 소걸이 젖은 눈을 들어 장문량을 바라보았다.

"장 아저씨."

"왜?"

"황제를 모시게 되거든 부디 다시는 조충 같은 자가 나타나지 않도록 해주세요."

"……!"

"그 한 사람으로 인해서 얼마나 많은 사람들이 불운해지고 비통해졌
어요? 그런 일이 다시 있어서는 안 돼요."

"물론이다."

장문량이 소걸의 손을 꽉 붙잡았다.

"다시는 황제 폐하 곁에 그런 자가 빌붙지 못하도록 내가 목숨을 걸
고 지킬 것이다."

소걸이 비로소 저쪽 구석에 모닥불을 피우고 앉아 있는 혈지삼살을
보았다. 그들도 우울한 얼굴을 하고 있었다. 힐끔힐끔 소걸을 훔쳐보
는 것이 무언가 할 말이 있는 듯하다.

"이리 와. 함께 있어야지."

소걸이 따뜻하게 말하고 손짓을 했다. 대살의 불빛으로 붉어진 얼굴
에 비로소 활짝 웃음이 피어났다. 소걸도 애써 웃어주었다.

그들은 자신의 피붙이다. 강족제일의 쾌남아였다는 아버지를 시동
처럼 따르던 자들 아닌가. 혈지삼살이 강족의 용사이고, 소걸 자신의
몸에도 강족인 아버지의 피가 흐르고 있다.

그 생각이 소걸에게 혈지삼살을 남으로 보이지 않게 했다. 그들과는
같은 피를 나누어 가지고 있는 탓이다.

"이 사람을 따라서 황궁으로 갈 거냐?"

다가온 대살이 대뜸 그것부터 물었다. 그들 삼살이 우울해하는 게
무엇 때문인지 드러났다. 그들은 소걸이 자신들을 버리고 한족의 영화
를 누리며 사는 게 싫었던 것이다.

소걸은 지옥혈로 돌아가야 한다. 가서 잠룡전주 목척문(木偈文)의 유
일한 혈육이자 대종사이신 목극랍(木克拉)의 하나뿐인 손자라는 걸 밝
혀야 한다.

그리고 노쇠한 지금의 종사 대신 장차 지옥혈의 종사가 되어 부족의 영광을 재현해야 한다.

그게 혈지삼살의 소망이었다.

묵묵히 대살의 얼굴에 떠오른 그와 같은 열망을 바라보던 소걸이 탄식하며 말했다.

"지금 종사이신 혈제(血帝) 뇌조령(雷鳥靈)에게는 후계자가 있나?"

"없다."

"없어? 아니, 왜?"

"종사의 진전을 이어받은 자가 아직 없으니까."

"그렇다면 네가 그걸 받도록 해."

"응? 뭐라고 한 거냐?"

대살이 소걸의 말에 눈을 크게 뜨고 소리쳤다. 소걸이 그의 가슴을 쿡, 찌르며 빙긋 웃었다.

"나는 지옥혈로 돌아가지 않아. 그러니 후계자는 네가 되는 게 좋지 않겠어?"

"허!"

"너는 이미 지옥혈 최고의 고수 아니냐? 내가 보기에는 우마가 더 세지만 그는 죽었으니…… 에휴―"

우마의 이름을 말하자 소걸은 물론 혈지삼살 모두가 슬퍼졌다. 한동안 그들 사이에 무거운 침묵이 흘렀다. 소걸이 먼저 그걸 깨고 제 말을 마저 했다.

"하긴, 살아 있다고 해도 우마는 멍청해서 종사가 될 수 없지. 결국 네가 될 수밖에 없는 일이네."

"이건 장난이 아니다!"

대살이 벌컥 화를 냈다. 하지만 소걸은 조금도 제 뜻을 굽히지 않았다.

"나는 황궁도 싫고 지옥혈도 싫다. 너도 잘 알잖아? 백 일 뒤에는 내가 어떤 꼴이 되는지 말이야. 그야말로 닭 한 마리 잡지 못하는 병서생이 된단 말이다. 그런데 종사는 무슨 종사야?"

"지옥혈에는 중원에 알려지지 않은 강족만의 비법들이 많이 있다. 어쩌면 그중에 너를 회복시킬 수 있는 방법이 있을지도 몰라."

"그렇다면 나중에 시간을 내서 한 번 방문하지 뭐. 무공이 다시 필요해지면 말이야. 하지만 지금으로서는 그럴 일이 없을 것 같아."

소걸이 눈짓으로 주지약을 가리켰다.

조충과 기검부가 없고 유시천이 사라진 지금 그녀는 백도연합인 광명천의 천주와 함께 천하제일을 다툴 만한 절대적인 고수다.

남해 보타문의 검후이기도 한 그녀가 소걸 곁에 붙어 있는데 누가 그를 해칠 수 있을 것인가.

"그럼 너는 정말 강호를 떠날 작정이냐?"

"지긋지긋해졌어. 피 냄새가 아주 역겨워."

대살이 고개를 떨구고 소걸처럼 제 무릎을 안은 채 멍하니 모닥불을 바라보았다. 이살과 삼살은 잔뜩 심통난 아이처럼 볼을 부풀리고 애꿎은 불만 쑤셔댔다. 불똥들이 하늘 높이 솟구쳐 올라 깜박거리며 사라진다.

【第十二章】
빈손으로 올 거면 절대 오지 마!

다들 바쁘게 움직이는 중에 한가한 사람도 있게 마련이다.

소결과 주지약은 양지바른 곳에서 바위에 등을 기대고 앉아 해바라기를 하고 있는 중이었다.

그곳, 황망령은 깨끗하게 정리되어 있었다. 그리고 지금 한창 무너져 버린 불선다루며 객잔을 새로 짓고 있는 중이다.

공사 책임을 맡은 흑불과 종남광도 도굉이 불선나한들을 꾸짖고 재촉하며 바쁘게 오가고 있다. 그들에게 욕을 먹으면서도 불선나한들은 싱글벙글했다.

이십 리 밖에서 베어온 아름드리 통나무를 혼자서 거뜬히 지고 다닌다. 서까래로 쓸 목재쯤이야 품에 안고 그냥 뛰어다니니, 그들의 내공도 무척 빠르게 증진되고 있다는 증거였다.

벌써 기초가 세워졌고, 원래 있던 주춧돌 위에 새 기둥이 세워지는 중이었다. 그것을 바라보던 소걸이 불쑥 말했다.

"정말 빠르지?"

"네."

"강호를 떠나도 다들 먹고살겠어."

"그들은 이미 강호를 떠난 거나 마찬가지인데요 뭐."

"그럴까?"

"이곳에서 눌러 살겠다잖아요. 장사하면서."

주지약의 말에 소걸이 히히, 웃었다.

"누가 불선다루며 객잔에 찾아오겠어? 왔다가도 흑불이며 천종 등의 인상을 보면 엉덩이가 뜨거워져서 오래 앉아 있지 못하고 금방 달아나고 말걸?"

"그거야 알 수 없는 일이지요. 그들에게 호기심이 생겨서 더 많은 사람들이 찾아올지도 모르니까요."

"그럴 수도 있긴 하겠네."

소걸이 콧구멍을 후비던 손가락을 옷깃에 문지르며 심드렁하게 말했다. 주지약이 눈살을 찌푸리고 흘겨보지만 개의치 않는다.

이제 황망령에서의 싸움이 온 세상에 알려질 것이다. 그러면 불선다루는 강호뿐 아니라 황궁과 민간에 이르기까지 널리 알려진 명소가 될 게 틀림없다.

많은 사람들이 구경하러 올 게 아닌가. 그들을 앉혀놓고 흑불과 천종, 왜타자 등은 입에서 침을 팅겨가며 이곳에서 어떻게 싸웠는지, 어떤 영웅이 탄생했는지 떠들어댈 것이다.

어쩌면 이야기를 듣는 대가로 돈을 내놓으라고 할지도 모른다. 아니, 그럴 게 틀림없다. 그들은 능히 그러고도 남을 만큼 뻔뻔하니까.

강호의 무리들은 물론 민간의 백성들도 그들의 이야기를 들으며 벌어진 입을 다물지 못하리라.

흑불 등이 사실 그대로를 이야기할 리가 없지 않은가. 마치 천계의 신선과 마계의 악마가 이곳에 내려와 한바탕 싸움질을 한 것처럼 부풀리고 꾸며댈 게 뻔하다. 그리고 그 이야기는 세월이 지나면서 신화(神話)가 되어 세상에 유전될 것이다.

사람들은 소걸이라는 이름을 전설처럼 기억할 것이고, 기검부와 조충이라는 이름을 천신에게 패한 마귀의 우두머리로 기억할 것이다.

아이들은 할아버지를 졸라 그 이야기를 거듭 들을 것이고, 할아버지들은 지겨워하면서도 또 해주곤 할 것이다.

'그때쯤이면 나는 지금의 할머니와 할아버지처럼 늙어 있겠지?

소걸이 문득 주지약을 바라보았다. 그녀와 평생을 함께 늙어간다면 그것도 나쁘지 않을 거라는 생각에 히죽, 웃음이 새 나온다.

"뭘 봐요?"

주지약이 얼굴을 붉히며 눈을 흘겼다.

"당신이 늙어서도 내 할머니처럼 고울지 모르겠어?"

"흥! 상공 걱정이나 하세요. 과연 구십 살이 되었을 때도 상공은 당 할아버지처럼 의젓한 풍채를 하고 있을까요?"

"모르지, 남자는 여자가 꾸며주기 나름이라니까."

"핏, 당 할아버지는 아무도 꾸며주지 않았잖아요? 그래도 신선 같으신 풍모가 여전하더군요."

"모르는 소리. 할머니가 은근히 신경을 얼마나 많이 썼다고. 옷이 조금만 지저분해 보여도 막 잔소리하고 그랬거든. 피부가 조금만 거칠어져 봐. 달려들어서 사정없이 쥐어뜯고 할퀴고 그러셨어. 그러니 할아버지가 견딜 수 있었겠어? 스스로 알아서 꾸미고 조심할 수밖에."

"오호, 그랬어요? 그렇게 좋은 방법이 있었군요! 까르르르—"

'아차!'

주지약이 손뼉을 치며 크게 웃었다. 발마저 동동 굴러댄다.

소걸은 제가 일생일대의 실수를 했다는 걸 깨달았다. 얼굴색이 노랗게 변해서 머리카락을 쥐어뜯는다.

'제기랄, 그런 극비 사항을 아무 생각 없이 지껄이다니! 소걸아, 소걸아, 너는 대체 어찌된 거냐? 네 스스로 남은 인생을 망쳐 버리기로 작정이라도 한 거냐? 미친놈, 얼빠진 놈 같으니! 빌어먹을!'

속으로 열심히 중얼거리며 한 손으로는 제 주둥이를 찰싹찰싹 때렸다.

한 달 하고도 보름이 지났다. 날은 이제 완연한 봄빛을 띠어가기 시작했고, 눈 녹은 물이 골짜기로 흘러내려 황토의 땅이 질퍽거렸다.

불선다루와 객잔이 완공되었다. 소걸의 고집대로 불선다루는 원래의 모습에서 한 치도 틀림없이 그대로 복원되었다. 막세풍이 좀 더 넓히고 화려하게 꾸미자고 했지만 소걸의 고집을 꺾지 못했다.

"안 돼! 이곳은 할머니와 할아버지의 평생이 담겨 있는 곳이야. 그리고 나의 추억이 고스란히 남아 있는 곳이지. 그분들의 사랑이 서리서리 쌓여 있는 곳인데 그걸 어떻게 지워 버려? 그냥 있던 그대로 해 줘!"

소걸이 그렇게 떼를 쓰며 대드는 데에는 사갈처럼 악독하고 음흉하며 인정머리없기로 이름 높은 천하의 귀수독인 막세풍도 두 손 두 발을 들 수밖에 없었다.

그가 머리를 설레설레 저으며 한숨을 섞어 말했다.

"그래, 너 하고 싶은 대로 다 해라. 당 노신선께서도 꺾지 못한 그놈의 똥고집을 내가 무슨 수로 이기겠어?"

그래서 불선다루가 복원되었는데, 소걸은 건축 재료마저 원래의 다루에 있던 걸 가져다 쓰기를 원했으므로 폐허의 잔재를 뒤지느라고 며칠을 허비해야 했다.

그동안 황망령에는 아무도 찾아오지 않았다. 원래 세상에서 고립되었던 곳 아니던가. 그런 곳이 더욱 적막해져서 마치 저 먼 바다에 홀로 떠 있는 외딴 섬 같았다.

갈평과 도굉, 초구량은 당 노인과 염 파파에게 소식을 전하기 위해 종산의 청운관으로 앞서 떠났다.

불선다루의 조촐한 준공식이 있던 날 아침에 한 떼의 사람들이 갑자기 밀어닥쳤다.

"내가 왔다!"

언제나 그렇게 소리부터 지른다. 그래서 사람들은 보지 않아도 그게 장문량이라는 걸 다 안다. 능학빈과 천수익이 뒤따르고 있을 게 뻔하다.

"나도 왔다!"

이건 엉뚱한 소리다.

"응?"

외면하고 있던 소걸이 깜짝 놀라 돌아보았다. 귀에 익은 목소리였기 때문이다. 들은 순간 가슴이 철렁, 하고 내려앉았는데, 그 목소리의 주인공을 확인하고서는 냅다 돌아서서 달아났다.

"어딜 도망가려고?"

하지만 소걸은 열 걸음도 뛰지 못했다. 뒷덜미를 꽉 붙잡는 우악스런 손.

당문의 사천왕 중 둘째인 소면비표 당경이었다. 소걸이 제일 껄끄럽게 여기는 사람이기도 하다.

소걸이 곧 결혼한다는 소식을 듣고 당문에서 특사로 온 처지에 마치 죄인을 잡으러 온 포쾌처럼 굴었다.

저쪽에서 바리바리 싼 등짐을 지고 있는 당문의 청년 고수들이 머쓱한 얼굴로 바라보지만 당경이 신경 쓸 리 없다.

그가 소걸의 머리통을 쥐어박으며 소리쳤다.

"책임져!"

"아, 씨!"

소걸이 갖은 인상을 다 썼다. 하지만 당경은 눈썹 하나 까딱하지 않는다. 그가 아예 한 팔로 소걸의 목을 감싸 안고 졸라대며 다시 소리쳤다.

"내 허락도 받지 않고 네 마음대로 장가를 간다고? 흥! 그게 가능할 것 같아!"

"허락은 무슨! 할아버지하고 할머니의 허락을 받았으면 됐지, 내가 왜 사형의 허락까지 받아야 해!"

당경이 더욱 목을 조르며 눈을 부라렸다.

"예향이는 어쩔 거야? 응? 네가 돌아오기만 눈이 빠지게 기다리고 있는 그 요지선녀 같은 아이는 어쩔 거냐고! 책임져야 할 거 아냐!"

'쳇, 요지선녀는 무슨…… 선녀가 죄다 얼어 죽었나 보다.'

속으로 투덜거릴 뿐이다.

"내가 뭘 어쨌다고 책임지라는 거예요! 사형도 생각 좀 해봐! 고것이 저 혼자서 앙탈을 떨었지, 내가 언제 못할 짓을 했어?"

"엉덩이를 때렸잖아."

"내가 그래도 그것의 사숙인데, 사숙이 말썽 부리는 사질녀의 볼기를 좀 때렸기로서니 그게 무슨 책임질 일이야!"

"그래도 다 큰 처녀란 말이다."

"흥! 열두 살 난 계집애가 다 큰 처녀라면 사형은 노망 든 늙은이라고 해야겠군? 맞아, 그러니까 이렇게 주책이 없는 거지."

"뭐, 뭐라고?"

당경이 목을 감싼 팔에 더욱 힘을 주며 주먹 쥔 손을 번쩍 들었다. 그러다가 '어이쿠!' 하고 엉덩방아를 찧으며 주저앉는다. 소걸이 냅다 발목을 걸어 올려 넘어뜨린 것이다. 그리고는 뒤도 돌아보지 않고 내뺐다.

"황명이다."

장문량의 말에 다루 안에 있던 사람들이 모두 엄숙한 표정으로 공손히 손을 모으고 섰다. 민간의 백성들이라면 그 말 한마디에 납작 엎드렸을 것이지만 그렇게 하지는 않는다.

장문량도 그런 불선다루의 사람들을 불경하다고 꾸짖을 마음은 조금도 없었다.

"능 총감, 전하게."

능학빈은 북경에 있는 동창 본영의 총감이 되었다. 곁에서 동창의 우두머리인 제독태감을 감시하고 견제할 수 있는 자리다. 천수익은 싹물갈이가 된 동창 장안 지부의 첩형으로 승진했다.

장문량의 말에 능학빈이 공손히 인사하고 품에서 황제가 내린 성지(聖旨)를 꺼내 펼쳐 읽었다.

소걸의 공적을 높이 치하하고, 그에게 황궁으로 돌아와 황제를 알현하라는 것이었으며, 남양군주 주지약과의 혼사를 두 달 뒤의 길일로 정해준다는 것이었다.

주례는 좌승상 겸 병부상서인 장문량에게 맡긴다는 말도 들어 있다.

황제가 특별히 주례를 정해주고, 혼인의 날짜까지 잡아주는 건 유례없던 일이다. 그것도 일반 백성에 지나지 않는 소걸에게이니 더욱 그렇다.

능학빈이 성지의 내용을 낭독하는 동안 사람들의 입이 점점 벌어지더니 나중에는 턱이 빠질 지경에 이르렀다.

"좋아요, 다 받아들이죠. 하지만 황궁에 들어와 인사하라는 그 명령은 거절하겠어요."

소걸이 담담히 말했다. 장문량의 눈이 커진다.

"뭐라고? 네가 감히 황명을 거역하겠다는 거냐?"

대역죄로 몰릴 수도 있는 일이다. 그래서 주지약이 가로막고 나섰다.

"가겠어요. 황제 폐하가 부르시는데 당연히 가야지요."

"커흠, 그래야지. 그래도 주 소저가 황궁의 법도를 잘 아니 다행이구만."

장문량이 헛기침을 하며 내심 가슴을 쓸어 내렸다.

그쯤 되면 소걸도 고집을 꺾어야 했다. 매섭게 노려보고 있는 주지약의 눈길을 피할 수 없지 않은가 말이다. 그러니 말투가 퉁명스러울 수밖에 없다.

"좋아, 그 대신 결혼식을 올릴 장소는 내 마음대로 정할 거야. 이의 없지요? 좌승상 나리."

"그래, 좋다. 나도 그건 양보해 주마."

"……!"

막세풍 등이 마른침을 삼키며 소걸의 입을 뚫어지게 바라본다. 속으로는 그가 바로 이곳, 불선다루에서 혼사를 치르겠다고 말해주기를 간절히 바라고 있었다.

뜸을 들이던 소걸이 불쑥 말했다.

"청운관에서 할 거야."

"뭐? 청운관?"

너무 뜻밖의 말인지라 장문량은 물론 불선다루의 모든 사람과 주지약도 깜짝 놀랐다.

"할머니와 할아버지가 거기 계시잖아. 당연히 거기에서 결혼식을 해야지."

"허!"

주지약이 얼굴을 붉힌 채 슬며시 눈을 깔았고, 장문량은 탄식을 했다.

"다시 생각해 봐라. 만약 네가 황궁에서 식을 올리고 싶다고 하면 황제 폐하께서는 기꺼이 허락해 주실 거야. 그야말로 역사에 기록될 일이지. 또한 대신이며 장군들이 모두 몰려와 축하해 줄 테고, 각지의 번왕들까지 사절을 보내올 테니 그야말로 역사상 가장 화려하고 성대한 결혼식이 될 거다."

슬그머니 소걸의 눈치를 보면서 지나가는 말인 것처럼 마지막 한마디를 흘린다.

“그렇게 되면 들어오는 축의금이 어디 장난이겠어? 커흠.”

“축의금!”

소걸의 눈이 휘둥그레졌다. 마른침이 절로 넘어가는지 연신 꿀꺽, 꿀꺽, 하는 소리가 멈추지 않는다.

주지약도 잔뜩 기대하는 얼굴로 소걸을 힐끔힐끔 훔쳐보았다. 수줍은 처녀의 몸인지라 차마 제 입으로 혼사에 대하여 말하지 못하지만 마음 가득 기대하는 게 없을 리 없다.

고민하던 소걸이 결심한 얼굴을 번쩍 들었다.

“그래도 나는 청운관에서 할 거야.”

“아!”

지켜보던 사람들이 모두 탄성을 흘렸고, 장문량도 안타깝게 탄식했다. 주지약이 남모르게 한숨을 내쉰 건 아무도 눈치 채지 못했다.

“신혼여행은…….”

두리번거리던 소걸의 눈길이 한곳에 딱 멎었다. 한쪽 구석에 풀죽은 모습으로 서서 눈치를 보던 혈지삼살이 흠칫했다.

“민산으로 갈 거야. 지옥혈 구경을 해봐야 하지 않겠어?”

“그래, 바로 그거야!”

대살 장략이 뛸 듯이 기뻐서 저도 모르게 소리쳤고, 이살 육편철과 삼살 고숭도 언제 풀이 죽어 있었느냐는 듯 싱글벙글했다.

“지옥혈!”

장문량이 잔뜩 눈살을 찌푸렸다. 소걸은 이미 단단히 결심을 한 듯 흔들리지 않는다.

“내 아버지와 어머니가 살았던 곳이고, 내 뿌리가 있는 곳이야. 어찌 그곳을 찾아보지 않을 수 있겠어?”

주지약이 다가와 살며시 소걸의 손을 잡았다. 모든 걸 체념한 것이다. 마음이 편해진 그녀가 방긋 웃으며 소곤거렸다.

"그래요, 상공 뜻대로 하세요. 민산의 경치가 매우 좋다고 하더군요. 실은 저도 벌써부터 구경하러 가고 싶었답니다."

하지만 그녀의 속마음은 쓰기만 했다.

'에휴, 장차 이 고집을 어떻게 받들며 살아야 할지 앞이 깜깜하구나.'

한숨이 절로 새 나온다.

봄은 가까운 곳에 다가와 있었고, 새벽도 그렇다.

어느덧 밤이 지나갔고, 다음날 아침 황망계는 가마에 올라 황궁으로 떠나는 소걸과 주지약의 행렬로 시끌시끌해졌다.

무려 일천 명의 금군 기병들이 기치창검을 늘어 세운 채 가마를 엄중하게 호위하니 그렇다.

능학빈과 천수익이 부지런히 말을 달려 대열의 앞뒤를 오가며 허술한 곳이 없는지 살폈다. 선두에서는 백마에 올라타고 있는 장문량이 한껏 위엄과 거드름을 부리며 길을 열었다.

막 떠오르는 햇빛에 가마의 지붕을 뒤덮은 금빛 비단이 영롱하게 반짝인다.

"제기랄, 축의금 없는 놈은 혼례식에 올 생각을 말라니, 너무한 거 아냐?"

"너는 없냐? 그럼 다루나 지키고 있어. 히히―"

"강 선배, 선배는 꿍쳐 놓은 돈이 있는 모양이구려?"

"괴춤에 한 줌의 은자를 숨겨두고 있지 않으면 어찌 대장부라 하리오. 커흠.”

“그래? 좀 꿔주오.”

“어림없는 소리. 자급자족하는 생활 습관을 들여.”

“쳇, 좋소, 좋아. 나의 이 혈비월(血飛月)을 팔아서라도 반드시 가고
말 테다!”

멀어지고 있는 소걸의 행렬을 바라보던 팔비충 천종이 화가 난 듯
소리쳤다.

“나도 가고 말 거야!”

그의 외침이 황망계 구석구석 쩡쩡한 메아리가 되어 퍼져 나갔다.

『불선다루』終

■ 마치면서

또 한 편의 이야기를 마감한다.

늘 그렇지만, 한 편의 이야기를 끝내고 작가 후기를 쓸 때면 긴장과 두려움으로 손이 떨린다.

언제나 새롭게 변하기를 꿈꾸고, 그것이 더 나은 것이기를 원하는 심정은 거울 앞에 앉은 여자의 그것과 다를 바 없을 것이다.

이번에는 〈불선다루〉를 통해 또 한 번의 변화를 꾀해 보았는데, 마치고 나니 과연 나아진 건지 겁이 난다.

하지만 끝나지 않는 잔치는 없는 것 아니던가.

나의 잔치는 끝났다. 끝까지 자리에 남아서 함께 해준 독자 제현들께 진심으로 감사하다는 말씀을 드린다.

힘들어할 때마다 위로해 주고 성원해 준 후배 작가들에게도 감사의 마음을 전한다.

책으로 만들어주기 위해 한여름의 더위를 무릅쓰고 애써 주신 편집진 여러분과, 부족한 글의 출간을 허락해 주신 사장님께도 진심으로 감사드립니다.

다음 글은 또 다른 변화를, 그리고 더 높은 무엇을 독자 제현께 보여 드리고 싶다는 열망으로 벌써 가슴이 두근거린다.

다들 건승하시기를…….

2006년 한여름에 〈창작공간〉에서 '꿈꾸는 곰' 배상.

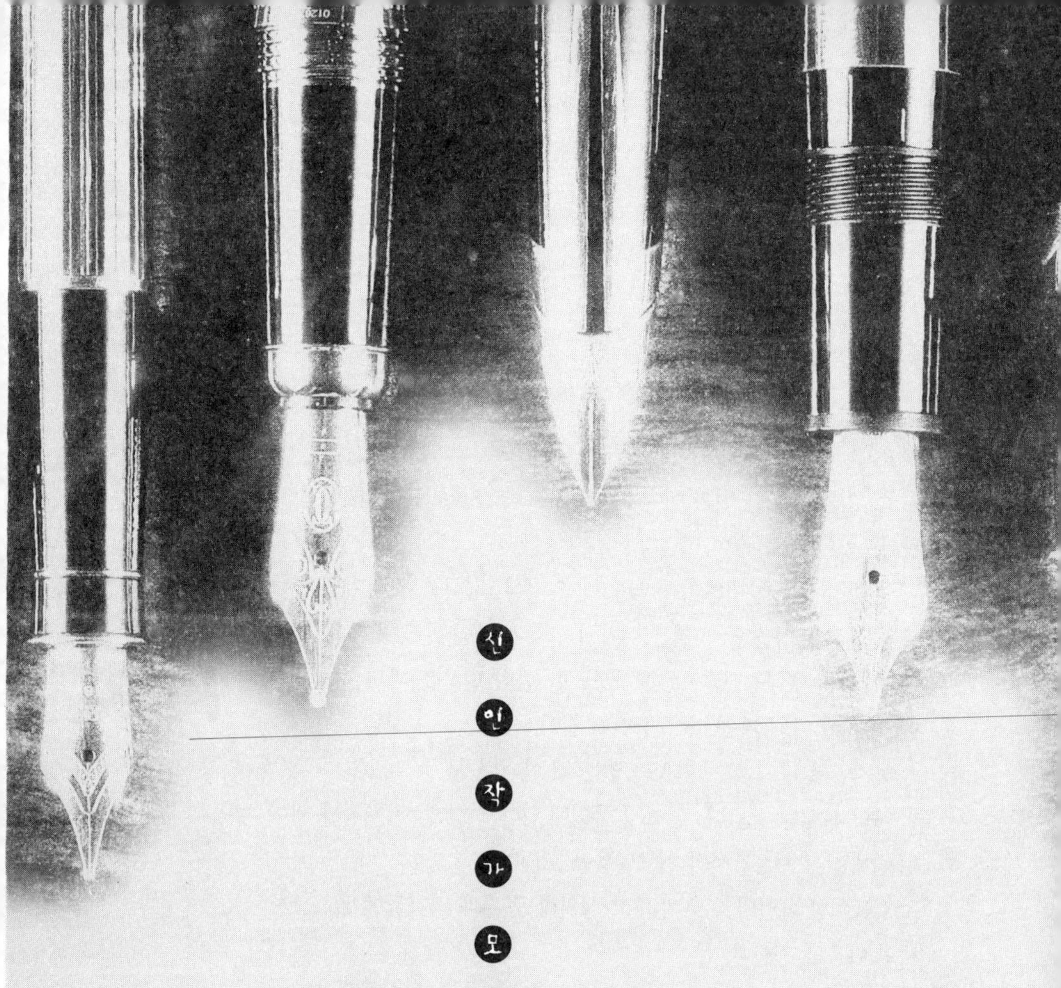